替天行盜

石章魚 著

卷5 奇變陡生

太極生兩儀，兩儀生四象

這世上萬事萬物存在的最佳狀態就是平衡

不要輕易打亂平衡

所以要小心使用自己的力量

目錄

CONTENTS

第一章

終生的遺憾

方克文心如刀絞，剛才在走下津門火車站的時候，
他已經下定了決心，這次返回津門，
還是不要和親人公開相認了，只要遠遠看上他們一眼，
確信他們平安，自己就已經心滿意足，
可是沒想到五年前的那次離別已經成為終生的遺憾。

這半個月裡，方克文雖然無數次幻想著返回家門的情景，可是真正到了這裡卻從心底想要逃避。內心中好不容易才鼓起的那點兒勇氣，轉瞬間就已經消失殆盡。卓一手雖然幫他清除了體內積留已久的毒素，卻無法清除他內心的陰影和自卑，他現在這個樣子又如何面對親人？

羅獵從方克文的舉動已經猜到了他此刻躊躇猶豫的內心，從煙盒中抽出一支香煙遞給了方克文，方克文搖了搖頭，過去他煙癮很大，可是這五年的幽閉生涯讓他改變了太多，甚至連他自己都懷疑過去的那個方克文是不是已經死去，現在連他自己都不認識自己了。

阿諾揉了揉發紅的大鼻子，從軍綠色毛呢大衣的口袋中掏出不銹鋼酒壺，擰開蓋子咕嘟咕嘟灌了兩口烈酒，然後閉上眼睛，感受著那股熱流從食道滑落的熱辣快感，等到揮發的酒香彌散充斥在喉頭，方才舒舒服服地打了一個酒嗝，沒有出生入死的經歷就不懂得現實生活的珍貴。

人生得意須盡歡，莫使金樽空對月，這是阿諾剛剛學會的一首古詩，他感覺這首詩說到了自己的心坎裡，詩仙李白比起他老家英倫土產的拜倫、蘭登之流要深刻得多，境界要高遠得多，這讓阿諾對中華文化也越發欣賞。

這種欣賞甚至讓他抽出時間去瞭解李白的生平和作品，漸漸將對李白的仰慕化為了實際行動，他甚至產生了成為詩人的想法，很快就從中感悟到了捷徑，李白斗酒詩百篇，想要成為詩人首先就要像李白那樣喝酒。只不過從蒼白山一路喝到了津門，到現在他仍然連一首打油詩都沒有憋出來，反倒在酒館和賭場中很快將這趟冒險的報酬揮霍得乾乾淨淨。

羅獵對於這廝的尿性也是無可奈何，可作為朋友，總得奉勸幾句，可沒等他說完，阿諾就用偶像李白的詩詞予以回敬——天生我材必有用，千金散盡還復來。錢這個東西生不帶來死不帶去，花了才起到了它的真正作用，於是羅獵再不勸說，他已經意識到這貨稟性難移，哪怕是一座金山，這廝也會想方設法在最短的時間內揮霍一空。

羅獵劃亮火柴，點燃手中的香煙，輕聲道：「反正在津門也沒人認得我們，權當是順路轉轉。」他故意說得漫不經心，其實是通過這種方式給患得患失的方克文減壓。

方克文聽懂了他話裡的含義，羅獵分明在提醒自己，他現在的樣子就算堂而皇之地走入方家，家人也不會認出他是誰。方克文暗想，既然來了，還是看一看吧，只要自己不主動表白身分，應該不會有人認出現在的他。

火車站外的道路上黃包車一字排開，雖然天氣很冷，可是黃包車的生意並不好，候在那裡等活的車夫們三三兩兩地聚在一起閒聊著，看到客人們出站，車夫們馬上一窩蜂圍了上去。

方克文並不想坐黃包車，從車夫的包圍圈中一瘸一拐地突圍出來，走過馬路，不遠處就是電車的軌道，中國第一部有軌電車鐺鐺車就發源於津門，黃色的頂子，草綠色的車身，沿著固有的軌道在津門街道上形成了一條獨特的風景線。方克文試圖穿過馬路的時候，正有一輛電車從左側駛來。

羅獵本想提醒方克文慢一些，可是方克文反而加快了速度，搶在電車到來之前穿過了馬路，渾然不顧電車急促的鐺鐺聲，雖然方克文從抵達津門之後就一言不發，可是從他的這一舉動就能夠看出他歸心似箭。

羅獵和阿諾兩人被電車隔在對面，等到電車通過，卻見方克文站在馬路斜對面方圓百貨公司的大門前，呆呆望著門頭的招牌，這間百貨公司就是方家諸多的產業之一，雖然離去五年，這裡的一切並沒有任何變化。

方克文望著百貨公司的門頭，目光已然濕潤了，這間百貨公司從選址到開張全都是他一手操辦起來的。他至今仍然記得當年開業時的盛況，津門名流雲集，連當時津門市長和英國參贊都過來捧場，那時的自己意氣風發躊躇滿志，整個津門誰不得高看自己一眼，而現在，他站在自家的產業面前，進出的顧客，甚至連門口的店員全都當他空氣一樣，沒有人能夠認出他的本來身分。羅獵說得沒錯，現在的津門已經沒有人能夠認出自己了，他的內心湧現出一股莫名的悲涼。

方克文終究沒有勇氣走入百貨公司的大門，他的內心是極其矛盾的，既想要見到家人和朋友，又擔心被人認出，這種患得患失的情緒讓他的心臟忽上忽下的跳動著，有若被一隻無形的手不停捶打著，站在熙來攘往的人群中，卻突然有種當初剛剛墜入九幽秘境的孤獨感，腦海中產生了一個前所未有的強烈感覺，他要儘快逃離這裡。

就在方克文決定離去的時候，一輛黑色的賓士轎車來到門前停下，從車內走下一位西裝革履，頭戴黑色禮帽的男子，他身材高大，相貌俊朗，氣宇軒昂，來人正是方克文的小叔方康偉。

看到小叔從車內出來，方克文下意識地轉過身去，生怕被方康偉認出自己，這也是出自本能的反應。

隨著方康偉從車內走出的是一位身姿曼妙的日本女郎，那女郎身穿月白色和服，眉清目秀，神情溫婉，足上白色棉襪一塵不染，足下踩著一雙木屐，下車之後自然地挽住方康偉的手臂，單從這一動作就能夠看出兩人關係非同一般。

方康偉的表情冷酷傲慢，目不斜視，從走下汽車的那一刻起，就沒有向周圍看上一眼。

方克文先是感到釋然，然後內心中又萌生出難言的失落，這位在家族中和自己最為交好的小叔居然不認得自己了，其實這也難怪，自己已經成為了一個殘疾人，而且蒙著臉，除了明白內情的羅獵，誰又知道自己的真正身分？他偷偷看著方康偉，方康偉雖然是自己的小叔，可是他只比自己大五歲。表面上是叔侄關係，可實際上他們過去相處得就像親兄弟一樣。

方康偉是方老太爺方士銘最小的兒子，本來也極受老爺子的寵愛，可是他性情懦弱，做事優柔寡斷，老爺子教給他做的事情沒一件事能夠辦好，再加上他吃喝嫖賭抽無所不為，年紀輕輕揮霍無度，還染上了煙癮，惹得老爺子對他喪失了希望。方克文沒出事之前，老爺子就放話出來要將劣跡斑斑的方康偉逐出家門，後來幸虧是方克文父子為他說情，方才對他網開一面。

從方康偉出場的氣派來看，他這兩年應當混得不錯，至少在方家不再像過去那樣如過街老鼠般人人喊打，卻不知那日本女郎和他又是什麼關係？他是有老婆的，而且不止一個，早在方克文失蹤之前，他就已經迎娶了一房正室，兩房姨太太，不過婚後多年始終顆粒無收，四處尋醫問藥也沒有任何效果，其實是和他私生活過於混亂，一度染上了花柳病有關。

羅獵和阿諾在看到那日本女郎的時候，同時吃了一驚，兩人幾乎同時認出那日本女郎竟然是狼牙寨的八掌櫃藍色妖姬蘭喜妹。羅獵想要迴避已經來不及了，那日本女郎的目光剛巧朝他這邊看了一眼，羅獵暗叫不妙，冤家路窄狹路相逢，今日只怕要生出事端。可是對方的目光卻並未在他臉上做太久停留，平靜安逸的表情也沒有興起半點的波瀾，踩著小碎步跟隨方康偉進入方圓百貨公司的大門。

等到他們離去，阿諾宛如發現新大陸一般驚奇地向羅獵使了個眼色。

羅獵知道他想說什麼，劍眉緊鎖，低聲道：「先離開這裡再說。」

三人遠離方圓百貨公司的大門之後，阿諾忙不迭地說道：「蘭喜妹，那日本女人是蘭喜妹！」

方克文聽得一頭霧水，此前他從未和蘭喜妹打過照面，甚至都未聽說過這個名字，所以對阿諾的話深表不解。

羅獵卻搖了搖頭道：「這世上樣貌相似的人很多，她剛才明明看到了我，卻沒有任何反應。」

阿諾哈哈大笑：「反應？你想要她有怎樣的反應？難道女人見到你一定要有反應？」他顯然曲解了羅獵的意思。

羅獵能夠確定日本女郎看到了自己，可是她的表情乃至目光沒有產生一絲一毫的變化，假如是蘭喜妹應當不可能收藏得如此之深，而且方康偉身邊的這個日本女郎和蘭喜妹給他截然不同的感覺，蘭喜妹性情嫵媚妖嬈，心狠手辣，從頭到腳都外露出一種妖魅惑眾的邪氣，而這個日本女郎淡雅如菊，溫柔如水，給人一種小家碧玉的溫柔婉約，羅獵向來相信自己的直覺。

其實想要打聽這件事並不難，向沿街售賣的報童招了招手，遞給他三個銅板，買了兩份報紙，趁機問了一下剛才那日本女郎的身分。從報童的口中得知，那位日本女郎是方康偉新近迎娶的三姨太松雪涼子，據說兩人是在方康偉前往日本公務時候認識的，一個月前松雪涼子方才從日本乘船抵達津門。從事件上無法判斷方康偉的日本妻子和蘭喜妹是不是同一個人，只是這世上竟會有如此相似之人，難道她們是孿生姊妹？可是兩人又是不同國籍，這種可能性也不大。

方克文一旁聽著心中極為納悶，爺爺對日本人極其反感，怎麼可能允許方康偉迎娶日本女人進門，忍不住問道：「方康偉怎麼會娶了一個日本老婆？」

那報童道：「現在他是方家的主人，他自然想做什麼就做什麼。」

方克文心中越發感到奇怪，方家最具權威的是爺爺方士銘，而方家實際上的掌權者是自己的父親方康成，向來不受待見的方康偉何時成了方家的主人？

那報童道：「看來你們並不瞭解方家的事情，方家大少爺方康成前年病逝了，方老太爺悲傷過度又中了風，所以現在方家已經是方康偉當家了。」

方克文聞言猶如五雷轟頂，震驚和悲痛的情緒同時湧上心頭，甚至連手中的文明棍都拿不住，噹啷一聲落在了地上。

羅獵看出他的失態，生怕引起別人的注意，笑了笑將那名報童打發走了。

阿諾從地上撿起文明棍遞到方克文的手中，方克文拄著文明杖步履維艱地走向牆角，背過身去，佝僂著身軀，他的肩頭不住顫抖著。

羅獵默默望著他的背影，心中深表同情，從剛才報童的那番話已經能夠知道在方克文失蹤的五年中，方家發生了巨大的變故，現在的方家已不復當年模樣。

方克文心如刀絞，他這次返回津門，只要遠遠看上親人們一眼，確信他們平安就已心滿意足，可沒想到五年前的那次離別已成為終生遺憾，父親竟已亡故，方克文淚如雨下，他不想同伴看到自己脆弱的一面，唯有向隅而泣，黯然神傷。

阿諾有些擔心地看了看方克文，低聲向羅獵道：「要不要過去勸勸他？」

羅獵搖了搖頭道：「讓他靜一靜，阿諾，你在這裡陪著他，我去找人打聽一下方家的情況。」

津門仁慈醫院，方老太爺方士銘坐在輪椅上，黯然望著灰濛濛的天空，昔日雄霸津門的老爺子如今已經變成了生活都無法自理的無用之人，他中風癱瘓已有兩年，常年臥病在床讓他的右側肢體出現了不同程度的萎縮，本來他一直在家裡接受治療，直到半年前症狀加重，連大小便都無法自理，兒子方康偉方才將他送到了醫院治療，據仁慈醫院的德國專家所說，老爺子已開始出現老年癡呆的症狀，這種病會隨著時間推移越來越重，到最後甚至連至親之人都不認得。

在將老太爺送來醫院之前，他甚至已經叫不出方康偉的名字。

富在深山有遠親，窮在鬧市無人問。方士銘雖沒有貧困潦倒，卻再也不復昔日傲視津門的威風，現在的他只是一個癡癡呆呆的糟老頭子，甚至連完整的話都說不出來，吃喝拉撒都要靠專門的護士照顧，對他而言，一天之中最幸福的時光就是能夠坐在醫院的草坪上中享受一下冬日溫暖的陽光，然而今天似乎這點小小的願望都無法實現了，如今的狀況對一生強勢的方士銘來說簡直是生不如死。

陰雲遮住了陽光，風很大，護士本想早點將他推回病房，可是老爺子倔強的怒吼卻讓她不得不放棄了這樣的努力。

羅獵和方克文一起走入了仁慈醫院，他們本以為探望病人並不是件困難的事，可是真正到了這裡方才發現，沒有院方允許，想要進入特護病區並不容易，不過這難不住頭腦靈活的羅獵，這廝靈機一動，順手牽羊拿了一件醫生的制服，假扮成了醫生，讓方克文扮成病人坐在輪椅上，推著方克文大搖大擺混了進去。

特護病區病員不多，方克文隔著很遠就看到了同樣坐在輪椅上的爺爺，五年不見，老爺子蒼老憔悴了許多，昔日花白的頭髮如今已經全白，業已萎縮的身軀蜷曲在輪椅上，歪著頭，混濁的目光四十五度角呆呆望著昏暗的天空。院方對這位癡呆的老人也不像過去那般重點照顧，身邊只給他配備了一名護士。

羅獵提醒方克文道：「不要激動，我去引開他身邊的護士。」他向方士銘的護士招了招手道：「喂，你過來一下！」

那護士愣了愣，確信羅獵喊的是自己，警惕地打量了他一眼：「你叫我？」

羅獵微笑走了過去：「是啊，我是本院新來的醫生，以後咱們應該在一起工作了，認識一下。」

那護士望著眼前年輕英俊的醫生，不禁心跳加速，紅著俏臉帶著羞澀走了過去，打量著這位年輕英俊的男子，卻感覺他的目光中充滿著讓人沉迷的魅力，只看了一眼就彷彿沉溺其中，耳邊聽到羅獵溫柔和藹的聲音道：「你叫什麼……」

方克文看到羅獵和那名護士很快就走到了一起，不知兩人聊什麼話題，不過那護士明顯已經忘記了照看病人的事情，彷彿丟了魂一樣癡癡呆呆望著羅獵。

方克文明白他應該已經得逞，起身一瘸一拐向爺爺的身邊走去。

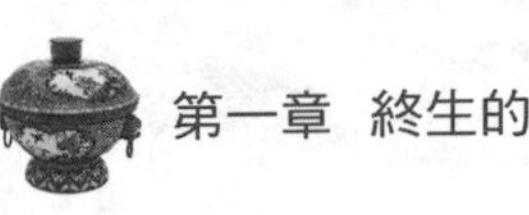

方士銘仍然沉浸在自己的世界裡，並沒有意識到身邊有人靠近。滿臉疤痕的方克文望著面前的爺爺，強行忍住內心的激動，低聲誦道：「十年驅馳海色寒，孤臣於此望宸鑾。繁霜盡是心頭血，灑向千峰秋葉丹。」他必須要在最短的時間內表明自己的身分。

方克文已經瞭解過爺爺的病情，知道就算自己以本來的面目出現在爺爺面前，老爺子也未必能夠認出自己，他所誦念的這首詩正是爺爺最喜歡的一首，這首《望闕台》乃是明朝愛國將領戚繼光所作，也是爺爺教給自己的第一首詩，老爺子最恨日寇，以古喻今，借著抗倭名將戚繼光的這首詩直抒胸臆。不過他也沒把握可以喚醒爺爺，畢竟爺爺已得了老年癡呆，不知過去的事究竟記得多少。

方士銘聽到這首詩，身軀明顯顫抖了一下，他的面孔艱難地轉向方克文，原本混濁的雙目突然閃亮了一下，旋即又黯淡了下去。

方克文的眼圈紅了，他的喉結上下移動著，積蓄多年的感情衝口欲出，而此時他卻聽到老爺子微弱的聲音道：「克文……你終於回來了……」

方克文淚水奪眶而出，雖然自己變成了這個樣子，可是爺爺仍然從這首詩中馬上認出了自己，看來自己此前的擔心和彷徨完全是多餘的，方克文正要和爺爺相認，哽咽道：「爺爺……」

卻又聽老爺子道：「你受苦了……此地不宜久留……去慶福樓找小桃紅……你……你什麼都會明白……快走，千萬不要被外人發現……」

方克文還想說話，可是看到遠處有人正朝這邊走來，他慌忙遠離了爺爺，回到自己的輪椅上坐下，老爺子顯然有難言之隱，分別五年，就算已經認出了自己仍然不敢和自己公然相認，其中必有苦衷。

羅獵打了個響指，從地上撿起一支筆，遞給那如夢初醒的護士道：「你的筆！」

那護士望著羅獵滿臉迷惘，剛才究竟發生了什麼她一點都想不起來了。

羅獵禮貌地向她笑了笑，然後轉身走向方克文，推著他大搖大擺的離開，遠處的來人卻是醫院的警衛，他們很快就盯上了羅獵和方克文，指著兩人道：「嗨！你們給我站住！」

羅獵本想混過去的願望落空，聽到對方的喊叫非但沒有停下，反而推著輪椅大步流星地飛奔起來，幾名警衛吹響了哨子，在後面追逐起來。

羅獵一路狂奔，憑藉著他敏捷的身手甩開了這幫醫院的警衛，成功脫險。

此次的探視讓方克文的內心越發沉重，此番歸來，物似人非，他本已做好了最壞的準備，可是卻沒有想到現實的狀況比他預想中更壞。

按照羅獵的本意，護送方克文返回津門之後，他的使命就算完成，可是抵達津門之後方才發現方家竟然發生了這麼大的變故。這讓羅獵不得不改變原來的行程，決定在津門多留幾日，希望能夠給方克文一些幫助。

從表面上看方家一切如常，昔日的產業都在方康偉的打理下井井有條，可是方克文對這個小叔卻是極其瞭解的，他深知方康偉沒有這個本事，而在醫院中和爺爺匆匆一晤，他所說的話更證明方家的內部必然發生了不為人知的變化。

想要揭開這個秘密，就要去找真正知悉內情的人，離開醫院之後，方克文按照老太爺的指引直接去了慶福樓。

羅獵擔心他一個人前去會有所閃失，於是叫上阿諾陪同他一起前往。

這間位於山西路的慶福樓以經營津魯大菜聞名，和本身菜餚同樣有名的是這裡的演出，方克文失蹤之前，曾經是這裡的常客，那時他每到閒暇之時，就會邀上三五好友，來到慶福樓，點幾樣特色可口的飯菜，叫一壺上好的德和老酒，一邊觀賞舞台上的表演，一邊開懷暢飲，擊節讚歎。

時隔五年，重來慶福樓，這裡的陳設幾乎沒有任何變化，方克文找了一個偏僻的角落坐下，叫來小二，點了煎烤大蝦、醋澆鯉魚、九轉大腸、燴肚絲爛蒜幾樣店裡的特色菜，店裡還是過去的那幾個夥計忙來忙去，面對每個客人他們都是笑臉相迎，方克文過去是這裡的熟客，只是店中的夥計已經無人能夠認出眼前的疤臉人就是昔日笑傲津門意氣風發的方公子。

羅獵拿起酒壺為他們三人滿上酒杯，輕聲道：「津門的第一頓酒，預祝咱們所有人平平安安。」他的措辭另有一番深意，從蒼白山歷經生死磨難，護送方克文平安來到津門，本該是為他們這次的故事畫上一個圓滿的句號，然而一波未平一波又起，羅獵已預感到從踏足津門的這一刻起，很可能是踏入了另一場風波。

方克文端起了那杯酒和他們碰了碰，一飲而盡，然後緩緩落下了酒杯，低聲道：「送君千里終須一別，天下本沒有不散的宴席，這頓酒權當是我為兩位送行吧。」雖然他心底希望他們能夠幫助自己，可是他骨子裡的倔強和自尊卻讓他說不出求助於人的話語。

羅獵笑了笑，並沒有說話，目光投向舞台，此時舞台帷幕拉開，一位身穿紫紅色外氅的臃腫少婦走了上來，首先看到那少婦額頭上有一道觸目驚心的疤痕，不過這無損於她的俏麗容顏，只不過她已早生華髮，眼角過早的生出魚尾紋，讓人不由得生出美人遲暮的感慨。隨著鼓聲響起，悠揚的聲音迴盪在慶福樓內。

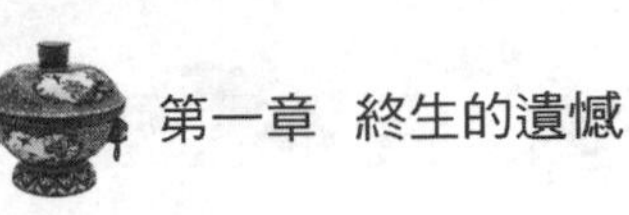

……在那瀟湘館觸景傷情林黛玉，惜花人面對落花更添愁煩。吩咐聲紫鵑與雪雁，準備下花鋤花帚與花籃。（嗳那！）林黛玉為掃卷花循小徑，偏有那多情的公子來到這邊。

賈寶玉瀟湘館尋不見林黛玉，走過了沁芳橋來到了山坡前。（嗳那！）忽聽得山背後哽咽咽有人哭泣，是何人如怨如訴吟詩篇。

花謝花飛飛滿天，紅消香斷有誰憐，潛絲軟細飄香榭，落絮輕沾撲繡簾……

方克文初時還未認出舞台上的少婦是誰，可是黛玉葬花的曲目唱起，從對方淒豔哀婉的歌聲中頓時辨認出，舞台上的少婦正是他的知己小桃紅，而這首曲目正是當年方克文的最愛，他初識小桃紅之時，小桃紅正值妙齡，眉目如畫，體態婀娜，歌喉曼妙，舞姿動人，是名滿津門的大美女，五年不見，想不到她竟然憔悴成了這番模樣。

羅獵和阿諾從方克文癡癡的目光中已經判斷出他和舞台上這位賣唱的女子必然有著一段不為人知的淵源，兩人都沒有打擾方克文。

小桃紅在舞台上獻藝之時，一個紮著兩條羊角辮的女娃兒端著托盤向眾人走來請賞，這也是演出中的慣例，那女孩兒身穿紅色棉襖藍色棉褲，雖然棉衣上打了幾個補丁，可是拾掇得乾淨整潔，眉目如畫，粉雕玉琢，一雙烏溜溜的大眼睛極其靈動，小嘴兒也是極其可愛乖巧，受到賞錢就會奶聲奶氣地表達謝意：「多謝大爺打賞！祝您生意興隆，富貴滿堂！」

羅獵心中暗歎，窮人的孩子早當家，這女孩本該是在長輩膝前撒嬌受寵的年紀，卻因為家境的緣故早早出來面對這世態炎涼，叵測人心，實在是讓人唏噓。

女娃兒端著托盤已經來到了他們這桌旁，脆生生道：「幾位大爺吉祥！」

羅獵準備去拿錢，方克文已經率先從兜裡拿出了一塊大洋輕輕放在托盤內，那女娃兒本來看到滿臉疤痕相貌醜陋的方克文有些害怕，卻沒想到他給的賞錢如此之多，激動地連連向方克文鞠躬：「多謝大爺厚賞，多謝大爺厚賞！」

方克文望著眼前的女孩兒從心底生出愛憐，這女娃兒也就是四五歲的樣子，小小年紀就已經為生計而奔波。

羅獵在托盤內放了幾個銅板，倒不是他捨不得多給一些，而是不想搶了方克文的風頭。

女娃兒致謝之後端著托盤向另外一邊走去，冷不防右側突然伸出一條腿來，小女孩並未留意到腳下的變化，被對方一絆頓時失去了平衡，尖叫一聲撲倒在地上，盛錢的托盤也飛了出去，托盤內的銀元銅板散落一地。

方克文的目光始終追隨著那女娃兒，故而將一切看了個清清楚楚，剛才伸腳去絆女娃兒的乃是一個人高馬大的光頭壯漢，滿臉猙獰，囂張跋扈，此人是混跡於山西路一帶有名的混混兒諢名宋禿子，也是津門安清幫頭目白雲飛的門下。

津門地處九河下梢，是北方水路運輸的中轉樞紐，燕王朱棣於西元一三九九年，揮師南下，從三岔口渡河襲擊滄州，從那裡展開了征戰天下的帝王歷程，他因此將三岔口視為自己奠基興業的風水寶地，賜名天津，意思就是天子渡津之地。從那時起津門逐漸成為船舶雲集，商業繁盛之地，而幫會勢力隨之而來，津門的航運業大都控制在幫派勢力的手中。白雲飛、宋禿子之流乃是其中的一支安清幫，安清幫最早為洪門的一支，違背了洪門反清復明的忠義宗旨，另立山門以安清保清為己任，所以被洪門正宗視為叛徒。洪門有一諺語：由清轉洪，披紅掛彩；由洪轉青，抽筋剝皮，由此可見對叛徒的切膚之恨。

安清幫投靠清朝之後，清廷責成安清幫護送軍糧，從餘杭運到通州，沿著運河設立碼頭官，分段護衛。而長江航運大都在洪門的勢力範圍內，所以洪門見到安清幫護送的糧船就打，雙方火併仇殺不斷。直到後來海運發達，糧食改由海道北運，京杭大運河也逐漸失去了作用，安清幫謀生立命的基礎也隨之發生了變化，轉而投向了其他的行業，開設賭場、妓院、煙館、戲院、澡堂、茶樓、飯莊、旅店，乃至走私煙土，販賣人口，或為軍閥、政客、資本家充當保鏢、殺手、刺客。逐漸演變成為結交官府，坐地分贓的惡霸集團。

其實周圍有不少人都看到了宋禿子的作為，只是礙於這幫人的勢力，敢怒而不敢言，心中無不暗罵宋禿子下作無恥，竟然對一個小女娃兒下黑手。

那女娃兒摔得好不疼痛，摔到時牙齒將嘴唇咬破，嘴唇流出了不少的鮮血，她居然忍著痛一滴眼淚都沒有落下，小小年紀很是堅強。顧不上擦去嘴唇的鮮血，胖乎乎的小手慌忙去撿地上的銀元，她年齡雖幼可也明白這銀元的意義。

小手還未碰到銀元，一隻穿著黑色牛皮鞋的大腳啪的一聲重重踩在了銀元之上，宋禿子咧開大嘴露出兩顆碩大的金牙。

女娃兒咬了咬流血的小嘴，勇敢地抬起頭和宋禿子雙眼對望著：「我的！」

宋禿子哈哈大笑起來，他移開大腳，右手的拇指和中指掐住銀元的中心，將銀元撿了起來，湊到紫黑色的厚唇前吹了一下，然後放在耳邊聽了聽，臉上的表情輕佻而無賴：「你叫它一聲，它會答應你嗎？」

小女孩兒瞪圓了眼睛，用力抿了抿嘴唇，鼓足勇氣道：「我的！」

宋禿子道：「那你叫我一聲親爹，我就把這塊大洋給你。」

「不叫！就是不叫！」小女孩氣鼓鼓道，她憤然望著宋禿子，眼圈已紅。

方克文看到眼前一幕哪還按捺得住，霍然站起身來，卻被羅獵一把抓住了手臂，羅獵雖然早已義憤填膺，不過他卻明白強龍不壓地頭蛇的道理，即便是在這座慶福樓，宋禿子的同夥不在少數，如果正面衝突起來，他們三人未必能夠占到便宜，而且還可能因此暴露了方克文的真正身分。

羅獵沉聲道：「我去！」

方克文看了看羅獵沉穩的面孔，終於按捺下心頭的這口怒氣，此時舞台上歌聲中斷，卻是正在唱黛玉葬花的小桃紅也留意到了這邊的變化，慌忙停下表演匆匆走了過來。她來到那女娃兒身邊，心疼地望著唇破血流的女娃兒，拿出一方繡帕為女孩捂住流血的嘴唇，一邊向宋禿子致歉道：「宋七爺，小孩子不懂事，冒犯了您，您大人不記小人過，千萬不要和她一般計較。」

宋禿子嘿嘿笑道：「這大洋……」

小桃紅道：「自然是宋七爺的。」

方克文望著眼前的一幕，嘴唇已然顫抖起來，記憶中的小桃紅性格剛烈，寧折不彎，絕不是眼前這個樣子，難道她的性情也隨著老去的容顏一樣改變了？

原本依偎在小桃紅懷中的女娃兒卻突然掙脫開來，憤然道：「是我的！明明是那位好心的先生賞給我的！」她畢竟年幼，無法體諒母親忍辱負重的苦心。

小桃紅忽然揚起手來照著女娃兒白嫩的小臉就是一記響亮的耳光，怒斥道：「賠錢的東西，你胡說什麼？再敢亂說話，信不信我扯爛你的嘴巴。」

那女娃兒被小桃紅一巴掌打得懵在那裡，捂著小臉，眼淚在眼眶中打著轉兒，可是仍然強忍著沒有落淚，她跺了跺腳，轉身向外逃去。

小桃紅打完這一巴掌，心中又是心疼又是後悔，關切道：「你回來！」她本想追趕上去，卻被宋禿子的手下攔住了去路。

小桃紅向宋禿子致歉道：「宋七爺，您還有什麼吩咐？」

宋禿子將那塊大洋在手中拋了拋：「我若沒記錯，你唱了快一年了吧？」

小桃紅明白他的意思，忍住心中的委屈道：「宋七爺，我病了三個月，身體才剛剛康復，您寬限我三個月，我多得些賞錢再給您送去。」

宋禿子呵呵冷笑道：「小桃紅啊小桃紅，若是當年你也那麼識趣，此刻早就成了我們徐三哥的姨太太，養尊處優，何至於如此下場。」他歎了口氣道：「不是我不近人情，幹咱們這行的，凡事都得講究一個規矩，若是都不守規矩，讓我和我的這幫兄弟去喝西北風？」

小桃紅連連點頭。

宋禿子伸出三根手指道：「三天，三天之後，你把欠我的費用全都交上來，若是拖延一天，別怪我不講面子，將你們娘倆兒全都賣到窯子裡去！」

小桃紅含淚應承下來。

宋禿子擺了擺手，示意小桃紅回舞台繼續表演，得意洋洋地將手中那塊大洋向空中拋去，正想接住之時，冷不防旁邊伸出一隻帶著黑色羊皮手套的大手將大洋搶先給接住了。

宋禿子詫異地抬起頭來，在津門尤其是在這條街面上，很少有人會有那麼大的膽子，敢當眾挑釁自己。

羅獵微笑望著宋禿子：「您就是宋七爺吧？」說話的時候將那塊大洋輕輕放在宋禿子面前的桌上。

宋禿子皺起了眉頭，本想發作，可看到眼前的年輕人衣冠楚楚，氣度不凡，從外表上就能推斷出對方非富即貴。正所謂人靠衣裳馬靠鞍，羅獵深悉衣著打扮的重要性，尤其是在當前亂世之中，多半人的內心變得勢利而現實，往往會通過外表來判斷對方的身分。宋禿子這樣恃強凌弱的傭懶貨色也不是一無所長，至少他們這種人都有些眼色，懂得審時度勢。

此時鄰座的阿諾叼著雪茄，向羅獵裝模作樣的說了句英文。

大清剛剛滅亡，民國成立不久，此前八國聯軍帶給廣大中國民眾的創痛實在太深，在而今的時代背景下，但凡是個金髮碧眼的洋人都在老百姓心中擁有著超人一等的地位，宋禿子先是看到羅獵衣冠楚楚，氣宇軒昂，再看到人高馬大的洋人，在氣勢上已弱了三分。

宋禿子不懂英文，羅獵道：「宋七爺，那位阿諾先生是來自大不列顛共和國的富商，想在津門做點生意，久聞七爺大名，想和七爺交個朋友！」

宋禿子左右看了看，能夠和洋人拉上關係對他而言是一件極有面子的事，雖然他從未見過羅獵，不過畢竟在他的地盤上，也沒什麼好怕的。宋禿子跟著羅獵走向阿諾，阿諾站起身來和宋禿子握了握手，此時方克文已經離開，羅獵和阿諾目睹宋禿子剛才的惡行早已義憤填膺，兩人悄悄商量了一下，決定由羅獵以談生意為名將宋禿子騙到這裡，然後趁機對他進行催眠。

阿諾非常熱情地握住宋禿子的手搖晃了幾下，邀請宋禿子坐下，然後嘰哩咕嚕的說了一通，宋禿子聽不懂他說的是什麼，眼巴巴望著一旁的羅獵，羅獵此時卻將一枚銀洋在桌上轉動起來，宋禿子望著那枚迅速旋轉的銀洋，耳邊聽到羅獵的聲音：「你猜是人頭，還是字？」

宋禿子的目光直愣愣望著那枚銀洋，突然感覺到頭腦一陣眩暈，眼前的景物突然扭曲變形然後順時針旋轉起來，腦海中的意識變成了一片空白。

第二章

情怯

方克文緩緩轉過身去，看到小桃紅就站在他身後不遠處，
小桃紅的胸膛劇烈起伏著，她的面孔上滿是淚水，
她一步步走向方克文，方克文有些惶恐地垂下頭去，
雖然意識到她或許已經認出了自己，
可是內心卻產生了逃避的念頭。

羅獵湊在宋禿子的耳邊低聲耳語了幾句，在外人看來，他們似乎非常的親密，卻不知宋禿子在不知不覺中已經著了羅獵的道兒。

方克文在慶福樓北邊的小巷內找到了那個女娃兒，女娃兒孤零零蹲在那裡，雙手捂著被娘親打腫的面孔，嗚嗚哭泣，也只有在沒人看到的地方她才可以肆無忌憚地哭出聲來。

方克文心如刀絞，他也搞不清自己究竟為何如此關注這女娃兒，雖然他目前還無法斷定這女娃和自己的關係，可是自從見到她，就感到一種前所未有的親近，她的一舉一動，一顰一笑，哪怕是一顆眼淚都牽動著他的內心。

女娃兒聽到了身後的動靜，她抹去臉上的淚水，轉過身去，看到一瘸一拐走來的方克文，因方克文滿臉的疤痕而感到害怕，怯怯地向後退去。

方克文意識到自己的模樣嚇到了這小女孩，他停下腳步，露出一個友善的笑容，從兜裡摸出一塊銀洋遞給那女孩道：「我幫你把錢要回來了！」

女娃兒咬了咬嘴唇，仍然在向後退。

方克文的內心中湧起一陣難言的傷楚，躬下身去，將銀洋緩緩放在了地面上，輕聲道：「你別怕，我這就走。」

女娃兒看了看銀洋，又看了看已轉身準備離去的方克文：「謝謝伯伯……」

方克文因她的這句話而又停下了腳步，他沒有回頭，生怕自己的樣子嚇到了這小女孩，輕聲道：「你叫什麼？」

女娃兒撿起地上的那塊銀洋：「思文！我叫思文！」

方克文的心口如同被重錘擊中，思文，難道她當真是自己的女兒，自己的名字中有一個文字，思文豈不就是思念自己，方克文難以抑制內心的激動，他霍然轉過身去。

思文看到方克文突然回頭，再度看到他疤痕累累的面孔，嚇得打了個哆嗦，剛剛撿起的銀洋失手落在了地下，然後向遠方滾去，貼著方克文的腳下滾了出去，滾動好遠一段距離方才倒在了路面上。

方克文抿了抿嘴唇，向後退了一步，他喃喃道：「思文……你是庚戌年九月出生對不對？」

思文眨動著一雙明亮的大眼睛，她點了點頭。

方克文拄著文明棍的手劇烈顫抖起來，他低聲道：「你是不是還有個小名叫逗兒，逗兒，逗趣的逗！」

思文望著這個奇怪的疤臉男人，不知他是如何知道自己的小名，除了自己的娘親，別人都以為她叫豆兒，黃豆的豆。

「你怎麼知道？」

「因為……因為……」千言萬語頃刻間湧上方克文的心頭，一時間他竟然不知如何開口。

身後傳來一個顫抖的聲音：「因為他……他是……」

方克文緩緩轉過身去，看到小桃紅就站在他身後不遠處，小桃紅的胸膛劇烈起伏著，她的面孔上滿是淚水，她一步步走向方克文，方克文有些惶恐地垂下頭去，雖然意識到她或許已經認出了自己，可是內心卻產生了逃避的念頭。

小桃紅用力咬著嘴唇，一步步來到方克文面前，她含淚搖了搖頭，然後揚起手來狠狠一巴掌打在方克文的臉上，打得如此用力，如此響亮，然後她發瘋一樣用頭撞擊在方克文的胸膛上，將方克文撞得一個踉蹌坐倒在了地上，似乎仍不解恨，揮動雙拳，不顧一切地捶打在方克文的肩上、胸膛上，一邊打一邊哭喊著：「殺千刀的東西，你答應過我什麼？你答應過我什麼？你是不是說過年前就會回來？你是不是說過娶我進門，你是不是說過要給我和孩子一個完整的家……」

方克文默默承受著，滿是疤痕的面孔上淚水肆意奔流，直到小桃紅打累了，打不動了，方才抱住方克文的肩膀，將頭抵在他的胸膛上，大聲哭嚎起來。方克文緊緊抱著小桃紅，口中不停重複著：「我回來了，我回來了……」

思文震驚地望著眼前的一幕，她幼小的心靈一時間還無法接受看到的一切。

羅獵和阿諾也在此時出現在巷口，兩人看到眼前的情景，已經明白方克文和小桃紅終於相認，雖然心中為方克文感到高興，卻明白這裡絕非久留之地，從他們來到津門之後的情況來看，方家應當遭遇了很大的變故，如果方克文仍然活著的消息被人知道，恐怕會引起意想不到的麻煩。

羅獵匆匆來到兩人身邊，提醒他們儘快離開，即便是有再多衷腸想要傾訴，還是等離開這裡再說。

慶福樓內此時也發生了變故，羅獵和阿諾剛剛離開，宋禿子就開始慢慢脫起了衣服，開始的時候他的那幫手下還沒有覺得有什麼特別，可宋禿子越脫越多，竟然將身上的棉襖棉褲褪了個精光。

雖然他們這群人靠的就是不要臉來討生活，可大庭廣眾之下脫光衣服也超出了他們的心理極限。手下人慌忙去阻止宋禿子丟人現眼，卻被這貨抬腳踹了個屁墩兒，然後宋禿子就光著屁股在眾目睽睽之下從慶福樓內跑了出去，沿著山西路的大街一路狂奔，一邊跑還一邊唱：「小尼姑，年方二八，正青春被師傅削去了頭髮。我本是女嬌娥，又不是男兒郎。為何腰繫黃條，身穿直裰？見人家夫妻們灑落，一對對著錦穿羅，不由人心急似火，奴把袈裟扯破……」

宋禿子正月裡裸奔山西路，被凍得大病一場，沿途好事者追看叫好，山西路一帶無數人受過這廝的欺負，看到宋禿子丟人，自然是大快人心。此事在津門廣為傳頌，這廝也因此成為眾人眼中的笑柄，非但如此，他的行為搞得安清幫灰頭土臉，一直和安清幫不對頭的幾個幫派趁機大肆宣揚，氣得安清幫的扛把子白雲飛當眾抽了宋禿子十多個響亮的大嘴巴子。

宋禿子也明白自己應當是著了別人的道兒，可是他怎麼都想不起來當時的情景，這筆帳自然要算在小桃紅的身上，等他派人前往慶福樓尋找小桃紅晦氣的時候，卻得知小桃紅母女二人已經離開了慶福樓，去向不明。

羅獵算準了宋禿子必然會在事後報復，所以在當天就勸說小桃紅母女搬家，小桃紅母女二人這些年一直租住在山西路附近一間簡陋的民房裡，她們娘倆兒原本也沒什麼東西，跟著方克文一起當天就搬到了日租界松島街的一家旅社，為的是暫避風頭。

方克文一家人重聚自然有道不盡的別情，數不完的衷腸。思文本以為自己的父親早已死了，卻想不到突然又出現在自己面前，心中的歡喜實在是難以形容，雖然最初看到方克文滿是刀疤的面容有些害怕，可很快就跟他熟悉親近起來。

方克文原本以為自己現在的樣子親人們難以接受，卻想不到小桃紅對自己情真意篤，不離不棄等了自己整整五年，還獨自撫養他們的女兒，這些年的辛苦付出實在讓人感動。

當天入夜時分，一家人吃了團圓飯，思文趴在父親的懷抱中心滿意足地進入了夢鄉，方克文小心將女兒放在床上，為她細心地蓋好了被子，這才和小桃紅在床邊坐下，小桃紅挽住他的手臂，將頭靠在他的肩上，閉上雙眸宛如夢囈般說道：「我該不是做夢吧，你真的活著回來了？」

方克文握住小桃紅的雙手，曾經細膩柔滑的雙手如今肌膚粗糙，掌心還生出了不少的老繭，由此也能看出她這些年歷盡生活的艱辛，方克文動情道：「讓你們娘倆兒受苦了。」

小桃紅道：「我這五年日日夜夜都在期盼你活著回來，天可憐見，果然讓我將你盼回來了。」

方克文歎了口氣道：「只是我現在這個醜樣子，你該不會嫌棄我吧？」

小桃紅睜開雙眼看了看他，柔聲道：「這樣才好，又醜又瘸，省得你再去外面勾三搭四，只要你齊齊整整地回來，陪著我們娘倆兒安生過日子就好。」

方克文激動地連連點頭道：「以後我哪兒都不去，就陪在你們娘倆兒身邊，就算是你趕我，我也不走。」

小桃紅將頭在方克文的肩上親昵地摩擦了一下，然後卻又歎了口氣道：「別人不知道我還能不知道？你是個野慣了的性子，現在說得好，可過不兩天就會感到厭倦了。」

方克文緊緊握住她的雙手道：「不會，今生來世，我只想跟你們在一起，永遠也不會厭倦。」若無此前的五年磨難，方克文也不會有這樣的感悟，也不會體會到何謂真正的幸福，此時他望著對自己癡心一片的小桃紅，內心中不由產生了曾經滄海難為水，除卻巫山不是雲的感慨。

小桃紅點了點頭，想到自己五年的苦苦等待總算沒有白費，心上人終於歸來，小聲道：「就算你厭倦了，我也不走，我們娘倆兒這輩子賴定了你。」

方克文道：「求之不得，求之不得！」他伸出手摸了摸小桃紅額頭的疤痕，關切道：「這道疤……」

小桃紅現在並不想提起這件事，輕聲道：「以後再跟你說，我們娘倆兒也算是守得雲開見月明，你回來了，我們苦日子也算熬完了。」

方克文道：「我不是跟你說過，若是遇到什麼過不去的困難就去找我爹。」想起已經病故的父親，方克文不禁黯然神傷。

小桃紅道：「你答應我會回來，所以我尋思著再苦也就是多熬幾天，可沒成想一等你不來，二等你還不回來，不知不覺就等了五年，等得我都老了。」

方克文搖了搖頭道：「不老，在我心中，你永遠是世上最美的那個。」

小桃紅有些不好意思地笑了笑，輕聲道：「你走後，倒是遇到了一些麻煩，本想去找你爹來著，可是後來聽說你爹生了重病，沒多久就過世了，無論你們方家認不認我，可是思文總是你們方家的血脈，我不敢前去弔唁，只能等你爹下葬之後，帶著思文偷偷去你爹墳前祭拜，也算是替你盡了為人子的孝道。」

方克文感動得眼眶濕潤了，小桃紅雖出身卑微，卻是如此善解人意，自己有生之年一定要盡力補償她們娘倆，唯有如此才對得起小桃紅對自己的辛苦付出。

小桃紅道：「我本想悄悄地去，不引起外人注意，卻沒想到離開的時候遇到了老太爺。」她口中的老太爺就是方克文的爺爺方士銘。

方克文此時方才想起自己前往慶福樓尋找小桃紅的起因，爺爺顯然是知道小桃紅下落的，還說讓自己去找小桃紅詢問方家發生的一切。

小桃紅道：「老太爺其實早就知道了我們的事情，他對我說你可能已經死了，我堅決不信，老太爺給了我一張銀票讓我離開津門好好過日子，我沒收，他應當也猜到了思文的身分，臨別之時，他說他和我的想法一樣，也覺得你還活著，他提醒我若是留在津門，絕不要主動和方家人聯絡。」

方克文這才將自己是受了爺爺的指引前來找小桃紅的起因說了，小桃紅聽完也頗感差異，驚奇道：「他果真這樣說？除了老太爺之外，我和方家的任何人都沒有聯繫，我怎會知道方家的事情？」

方克文道：「你仔細想想，當時他還跟你說了什麼？」

小桃紅苦苦思索，過了一會兒方才道：「對了，他送給逗兒一個長命鎖。」她來到熟睡女兒的身邊，小心從她的頸上拽出那只長命鎖。

方克文看得真切，這只長命鎖正是自己小時佩戴的那一個，也就是說爺爺肯定已經猜到了思文的身分，否則不會將這只長命鎖給她。他小心將長命鎖取下，然後轉動鎖底部的三個轉輪，這長命鎖構造精巧，可以通過轉動改變轉輪上方的字體排列，長命鎖發出喀嚓一聲輕響，前後解體開來，中空的內部現出一個小小的紙卷兒，方克文將紙卷取出展開，卻見上方寫著三個字——**惜金軒**。

小桃紅屏住呼吸，生怕打擾到他，等到方克文將紙卷展開，方才小聲問道：「這是什麼？」

方克文道：「地名。」他的聲音抑制不住激動，老太爺一生從商，不知經歷了多少風風雨雨，才為方家打下了這大大的家業。雖然方克文至今不知方家發生了怎樣的變故，可是他堅信見慣大風大浪的爺爺不會那麼容易翻船。

方克文自從知道小叔方康偉成為方家掌權人的那刻起就感覺有些不對，在見到爺爺之後，他的這種感覺變得尤為強烈，老太爺並不糊塗，非但第一時間就認出了自己的身分，而且指引他前來和小桃紅母女重聚。從小桃紅的敘述中不難推斷出，爺爺早已知道思文是自己的骨肉，而老太爺並未公開相認，仍然眼睜睜看著她們母女受苦，其中最可能的原因就是，那時老太爺已經意識到家族危機的到來，他甚至無法保證自身的安全，沒有承認小桃紅母女的安全其實是出於對她們母女的保護。

老太爺生性霸道，權力欲極重，即便是他已經指定方克文的父親方康成為接班人，可是每當遇到重大的事情仍然要他來親自拍板定案，可以說老太爺在方克文失蹤之前始終都是方家最高的統治者。方克文此番歸來，發現方家發生的變化並不比自己身上發生的少，父親病逝，爺爺癱瘓，方家的大權居然落在了老太爺最不看好，也是最不爭氣的方康偉手中，表面上看方康偉是方家如今倖存的唯一男丁，繼承家業理所當然，可是爺爺在醫院的那番表現讓方克文不能不懷疑這其中暗藏陰謀。

老太爺留有後手，惜金軒方克文再熟悉不過，他生性貪玩，當年家裡將他送往燕京大學學習金融，而他對金融專業毫無興趣，反倒是對冷僻的考古專業情有獨鍾，於是偷偷轉去了考古系，師從在考古和歷史兩大領域都擁有很高建樹的麻博軒教授，此事被家族知道之後，氣得父親方康成幾乎要和他斷絕父子關係，到後來還是老太爺出面化解了他們父子之間的矛盾。

這惜金軒位於北平琉璃廠，也是因方克文愛玩而結緣，那時候，他閒暇時間常常前往琉璃廠蹓躂，收購一些古董文物，時間長了發現這樣閒逛收穫不大，於是就興起了開間鋪子收購古董的念頭，這事兒他也不敢跟父親直說，只能找老太爺商量，老太爺雖然為人嚴厲，可對他這個孫子卻是極其寵溺的，當時並沒有表態，可後來卻不聲不響在琉璃廠盤了一間鋪子，修整一新之後，在方克文二十二歲生日那天送給了他。

方克文至今仍然記憶猶新，當時爺倆兒約定，這是他們之間的秘密，除了他們之外誰都不說，連方克文的老爹也不例外。方克文的身上畢竟有著富家公子哥的毛病，感興趣的事情太多，做事兒缺乏長性。更何況琉璃廠魚龍混雜，想要在那裡將生意經營得風生水起並不容易，他的熱情也隨著大學畢業而漸漸消退，臨畢業那一年幾乎連店鋪的門都不登了，大學畢業之後，家裡送他前往歐洲遊學，他更是將自己的這間鋪子忘了個乾乾淨淨，後來偶然想起問過老太爺，老太爺只是淡淡說了句已經轉了，此後方克文就再也沒有想起過。

如果不是打開這只長命鎖，方克文幾乎忘了自己曾經有過那麼一間鋪子。以他對老太爺的瞭解，老人家不會無緣無故留下這件東西的，長命鎖是自己從小所戴，他送給了思文，破解密碼的方法只有自己和老太爺知道，而老太爺在長命鎖內藏了這個只有他們爺倆兒才知道的店鋪名字，顯然是有意為之。

方克文的內心激動不已，爺爺雖然沒有說話，可是他的內心中應當和小桃紅一樣，相信自己終有一日會歸來。

小桃紅打了個哈欠，柔聲道：「該睡了。」

方克文此時內心頗不平靜，他低聲道：「你先睡，我出去走走。」

小桃紅點了點頭，體貼地為他披上棉襖：「夜冷風寒，別待太久了。」

方克文點了點頭，走出房間，小心將房門帶上，正看到羅獵攙扶著已經喝得爛醉如泥的阿諾回來，方克文一瘸一拐地走過去，幫助羅獵將房門開了，羅獵將阿諾拖到了床上，然後幫他褪下皮靴，氣喘吁吁道：「這傢伙死性不改，偷偷去賭場輸了個精光，喝成這副樣子回來。」

方克文道：「每個人都有自己的煩惱，或許他有心事！」

羅獵聽出方克文話裡有話，拿了棉被幫阿諾蓋在身上，轉身向方克文道：

「這麼晚還沒睡？」

「睡不著！」方克文說完又建議道：「出去喝兩杯。」

羅獵笑了起來：「小別勝新婚，方先生難道沒聽說過這句話？」

方克文難得地露出一絲笑容：「隔壁有家夜市。」並非是他不想陪著小桃紅娘倆兒，只是他滿腹心事，想要找人傾訴，又擔心小桃紅為自己擔心。

羅獵陪著方克文來到了旅館隔壁的夜市，這樣的夜市在津門港區很常見，日租界倒不是太多。一口砂鍋，裡面燉著各式豬雜，熱乎乎的一鍋，配上花生米，海帶絲之類的涼菜，三五個人，再來上幾斤散酒，保你可以盡興而歸。

換成過去，講究生活格調的方克文是不可能出現在這樣的夜市檔口的，可他的高傲已經被五年幽閉生活磨礪得乾乾淨淨，現在的他甘於沉寂，即便是在黑夜裡，仍然不願發出一絲一毫的光彩。

方克文抿了口酒，低聲道：「方家出了事情。」

羅獵點了點頭，縱然身為外人，可是從他們來到津門後看到的一切也能夠輕易得出這樣的結論，他輕聲道：「有什麼我可以幫上忙的嗎？」

方克文搖了搖頭，他的自尊不允許自己這樣做，儘管他已經將眼前的年輕人視為了自己的朋友。

「明天我就會帶著她們娘倆兒離開津門，這頓飯就算是告別吧。」雖然他認為自己對羅獵的隱瞞很不夠意思，但是出於對家人的保護，他不得不這樣做。

羅獵沒有追問，端起小黑碗跟方克文碰了碰，然後一飲而盡，在阿諾去賭場賭博的時候，他獨自一人出去瞭解了一些方家的狀況，現在方家有很多和日本人合作的生意，羅獵甚至猜測在方克文失蹤的這幾年中，方康偉利用見不得光的手段霸佔了家產。可是方克文在經歷五年生不如死的幽閉生涯之後，錢財對他而言如同浮雲，這個世上他最為在意的應當只是小桃紅母女。

離開未必不是一個最好的選擇，至少可以讓他遠離是非，遠離爭鬥，一家三口若是能夠從此過上平靜的生活，對方克文來說未嘗不是一種幸福。

羅獵忽然又想到了仍然躺在仁慈醫院的方老太爺，方克文是不是可以真的放下方家所有的一切？

方克文道：「我是不是很不孝啊？」

他的問話對羅獵而言多少有些突兀，羅獵愣了一下，馬上就明白了他的意思，方克文應當已經猜到了家族中發生的一切，離開津門，不但意味著放棄了本該屬於他的財富，也意味著他放棄了病中的爺爺，放棄了查明家族劇變的真相。

羅獵用方克文剛才的那句話回應道：「**每個人都有自己的煩惱。**」他相信方克文在做出這個決定之前必然經過了一番劇烈的思想鬥爭，別人的對錯，自己無法評判。

方克文道：「如果你是我，你會怎樣做？」

羅獵很認真地想了想，過了好一會兒方才道：「我沒有牽掛！」

方克文內心一顫，羅獵雖然年輕，可是他的目光之敏銳，心思之縝密卻難得一見，他的這句話正切中了自己的要害，支撐方克文在九幽秘境活下來的原因是牽掛，他牽掛小桃紅，牽掛他離開時尚未出生的骨肉，正是因為這份牽掛，才讓他對生命格外的珍惜，才讓他在旁人無法想像的惡劣環境下生存下去。而當他重返津門，看到小桃紅母女的那一刻，他的內心就開始變得患得患失，儘管他明白方家必然發生了大事，可是他卻不敢面對這個現實，甚至不敢去探察這一系列事件背後的真相。不是害怕，而是擔心有可能給小桃紅母女帶來麻煩。

羅獵道：「早些去睡吧，**珍惜身邊人，珍惜眼前的一切，永遠都不會錯。**」

方克文抿了抿嘴唇，端起面前的酒碗一飲而盡，他低聲道：「也許我註定要做一隻鴕鳥。」鴕鳥在遇到危險的時候，通常會將腦袋埋在沙堆裡，什麼都看不見了，以為這樣危險就會過去。

羅獵道：「做鴕鳥也沒什麼不好。」其實這些年來，他何嘗不是在逃避？有些事畢竟已發生，有些事畢竟是現實，逃得開嗎？佯裝看不到就不會發生嗎？

清晨，阿諾從宿醉中醒來，感覺整個頭顱彷彿就要裂開一樣，搖搖晃晃站起身來，抓起桌上的茶杯，將裡面的隔夜茶咕嘟咕嘟喝了個乾淨，仍然感覺嗓子渴得冒煙，拉開房門，看到羅獵拎著行李箱走出了隔壁的房間，阿諾撓著滿頭亂糟糟的金毛道：「喂！這麼早，哪兒去啊？」

羅獵道：「你忘了，昨兒答應我咱們今天乘車去黃浦，票我可都買好了。」

阿諾打了個哈欠：「老方呢……」

羅獵道：「一早就走了，你最好快點，不然咱們只怕趕不上火車了。」

阿諾草草洗了把臉，套上衣服，帶著昨天仍未消退的酒意，跟羅獵一起走出了旅館的大門，街邊一個報童揮舞著報紙大聲吆喝著：「號外！號外！津門方家老太爺方士銘昨夜去世，方家萬貫家財終歸何處……」

羅獵心中一怔，昨日上午才陪同方克文探望過方老太爺，想不到老先生居然晚上就去世了，他買了一份報紙，果然看到頭版頭條上刊登著方士銘的訃告。

阿諾這會兒清醒了一些，湊在一旁看了看道：「方克文的爺爺？」

羅獵點了點頭。

阿諾道：「方克文知不知道？」

羅獵的目光投向遠處，幾名小報童叫賣的聲音此起彼伏。數十年來方士銘都是津門首屈一指的風雲人物，他的死必然引起津門震動，此刻消息只怕已經傳得滿城風雨，方克文又不是聾子，很可能已經得到了消息。

羅獵低聲道：「阿諾，咱們分頭行動，你去火車站看看他走了沒有，我去仁慈醫院。」

兩人就地分手，羅獵叫了輛黃包車直奔仁慈醫院而去，來到仁慈醫院的大門前，就看到大門擠滿了前來採訪的記者。羅獵四處張望，很快就在圍觀的人群中找到了方克文的身影。

羅獵悄然來到方克文身邊，輕輕拍了拍他的肩膀。

沉浸在悲傷中的方克文此時方才驚覺，轉臉看到了羅獵，轉過身去，偷偷抹去臉上的淚水。

羅獵之所以前來是擔心方克文會因悲痛過度失去理智而暴露身分，看到方克文雖然悲傷可是並沒有喪失理智這才放下心來，低聲勸道：「節哀順變。」

三輛黑色的小轎車從醫院內魚貫而出，緊隨其後的是運送棺槨的卡車，記者們本想蜂擁而上，攔住轎車進行採訪，方家顯然早已做好了方方面面的準備，一群穿著黑色西服的保鏢率先走過來將記者們阻攔開來。

方克文含淚望著那輛載著爺爺靈柩的卡車，心中悲傷難忍，昨天甚至沒有來得及和爺爺多說一句話，想起爺爺昔日的音容笑貌，內心中更是情難自禁，羅獵擔心他過於悲傷引起外人的注意，低聲提醒他道：「老先生的遺體已經送走了，咱們先離開這裡再說。」

方克文點了點頭，轉身想走，可是雙腿卻軟綿綿失去了力氣，眼前一黑險些撲倒在地上，幸虧羅獵及時將他扶住。羅獵扶著他來到了路牙石上坐下，從街邊買了一碗大碗茶送到方克文手裡，方克文喝了大碗茶，情緒方才平復了一些，充滿內疚道：「我對不住他老人家。」他知道爺爺對自己是寄予很大希望的，老爺子一生要強，到最後竟然落到如此下場，從昨天匆匆一晤就能夠看出老爺子心中的不甘，和小桃紅一樣，爺爺心中同樣認為自己有朝一日會回來，他有太多的話想要對自己說，可是並未來得及開口。

爺爺的突然離世讓方克文的內心變得更加矛盾，他本想帶著小桃紅母女倆悄悄離開津門，他甚至想過，即便是方家家業落在了方康偉手中，即便是自己一無所獲也沒什麼要緊，此前五年的幽閉生涯已讓他明白真正重要的是什麼。可是他還沒有來得及離開津門，就聽說了爺爺去世的消息，方克文又怎能當作一切沒有發生，於是他讓小桃紅母女二人暫時在火車站等著，自己則來到仁慈醫院，默默為爺爺送行，他甚至來不及見到爺爺最後一面，心念及此又怎能不難過。

方克文剛才幾乎沒能控制自己的情緒，恨不能衝入仁慈醫院去看看爺爺的遺容，可最後關頭還是理智占了上風，還是讓所有人都認為自己已經死了的好。在路邊默默坐了好一會兒，情緒平復之後，方克文向羅獵充滿感激道：「謝謝！」

羅獵道：「你有什麼打算？」

方克文想起仍在車站等待自己的小桃紅母女，如今對他而言最重要的就是她們，他低聲道：「我去火車站。」

羅獵擔心方克文有所閃失，跟上去和他一起前往火車站。

叫了兩輛黃包車將他們送到了津門火車站，方克文來到當初分別的地點，卻發現小桃紅母女並未在約定地點等候，現在已經是上午十點半，距離他們原本要搭乘的火車已經過去了一個半小時，方克文先是考慮她們母女會不會乘車先行離開，可轉念一想，小桃紅明明答應了在這裡等著自己，沒可能不辭而別，心中頓時焦躁起來，他的目光四處搜尋，期望能夠找到她們的蹤影。

羅獵從方克文焦急的神情已經猜到發生了什麼，安慰他道：「興許去買吃的了，又或者去廁所了。您在原地等著，我去周圍看看。」

方克文點點頭，羅獵還未走遠，就看到阿諾氣喘吁吁走了過來，羅獵喊了他一聲。阿諾發現他們，慌忙跑了過來，上氣不接下氣道：「壞……壞了……」

羅獵心中暗叫不妙，他和阿諾分頭行動尋找方克文一家的下落，自己在仁慈醫院門口找到了方克文，阿諾則來到了火車站，十有八九見到了小桃紅母女。

方克文已經迫不及待地問道：「發生了什麼事？」

阿諾看來累得不輕，大喘了兩口氣道：「小桃紅娘倆被人給抓走了……」

方克文聽到這消息有若五雷轟頂，衝上去抓住阿諾的手臂，大吼道：「什麼人？你告訴我，你快告訴我！」

阿諾被方克文掐的手臂隱隱作痛，苦著臉道：「你放開我再說！」

羅獵提醒方克文務必冷靜，阿諾這才將事情的來龍去脈說了一遍，按照他和羅獵的約定，阿諾來火車站找人，他剛剛看到小桃紅母女二人，就看到一群人搶走了思文，小桃紅為了奪回孩子，追了上去。在火車站門前，這群人衝上去將小桃紅母女拖上一輛法產雷諾汽車，然後驅車離開。

阿諾叫了輛黃包車跟了上去，可惜車速太快，很快就跟丟，不過他記下了車牌號，那黃包車夫告訴他，汽車是屬於白公館的，那些人全都是安清幫白雲飛的手下，所以即便是現場有員警看到也只當什麼都沒發生。

方克文聽說小桃紅母女被安清幫的人抓去，頓時亂了方寸，他將她們母女看得比自己的性命更加重要，咬牙切齒道：「我去要人！」

羅獵一把將方克文抓住：「方先生，你以為這樣登門就能夠把人要回來？」

方克文怒吼道：「為了她們娘倆，我就算犧牲性命也不足惜。」

羅獵道：「犧牲性命能夠將人救回來倒也值得，就怕你搭上了性命也無法將她們救出火坑。」

阿諾跟著點了點頭道：「羅獵，你主意多，幫方先生想想辦法。」

羅獵皺了皺眉頭道：「我看這件事應該和昨天慶福樓的那場風波有關，這樣吧，我一個人過去。」

方克文道：「你一個人過去？」

羅獵點了點頭，畢竟安清幫的這場報復很可能是因為昨天自己捉弄宋禿子引起，方克文目前並不適合公開露面，這個世界上很少有錢擺不平的事情，雖然他還沒有收到葉青虹的那筆豐厚尾款，可是手頭還是有一些銀洋的。

方克文道：「我跟你一起去。」

羅獵道：「沒必要！你和阿諾在外面負責接應，如果我進去兩個小時還不能出來，阿諾，你就去電話局打這個電話。」他將事先寫好的紙條兒遞給了阿諾。

阿諾道：「找誰？」

羅獵道：「穆三爺，他和葉青虹還欠我一大筆尾款，讓他幫我解圍！」

阿諾用力點了點頭，小心將電話號碼收好了。

方克文望著義薄雲天的羅獵，內心之中百感交集，如果說自己曾經幫助過羅獵，可是早在蒼白山羅獵就已經償還了自己所有的人情，在自己遇到麻煩的時候，羅獵毫不猶豫地挺身而出，這份友情，自己將永銘於心，如果今次小桃紅母女能夠平安脫險，他來世將結草銜環報答羅獵的恩情。他充滿憂慮道：「白雲飛那個人少年得志，心狠手辣，在津門無人敢惹，你務必要小心。」

羅獵淡然笑道：「只要是人就會有弱點，再說了，我登門是跟他談交易，又不是拚個你死我活。」

方克文點了點頭，伸手拍了拍羅獵的肩膀，低聲道：「珍重！」

如果說方士銘是津門傳統商界的傑出代表人物，那麼白雲飛就是津門江湖門派中新近崛起的翹楚，他今年剛剛三十歲，兒時因家境貧寒進入戲班學戲，後來得到一代名伶焦成玉的賞識，有幸拜入這位大師門下學戲，拜師之後突飛猛進，十二歲就正式登台唱起了花旦，白雲飛就是他師父給他起的藝名。

白雲飛少年成名，在師父的悉心栽培下很快就在京津一帶走紅，只可惜人無千日好，花無百日紅，他的才華來得快去得也快，十四歲那年突然因一場急病失了聲，病好之後，嗓子再不復昔日的狀態，對一名花旦來說，嗓子原本就是立業揚名的最大本錢，失去了這一本錢，自然沒有了謀生的手段，於是白雲飛從眾星捧月的台柱變成了連戲詞都沒有的龍套，他性情孤傲，哪能咽得下這口氣，於是就離開了戲班。在人世間摸爬滾打數年之後，不知怎麼就混進了安清幫，憑藉他的精明頭腦和在戲台上修煉的一身不錯功夫很快就闖出了一番天地。

白雲飛做事堅韌果斷，為人心機深沉，從雙手空空的一介布衣能夠爬升到如今津門最具實力幫派的當家人就證明了他超人一等的手腕。

白雲飛父母早亡，最敬重的師父也在他十三歲那年癱瘓了，如果不是焦成玉癱瘓，白雲飛或許不會走上這條江湖路，不過他雖然對其他人絕情狠辣，唯獨對這位師父孝敬有加，這十八年來焦成玉一直都依靠他來奉養。

白雲飛很愛面子，做事高調，在津門五大道的重慶道買下一座中西合璧的公館，在他隔壁就是昔日大清朝慶親王的公館，人們通常將慶親王的公館稱為慶王府，而白雲飛和王爺比鄰而居，他的白公館也被人戲稱為侯爺府，手下的那幫兄弟為了溜鬚拍馬常常尊稱他一聲白侯爺，時間久了，白侯爺也就變得聲名遠播，不知內情的人真以為白雲飛有王室的背景了。

羅獵來到白公館前，摁響了門鈴，不多時就看到一位四十多歲的中年人過來打開了房門上的小窗，那人表情倨傲，冷冷掃視了羅獵一眼，從門房的態度就能夠看出其主子的身分，這世上多得是狗仗人勢之輩。

羅獵微笑道：「請問白先生在嗎？」

那人上下打量著羅獵：「你是誰？和我家侯爺可曾有約？」

羅獵笑道：「在下羅獵，從黃浦來，是穆三壽穆三爺的門生，今次路過津門特來拜會白侯爺。」羅獵之所以打著穆三壽的名號前來也是無奈之舉，穆三壽名震黃浦，在江湖上絕對是一塊響噹噹的招牌，只要是江湖中人多半都會知道黃浦穆三爺的名號，白雲飛乃是津門的風雲人物，既然是同道中人，他和穆三壽即便沒有太多的交集，也應當聽說過。

守門人點了點頭道：「羅先生稍等，容我去通報一聲。」在羅獵報出穆三壽的名號之後，對方的態度明顯友善了許多，足以證明他也知道穆三壽的名頭。

羅獵在門前等了一會兒，大門緩緩開啟，卻是那守門人通報之後回來，向羅獵微笑道：「羅先生請，我家先生請您進去。」

羅獵暗自鬆了一口氣，看來穆三壽的招牌果然奏效，在守門人的引領下走入白公館，津門五大道這種中西合璧的建築很多，白公館從外面看完全是西洋建築風格，可內部裝修卻和外觀大相徑庭，採用的中式裝修。深紅色紅橡木地板，黃花梨貝殼鑲嵌的全套家私，純然一色的白色牆壁上恰到好處地點綴著幾幅水墨花鳥畫，從落款來看居然是八大山人朱耷的作品，雖然無法斷定畫品的真偽，不過單從客廳的佈置和裝飾來看，這位白雲飛還是具有相當的品味。

羅獵欣賞客廳陳設的時候，津門侯爺白雲飛緩步走下樓梯，他中等身材，保養極好，黑色頭髮五五中分，梳理得極其柔順，肌膚白皙細嫩，面部的輪廓極其柔和，長眉彎彎，五官精緻，男生女相，難怪白雲飛當年會被焦成玉收為弟子。

白雲飛穿著黑色長衫，圓口布鞋，雖然下樓的速度不快，可是每一個動作都透著幹練俐落，畢竟是戲班出身，舉手抬足都能夠現出功夫。

羅獵微笑迎了上去，客客氣氣道：「白先生！久仰久仰！」他主動向白雲飛伸出手去。

白雲飛的唇角露出淡淡的笑意，這一笑，臉頰之上居然泛起兩個淺淺的梨渦，比起多半女子笑得還要嫵媚一些。如果不是事先就已經得悉了白雲飛的來歷，羅獵幾乎會認為他是女扮男裝。

白雲飛清澈的雙目打量了一下羅獵，目光旋即又落在羅獵的手上。

羅獵其實在伸手之前已經預計到自己很可能會遭到白雲飛的拒絕，不過即便如此，他還是要表明自己的誠意。

白雲飛雖然猶豫了一下，不過他最終還是伸出手去，握住羅獵的手道：「羅先生，幸會！幸會！」

羅獵知道白雲飛之所以肯跟自己握手，絕不是給自己這個陌生人面子，而是衝著黃浦穆三爺，通過這番試探羅獵也可以做出初步的判斷，白雲飛對穆三壽這位江湖前輩還是給面子的。

白雲飛邀羅獵落座，讓傭人斟茶。撩起長衫，翹起二郎腿在羅獵右首坐下。羅獵悄悄觀察白雲飛，發現這位威震津門的梟雄人物非但相貌清秀，而且一舉一動都透著文雅氣度，其實能夠震懾群雄的未必需要天生惡相霸氣側漏，也不一定要擁有強健的體魄和過人的武力，真正起到關鍵作用的應該是頭腦和智慧。

羅獵品了口茶，輕輕將茶盞放下，微笑道：「在下羅獵，是穆老爺子的門生，在黃浦時就久仰白先生大名，一直都想找時間過來拜會，今次剛巧路過津門，冒昧前來，順便替穆老爺子給白先生問一聲好。」反正白雲飛目前不知道自己的底細，既然利用了穆三壽這張牌，就一定要將牌用好，起到最大的效果。

白雲飛微笑道：「羅先生客氣，穆老爺子也客氣了，三年前白某去黃浦，承蒙穆老爺子盛情款待，老爺子慷慨好客讓我溫暖至今，穆三爺身體還硬朗嗎？」

羅獵點了點頭道：「好得很，好得很！」心中卻不免有些忐忑起來，從白雲飛的這番話中能夠聽出，他和穆三壽曾經見過面，而且路過黃浦的時候，穆三壽還待為上賓，不知他和穆三壽的交情到底如何？

白雲飛道：「說起來我也有三年未曾去過黃浦了，有機會過去，一定當面拜會他老人家。」

羅獵放下心來，白雲飛無意中透露的資訊表明他和穆三壽之間的交往並不頻繁，三年之中可以發生太多的事情，自己精心編織的謊言暫時不會露出破綻，他笑道：「等我回去一定向老爺子轉達白先生的問候。」說完他取出了一盒上好的古巴雪茄，來此之前他特地打聽過，白雲飛喜歡抽煙，尤其是喜歡雪茄，這盒雪茄煙是陸威霖臨走時送給他的禮物，羅獵還沒來得及抽，這次居然派上了用場。

白雲飛顯然是識貨之人，接過雪茄打開木盒，從煙草的味道已經聞出這雪茄煙是上品，禮下於人必有所求，白雲飛才不相信這世上會有免費的午餐，他呵呵笑了一聲道：「羅先生實在是太客氣了，居然還給我帶來了禮物。」

羅獵道：「小小禮物，不成敬意！」

白雲飛也不客氣，微笑道：「盛情難卻，那我只好收下，羅先生這次來津門是公幹呢？還是尋親訪友？」

羅獵道：「尋親！」

白雲飛道：「原來羅先生在津門有親戚啊！」

羅獵道：「失散多年的表姐，只是這次卻撲了個空。」

白雲飛眉峰一動，從羅獵的話音中他瞬間已經判斷出對方此次前來另有目的，輕聲道：「不知羅先生的表姐是誰？說出來看看我能否幫得上忙？」

羅獵道：「她本名陶映紅，藝名小桃紅，帶著一個女兒，此前是在山西路慶福樓賣藝為生的。」

白雲飛此時心中已經完全明白，無事不登三寶殿，對方果然是有備而來，點了點頭道：「可有線索？」

羅獵靜靜望著白雲飛的雙目道：「有人看到她們娘兒兩個在火車站被白公館的車接走了。」他說得委婉，並沒有用上劫持二字。

白雲飛不慌不忙地飲了口茶，然後將茶盞輕輕放在了桌面上：「羅先生的意思我明白了。」

羅獵道：「若是白先生能夠幫我這個小忙，在下願重金酬謝！」

白雲飛呵呵笑了起來：「重金？」

羅獵道：「在下的那點銀子自然入不得白先生的法眼，不過誠意拳拳，還望白先生能夠賞我一個薄面。」

白雲飛道：「多少誠意？」

他的這番話在羅獵的理解等於是詢價，羅獵從懷中取出一張銀票，雙手放在白雲飛的面前。

白雲飛在銀票上掃了一眼道：「兩千大洋，這小桃紅母女居然這麼值錢？不過……」他伸出一根手指將銀票推了回去：「我這個人雖然愛財，可是君子愛財取之有道，別人知道我收了穆三爺門生的錢，豈不是要笑我白某貪圖蠅頭小利不顧江湖道義。」兩千塊大洋被他說成了蠅頭小利，可見白雲飛的財大氣粗。

羅獵笑道：「白先生果然高風亮節，義薄雲天。」暗忖白雲飛莫不是嫌少？

白雲飛卻是陡然話鋒一轉道：「打狗還需看主人！」臉上和藹表情頃刻間盡數褪去，陰沉的目光望著羅獵道：「宋禿子是我的人，不知他得罪了誰？有人居然用下三濫的手段迷了他的心智，讓他在眾目睽睽之下光溜溜跑到了大街上。」

羅獵暗叫不妙，從白雲飛突然變臉來看，這廝顯然沒那麼好說話，穆三壽這張牌未必靈光。

白雲飛露出一絲冷笑道：「羅先生知不知道是什麼人這樣對付宋禿子？」

羅獵道：「那件事是我做的！」

白雲飛並沒料到羅獵會這樣痛快承認：「你不知道他是我的人？」

羅獵道：「事後方才知道，不過就算知道，我仍要為我的小外甥女出那口惡氣，恃強凌弱，搶走一個五歲孩子好不容易得來的那點賞錢，白先生以為他這樣的作為不丟您的面子？」

白雲飛冷冷望著羅獵道：「羅先生在教訓我嗎？」

「不敢，只是將實情說出。對付宋禿子的人是我，此事也和小桃紅母女無關，還望白先生高抬貴手放過她們，冤有頭債有主，有什麼事找我問罪就是。」

白雲飛呵呵笑了起來：「不愧是穆三爺的門生，口氣還真是不小，穆三爺難道沒有教過你在人屋簷下不能不低頭的道理？」

羅獵道：「所以我才來找白先生。」

白雲飛重新將茶盞端起，輕輕撥動盞蓋，撞擊茶盞的上緣發出悅耳的聲響，慢條斯理地抿了口茶方才道：「如果我是你，就不會自投羅網，趁著沒被找上門之前，有多遠走多遠！」

羅獵泰然自若道：「我雖然不是什麼好漢，可一人做事一人當的道理還是懂得的，豈能讓他人因我受累？」

白雲飛一雙比女子嫵媚的妙目瞟了羅獵一眼，目光不怒自威，殺機森然。

第三章

相同的車號

白雲飛讓司機備車，讓羅獵隨同他一起去和平大戲院，
這也是他在津門諸多的產業之一，
白雲飛之所以選擇前往那裡，全都是因為那輛車的緣故，
羅獵認定劫走小桃紅母女的那輛車屬於白公館，
所以那輛汽車自然成為最重要的線索。

羅獵心中暗自警惕，靜靜望著白雲飛的明澈雙目，試圖通過他的這雙視窗尋找突破他心靈防線的薄弱環節。

兩人對視良久，白雲飛忽然笑了起來，這一笑冰雪消融，凜冽殺機彌散於無形，他點了點頭道：「到底是穆三爺的門生，的確有些膽色。」

羅獵道：「此事和三爺無關。」這句話他倒沒有說謊，整件事從頭到尾也和穆三壽沒有半點的關係。

這時候傭人走了過來，來到白雲飛的面前恭敬道：「老爺，穆三爺的電話接通了。」

羅獵內心一沉，如果這傭人沒有撒謊，那麼證明白雲飛和穆三爺之間的聯繫絕非尋常。白雲飛這個人顯然沒有信服自己的身分，而是通過電話向穆三壽來直接證明自己的身分，如果穆三壽否認自己是他的門生，那麼別說是營救小桃紅母女，就連自己都很難從白公館脫身。

白雲飛一團和氣道：「羅先生稍候，我去接個電話就來。」

羅獵鎮定如常，微笑向白雲飛點點頭：「白先生只管忙，我在這裡候著。」

白雲飛讓用人給羅獵續上茶水，然後邁著不緊不慢的步子走向書房。

白雲飛這一去足足有二十分鐘，對羅獵而言這段時間實在有些煎熬了，他雖然表面平靜如昔，可是內心卻已經波濤湧動，白雲飛這個人很不簡單，不排除他故意使詐以此來探聽自己虛實的可能，當然也無法排除他當真聯繫上了穆三壽，無論怎樣自己都要做好準備。羅獵觀察周圍佈置，如果說剛剛進入白公館的時候是出於欣賞，而現在更是為了熟悉周圍的環境，為事情演變到最壞一步做準備。

白雲飛終於回來，臉上的表情風波不驚，依然是不緊不慢的步伐，來到羅獵面前，歉然一笑道：「羅先生久等了。」

羅獵笑道：「剛好有機會欣賞白先生珍貴的藏品。」

白雲飛眉頭微微一挑，臉上浮現出一絲得色：「也沒什麼好東西，好在都是真品。」

羅獵心中暗歎，這廝的口氣真大，別的不說，單單是客廳內懸掛的八大山人的花鳥畫，每一幅都是價值連城，不知他是使用怎樣的手段強取豪奪而來，他笑道：「白先生過謙了。」

白雲飛微笑道：「我從來都不說謊話！」臉上的笑容頃刻間收斂，冷冷望著羅獵道：「穆三爺說，他從未收過一個叫羅獵的門生！」

羅獵內心中早已做好了準備，臉上不見絲毫慌張的神情：「三爺在道上朋友那麼多，未必對每個人都說實話！」

白雲飛手中的茶盞突然失手落在了地上，精緻的茶盞摔得粉碎。

羅獵劍眉皺起，摔杯為號？他警惕地向四周望去，以為從周圍會湧來白雲飛的手下，將自己團團包圍，若是當真如此，他不得不採取下策，對付白雲飛。可事實上這一幕並未發生。只有傭人聽到動靜，慌忙趕過來清掃。

白雲飛雲淡風輕道：「羅先生不必害怕，我做事情不喜歡假手於人！」無論語氣還是神態都透露出一股強大的自信，如果不是親眼所見，很難相信這樣一具單薄的軀體內竟然藏有如此強大的氣魄。

羅獵不卑不亢道：「我做任何事之前會好好權衡一番，可是一旦做了就不會後悔。」

「不撞南牆不回頭？」

羅獵微笑道：「就算腦袋撞破，牆面上也會被染上鮮血。」

白雲飛聽懂了羅獵的意思，他分明是在威脅自己，同時又表達了寧為玉碎不為瓦全的決心和氣魄。可白雲飛居然沒有生氣，居然點了點頭，很認真地想了想道：「小桃紅母女的事情我並不清楚，她們也不在白公館。」

羅獵靜靜望著白雲飛，從他的表情中並未看出任何的破綻，以白雲飛的實力應當沒有對自己撒謊的必要。羅獵向白雲飛抱了抱拳道：「打擾了！」

白雲飛端起傭人剛剛換上的茶盞，目光看都沒看羅獵：「這就想走？」

羅獵並未從椅子上站起身來：「白先生不打算下逐客令嗎？」

白雲飛道：「你相信我的話？」

羅獵點了點頭道：「白先生從不說謊話，您在津門手下眾多，他們做過的每件事你未必都會知道。」

白雲飛呵呵笑道：「說來說去，你還是懷疑我。」他站起身來：「走吧，既然如此，我親自陪你去找找那輛車，我倒要看看，究竟誰帶走了小桃紅母女。」

這下輪到羅獵有些糊塗了，本以為白雲飛會跟自己翻臉發難，卻想不到他的態度居然變得溫和起來，此人深藏不露，喜怒無常，還真是不好捉摸，難道剛才當真是穆三壽的電話？阿諾已經聯繫上了他？

白雲飛看到羅獵仍然坐在那裡，不由得皺了皺眉頭道：「怎麼？當真想賴在我家裡不走？」

羅獵道：「白先生下逐客令了！」

白雲飛道：「穆三爺讓我幫他還你一個人情！」

羅獵終於明白白雲飛為何態度轉變的原因，原來他果然跟穆三壽通了電話，穆三壽雖然否認收過羅獵這個門生，卻在電話中告訴白雲飛，他欠羅獵一個人情，讓白雲飛幫羅獵這個忙。

白雲飛讓司機備車，讓羅獵隨同他一起去和平大戲院，這也是他在津門諸多的產業之一，白雲飛之所以選擇前往那裡，全都是因為那輛車的緣故，羅獵認定劫走小桃紅母女的那輛車屬於白公館，所以那輛汽車自然成為最重要的線索，白雲飛的汽車不止一輛，可是只有一輛汽車借給了別人使用。

這個人就是白雲飛新近邀請來戲院駐場的名旦，近兩年躥紅的花旦玉滿樓。

羅獵也是抵達和平大戲院之後方才知道這件事的，他們到達和平大戲院的時候，玉滿樓正在彩排，聽聞白雲飛到了，顧不上卸妝就前來迎接。

羅獵在黑虎嶺凌天堡就和玉滿樓交過手，除了身上的戲裝之外，玉滿樓和那時並沒有太多分別，仍然是畫的彩妝，面如桃李，楚楚動人，雖然二度相逢，羅獵仍然沒有見過他的真實面目，而羅獵卻和那時的形象截然不同，當時麻雀將他化妝成為一個皮膚黝黑滿臉絡腮鬍鬚的粗獷漢子，而今羅獵已經恢復了本來面貌，也幸虧如此，方才能夠不被玉滿樓當場認出。

玉滿樓在凌天堡背叛顏天心，在蕭天行大壽當日於戲台上突然發難，想要當場射殺蕭天行和顏天心，羅獵曾經親眼見證那一幕，想不到在凌天堡一戰之後，玉滿樓居然先他一步來到了津門。

羅獵不由得想起日前所見的松雪涼子，那個和黑虎嶺八當家蘭喜妹長得幾乎一模一樣的日本女郎，心中變得越發困惑，難道松雪涼子就是蘭喜妹？她和玉滿樓不約而同前來津門並非偶然？

玉滿樓並沒有認出已經洗去鉛華恢復本來容貌的羅獵，聽白雲飛介紹之後，還主動去和羅獵握手致意。

羅獵和玉滿樓握了握手。

白雲飛開門見山道：「玉老闆，我給你用的那輛汽車在什麼地方？」

玉滿樓道：「就停在後院，好幾天都沒動了。」

白雲飛點了點頭，讓玉滿樓帶他們去看看。玉滿樓也沒多問，帶著他們來到後院，看到一輛黑色的雷諾停在後院內。羅獵圍繞那輛車走了一圈，發現車輛並沒有移動的痕跡，因為汽車是停在露天，前兩天剛剛下過雪，所以車身上落了不少的積雪，周圍地面也沒有任何的車轍，就算是傻子也能夠看出這輛車這幾日並沒有開出去過。

羅獵心中不由得奇怪起來，難道是阿諾看錯了？可是他很快就從汽車周圍的腳印分佈中看出了端倪。

玉滿樓道：「白先生是不是要用車？」

白雲飛搖了搖頭，雙目望著羅獵意味深長道：「有人說我的這輛車曾經去津門火車站接走了兩個人，所以我特地過來證實一下。」

玉滿樓聞言笑了起來，搖了搖頭道：「從下雪那天我就一直留在這裡排演，連戲院的大門都沒有出去過，這輛車始終都停在後院，什麼人胡說八道？」說話的時候盯住羅獵，顯然認定了就是羅獵在搞事。

羅獵的臉上難免流露出尷尬之色，他留意到這輛車果然是黑色法產雷諾，車牌號和阿諾記下的也沒有任何分別，心中暗自奇怪，阿諾不會向自己撒謊，這世上也不會有那麼巧的事情，怎會有兩輛一模一樣的汽車，一模一樣的車牌號？

難道是白雲飛欲蓋彌彰，用這樣的方法來搪塞自己？轉念一想沒有任何可能，這樣做等同於掩耳盜鈴，以白雲飛的頭腦和智慧怎會做出這麼荒唐的事情？想到這裡，羅獵內心一動，難道有人開著同樣型號的雷諾汽車，偽造了白雲飛的車牌號？故意將矛頭引向白雲飛？他的目光向車牌蜻蜓點水般掃了一眼。然後歉然笑道：「想來應該是我朋友搞錯了。」

玉滿樓呵呵冷笑道：「羅先生做事最好還是要謹慎一些，有些話是不能隨便說的，白先生什麼身分地位，您可不能惹他生氣哦。」臉上已經顯現出慍色，擺出一副想要興師問罪的架勢。

白雲飛居然主動替羅獵解圍：「應當是誤會，其實看錯是常有的事情，解釋清楚就好。」搞清事實之後，他也沒有停留，告辭離開。

玉滿樓特地送上周日公演的戲票，讓白雲飛務必過來捧場。

白雲飛和羅獵兩人離開之後，玉滿樓的目光卻陡然變得凝重起來，他沒有卸妝，穿著戲服來到二樓最東邊的房間前，輕輕敲了敲門，然後走了進去。

室內爐火熊熊，一位身穿灰色西裝，頭戴同色毛呢鴨舌帽的人坐在桌前正在削著蘋果，手中鋒利的小刀貼著蘋果快速均勻地轉動著，蘋果皮宛如一條長蛇般緩緩垂落，果皮薄如蟬翼，均勻一致，握刀的手潔白細嫩，手指纖長，哪怕是一個最為細緻的動作都流露出雅致的美。

玉滿樓來到她的面前隔著桌子站在那裡，表情顯得頗為恭敬。

小刀突然停滯，果皮中斷，輕悠悠落入紙簍之中，蘭喜妹抬起一雙光波瀲灩的美眸，嫵媚嬌柔的目光望定了玉滿樓，卻讓玉滿樓感到從椎骨生出一股寒意。

蘭喜妹削了一片蘋果，用刀尖插住，遞向玉滿樓。

玉滿樓低下頭去，張開嘴巴小心地咬住了那片蘋果，心跳的速度明顯加快，他甚至無法確定，這面如桃李心如蛇蠍的女人會不會突然發神經，將那把鋒利的小刀捅入自己的咽喉，他雖然害怕，卻不得不表現出對她的無條件信任。

蘭喜妹唇角露出滿意的笑容，她喜歡將別人的性命玩弄於刀尖上的感覺，對方越是惶恐，她的內心就越是滿足，如果玉滿樓不敢吃這片蘋果，就證明他心裡有鬼，蘭喜妹永遠都有自己的一套邏輯。

「白雲飛來了？」其實蘭喜妹剛才已經從窗口看到了發生的一切。

玉滿樓點了點頭道：「他帶來了一個人，詢問汽車的事情。」

蘭喜妹不屑地撇了撇嘴：「總會有人看到，跟他一起來的那個人是誰？」

「羅獵！」

蘭喜妹秀眉顰起：「羅獵！」

「您認識他？」

蘭喜妹搖了搖頭：「據可靠消息，方克文還活著。」

玉滿樓道：「當真？」

蘭喜妹不滿地看了他一眼，嚇得玉滿樓垂下頭去。

蘭喜妹道：「想讓人說實話並不難，不是每個人骨頭都像方士銘那麼硬。」

羅獵的目光望著窗外，看著來來往往的人群，天空中飄起了細雪，街道上佈滿了深淺不一的腳印。

白雲飛打開煙盒，抽出一支香煙點燃，又將打開的煙盒遞給了羅獵。

羅獵微笑擺了擺手，指了指前方的路口道：「麻煩白先生在下個路口停一下，我到了。」

白雲飛示意司機在路口將汽車停下，司機停好車之後，跑過來打開了後門。

羅獵向白雲飛道別之後下車，關上車門，白雲飛卻又將車窗落下，望著羅獵道：「你仍然懷疑我對不對？」

羅獵想了想，還是從衣袋中取出阿諾此前記下的車牌號碼，白雲飛接過一看，臉上呈現出些許怒容：「什麼人給你的？」

羅獵道：「一個值得信任的朋友，他不會撒謊。」

白雲飛道：「你也看到了，那輛車不可能出去過！」

羅獵笑了起來：「可能是我朋友看錯了。」

白雲飛道：「這世上沒有那麼巧的事情，他不可能憑空寫出我的車牌號碼！除非是故意誣陷！」他的聲音變得嚴厲起來。

羅獵道：「像白先生這樣的車，津門應該不止一輛吧？」

白雲飛沒有說話，靜靜望著羅獵，等待著他的下文，同樣型號的汽車當然不止一輛，可是牌照卻只有一個。

羅獵接下來的話卻和汽車無關：「白先生和玉滿樓很熟？」

白雲飛從羅獵的這句話中敏銳察覺到了暗藏的意思，點了點頭道：「他是梨園年輕一代的翹楚人物，這兩年迅速躥紅，我請他來戲院唱戲！你認識他？」

羅獵微笑道：「聽說過他的大名，白先生對他肯定要比我瞭解。」他說完這句話揮了揮手轉身離去。

白雲飛卻皺了皺眉頭，望著羅獵漸漸遠去的背影，目光有些迷惘。

羅獵沒走出幾步就發現白雲飛的汽車再度跟了上來，超過了自己，在前方停下，司機為白雲飛拉開車門，又幫他披上灰色的毛呢大衣，白雲飛擺了擺手，示意司機將車開走，原地等著羅獵走到自己面前，然後道：「我請你吃飯。」

羅獵道：「不好意思，我約了朋友。」

白雲飛道：「這件事很重要，除非你不想救人！」他說完舉步走向一旁的起士林西餐廳。

羅獵對起士林聞名已久，知道這是津門乃至整個中國最早的西餐廳，相傳老闆起士林是隨著八國聯軍入侵津門一起過來的德國廚師，最早以製作麵包、糖果著稱。後來起士林擴大經營，在菜品上精心研究，再加上她店堂裝修佈置考究，對各國客人服務禮貌周到，所以很快就在津門揚名立萬。

前來起士林的食客眾多，難免良莠不齊，最初起士林開在法租界，一天，兩名衣冠不整的法國大兵進入起士林，看到兩人粗俗不堪，言行無狀，老闆阿爾伯特氣得上前理論，最終扭打起來，從而導致整個餐廳中所有的法國人對他展開群毆。這一事件鬧大之後，法租界官員本想羅織罪名將起士林趕出津門。幸虧這裡的常客白雲飛出面斡旋，方才讓法租界官員手下留情，不過起士林仍然難免離開法租界的命運，搬到了德租界中街，也就是現在的位置。從選址到開業，白雲飛都幫了不少的忙，所以他在起士林始終被視為最尊貴的客人。

兩人來到餐廳內落座，白雲飛點了奶油雜拌、紅菜湯、鵝肝醬奶油蘑菇湯、炸豬排、煙醺鮭魚，叫了瓶法國紅酒。

從羅獵對刀叉的熟練使用，白雲飛已經判斷出他很可能有過留洋的經歷，他端起紅酒和羅獵碰了一杯，優雅地抿了一口放下道：「有什麼話不妨明說，穆三爺讓我幫你這個忙。」

羅獵右手握住水晶杯，剛剛添滿的紅酒在手中熟練地搖曳著，宛如杯中遊走著紅色的絲綢，聽到白雲飛的問話，他嗅了嗅洋溢著杜松果香味的葡萄酒，然後輕輕將酒杯放下，目光於虛空中和白雲飛相遇，微笑道：「不知白先生剛才有沒有留意車旁的腳印？」

白雲飛充滿嘲諷道：「你不會是說有人將汽車從那裡偷偷抬了出去？」

羅獵道：「汽車可能始終在那裡，可是車牌卻未必。」

白雲飛端起紅酒，習慣性地翹起了蘭花指：「原來你也留意到了，車牌乾乾淨淨，沒有一丁點兒的積雪。」

羅獵目光一亮，他發現這一細節的時候並沒有當時點破，畢竟他並不瞭解白雲飛，白雲飛凶名在外，他和玉滿樓究竟是怎樣的關係？這齣戲到底是不是他在背後導演？所有這一切羅獵都一無所知。其實在離開和平大戲院之後，羅獵的內心就有些猶豫，以白雲飛的精明應當不會做此地無銀三百兩的荒唐事，很可能玉滿樓將他也一同瞞過。

在白雲飛追上來一問究竟並點破關鍵之後，羅獵決定將心中的疑點說出，其實相信白雲飛也發現了其中的破綻，羅獵道：「汽車旁邊有腳印並不稀奇，可是循著腳印剛好走到車牌處，咱們到和平大戲院之前並沒有下雪，但是此前多日都有降雪，按照常理車牌的上緣或是正面理應有一些積雪，可是只要稍稍留意就能夠看到那車牌非常的乾淨。」

白雲飛點了點頭，雙目中流露出欣賞之色。他本以為發現這一點的只有自己，想不到羅獵也留意到了，剛才他始終在悄悄留意羅獵，羅獵並未對車牌表現出特別的關注，這廝居然連自己的眼睛都騙過了，足見他的心思何其縝密。

羅獵繼續道：「汽車雖不能開走，車牌卻可以拆卸，有人開著型號相同的雷諾牌轎車，在火車站劫走了小桃紅母女，明目張膽地將這件事推給了白公館。」

白雲飛抿了口紅酒道：「這樣做的目的又是什麼？」

羅獵道：「目前我還不清楚，不過應該有借刀殺人的心思在內。」借白雲飛的刀幹掉自己，這手陰謀玩得極其漂亮。

白雲飛道：「除了宋禿子以外，你表姐在津門還有沒有其他仇家？」

羅獵搖了搖頭，他並不瞭解小桃紅，現在不由得想到了另外一個可能，小桃紅母女的失蹤會不會和方家有關？方克文仍活著的秘密會不會已經走漏了風聲？

白雲飛道：「在津門和我同型號的車並不多，這件事不難查出。」

羅獵內心中閃過一絲期待，以白雲飛在津門的勢力想要查出這件事的確不難，可是白雲飛不會平白無故地幫助自己。即便是穆三壽當真發了話，白雲飛也未必會盡力去做，不過如果白雲飛認同了自己有人嫁禍給他的觀點，肯定咽不下這口氣，像他這種極愛顏面的人是容不得別人冒犯他的尊嚴，侮辱他的智商，興許會主動跟自己站在同一陣線上。

羅獵道：「玉滿樓不但戲唱得好，槍法也很好！」其實剛才羅獵就已經對白雲飛旁敲側擊，要他多多留意這個人，如今的這句話等於點明玉滿樓有問題。

白雲飛的表情依然風波不驚：「這件事越來越有趣了。」

羅獵和白雲飛分手之後來到電話局，方克文和阿諾兩人早已在那裡等得不耐煩了。距離此前他們約定的時間已經過去了一個半小時，看到羅獵的身影終於出現，阿諾急火火迎了上去，今天他居然沒有喝一口酒，阿諾發現只有遇到非常變故的時候，他才會將喝酒的事情忘了，整個人進入少有的清醒狀態。

羅獵和他們尋了一家臨近的旅館住下，關上房門，這才將自己剛才的經歷說了一遍。

方克文越聽越是著急，直到現在小桃紅母女仍然沒有任何的音訊，他甚至想到了去報警。

阿諾道：「這樣說來白雲飛也是被人嫁禍了，可什麼人會做這件事？」

羅獵搖了搖頭，看了看方克文，目前他還沒有任何的證據，如果小桃紅母女失蹤並不是安清幫的報復，那麼這件事最可能的原因就是和方克文有關。

方克文心亂如麻，他沒有說話，起身走向窗前，猛然推開了格窗，希望撲面而來的冷風能幫助自己冷靜下來。

羅獵低聲問起讓阿諾給穆三壽打電話的事情，阿諾倒是按照他的吩咐去打電話，可是忙活了半天也沒有接通電話，所以根本沒有和穆三壽聯繫上。

其實聯繫穆三壽也是羅獵迫不得已的選擇，原本他以為小桃紅母女落在了白雲飛的手中，可現在看來此事應當和白雲飛無關。

阿諾道：「到底什麼人要抓她們母女兩個？」

此時方克文轉過身來，深思熟慮之後他已經做出了決定，低聲道：「我去方家！」他本來就是極其睿智之人，只不過這五年的幽閉生涯讓他變得有些麻木，來到津門的時間雖然不長，可是他也感覺到方家內部必然發生了劇變，如果安清幫的人沒有劫持小桃紅母女倆，那麼這件事背後的策劃者最可能是方家，應當是自己活在人世的消息透露了出去，有人想要利用小桃紅母女逼迫自己現身。

羅獵搖了搖頭，冷靜分析道：「你現在過去沒有任何的作用，如果當真是他們做的，那麼你只要現身就會遇到危險，如果不是他們做的，你去方家也於事無補，反而會招惹更大的麻煩。」

方克文神情激動道：「我能怎麼辦？我又能怎麼辦？對我而言沒有人比她們更重要。我知道是誰幹的，無非是為了方家的產業，我不要，我什麼都不要，只要他們放過那娘倆，我連性命都可以不要。」

羅獵能夠體會方克文的心情，可是他絕不贊同方克文的做法，輕聲勸說道：

「方先生，多一些耐心，白雲飛已答應幫忙去查，相信很快就會有眉目。」

方克文痛苦地捂住花白的頭顱：「我等不下去……一想到她們母女兩個，我就心如刀絞……」

羅獵忽然做了個手勢，躡手躡腳來到門前，猛然將房門拉開，卻見一道身影突然消失在樓道的盡頭。羅獵心中大怒，邁開腳步追了上去。

偷聽者意識到自己行藏已經暴露，也顧不上掩飾行蹤，沿著樓梯飛快奔跑起來，他身法敏捷，跑到樓梯一半的時候，就騰空從扶手上方飛躍過去，直接跳到對側，這樣大大加快了逃離的速度。

羅獵豈能容他在自己的眼皮底下逃走，緊緊跟住對方不放。

那人率先跑出了旅館沿著大路狂奔起來，羅獵隨後衝出旅館的大門，騰空躍起，抓住懸掛在屋簷上的冰稜，照著那人的膝彎用力射了出去，冰稜破空而出，高速擊中了那人左腿的膝彎，痛得那人悶哼一聲，左膝一軟，單膝跪倒在了地上，再想爬起逃走已經來不及了。羅獵快步趕到了他的身邊，抬腳將他踹倒在了地上，膝蓋頂住他的脊背，將那人的手臂反擰到了身後，痛得那人哀嚎求饒。

羅獵怒道：「說，誰讓你跟蹤我的？」

那人哀求道：「羅爺，您輕點兒，輕點兒，我叫周四平，是白侯爺的人。」

羅獵聽聞是白雲飛的人，這才稍稍放鬆了一些，那人看到已落入羅獵手中，也不隱瞞，將白雲飛派他悄悄跟蹤羅獵，一路來到這裡的事情說了。羅獵感歎白雲飛狡詐的同時，也暗責自己的疏忽大意，居然被人追蹤到了旅社方才警覺。

這會兒阿諾也來到了外面，看到羅獵抓住了偷聽者，擼起袖子，準備上前痛揍那廝一頓，卻被羅獵攔住，羅獵將周四平從地上拉了起來，只不過仍然擰著他的手臂：「你老實告訴我，剛才都聽到了什麼？」

周四平哭喪著臉道：「爺，我什麼都沒聽到，剛把臉挨在門上，就被您給發現了，我發誓，我要是聽到你們說的一個字，讓我天打五雷轟。」

羅獵才不相信賭咒發誓那一套，他並不擔心周四平是白雲飛的人，真正擔心的卻是周四平撒謊，如果他來自未知的另外一方，這件事只怕就麻煩了。

阿諾看出羅獵在猶豫，上前抓住周四平的頭髮道：「你擔心他亂說話，乾脆就殺人滅口。」

周四平嚇得魂飛魄散：「爺，兩位爺，你們都是我親大爺，我若是有半句假話讓我不得好死，我真是白侯爺的人。」

這時候看到一輛黑色轎車朝他們駛了過來，白雲飛的司機從車內下來，走到羅獵面前恭恭敬敬道：「羅先生，得罪之處還望海涵，我家侯爺請羅先生和您的

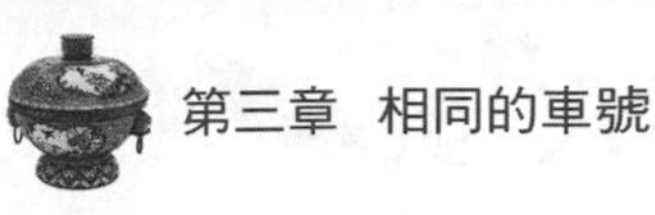

幾位朋友去白公館一趟，有要事相商。」

羅獵此時對周四平的話再無懷疑，他讓司機稍等，藉口和阿諾回旅館收拾東西，想和方克文商量一下，等他們回去之後方才發現，方克文竟然不辭而別。房間的桌上留了一張紙條，上面寫著兩個字：保重！

羅獵不禁有些頭疼，方克文顯然是通過這種方式跟他們道別，不想連累他們或許是其中的一個原因，而更重要的一個可能卻是方克文猜到了劫走小桃紅母女的幕後真凶，他要去方家換取兩母女的平安。

羅獵雖不知方家究竟發生了怎樣的變故，可是他能斷定方克文此行凶多吉少。如果方克文一旦被方家人確認身分，只怕是無法脫身。羅獵慌忙來到外面，讓白雲飛的司機開車直接前往方公館，務必在方克文抵達那裡之前將他截住。

羅獵沒有猜錯，在他和阿諾先後出門去追周四平的時候，方克文決定趁機離開，他要去方公館，如果小桃紅母女當真是方康偉派人劫持，那麼他會用自己的繼承權和一切秘密來換取小桃紅母女的平安，如果這件事不是方康偉做的，他也希望能用自己所掌握的秘密換取方家的協助，畢竟方家在津門有著極大影響力。

正如方克文所說，小桃紅母女對他意味著一切，即便是拿他的性命去換，他也不會有絲毫猶豫。關心則亂，經歷大風大浪的方克文已完全亂了方寸。

羅獵等人兵分三路，羅獵乘坐汽車率先從大路前往方公館，阿諾和周四平兩人則分乘兩輛黃包車選擇另外兩條路線，這是為了最大限度地避免中途錯失目標，等到三方會合在方公館門前，誰都沒有在途中見到方克文。方公館前來弔唁的人群不斷，方士銘在津門商界舉足輕重，他的離世引起了全城震動，在方公館前方也擠滿了採訪新聞的記者。

根據時間判斷，方克文不可能先於羅獵抵達方公館，羅獵稍稍放下心來，他讓阿諾在方公館大門附近監視，一旦見到方克文，務必將他攔住，千萬不可讓他暴露身分，他則隨同白雲飛的司機先行前往白公館。

抵達白公館的時候，雪突然下大了，在司機的引領下走入院落，遠遠就隨風傳來霍霍槍聲。走近一看，卻見漫天飛雪之中一道人影正在空曠的院落中舞槍。

白雲飛一身白色勁裝，手中一條丈二紅纓於風雪之中上下翻飛，鋒芒如電，紅纓似火，槍如蛟龍，聲若虎嘯。時而如毒蛇吐信，撕風裂雪，時而大開大合，橫掃千軍。舞到酣暢之處，左腳向前方跨出一步，身軀前傾，單手握槍，右臂倏然探伸出去，肩頭與手臂平齊，手臂與槍身連成一線，矛尖在短時間內向前方挺進兩米的距離，矛頭的光芒於風雪中一閃，旋即肘部彎曲回收，伴隨著右腳的前跨，閃電般又刺出一槍，矛頭的紅纓在高速的回收之中先是膨脹呈球，然後又隨著突刺的動作炸裂開來，發出波的一聲炸響，周邊紛飛的鵝毛般的落雪被一股無形的氣流逼迫得向四周疾飛而去。

白雲飛腳步變幻，手中長槍隨著腳下的動作接連刺出九槍，突然起長槍，停下操練，矛頭雪亮如鏡，凝滯不動。當真是來如雷霆收震怒，罷如江海凝清光。看到白雲飛大開大闔收放自如的槍法，羅獵內心之中由衷讚歎，忍不住鼓掌道：「好槍法！」

白雲飛將長槍拋給傭人，從另外一名傭人的托盤中拿起毛巾擦了擦額頭的細汗，微笑道：「見笑了！」在傭人的幫助下披上大衣，走入東南角的涼亭之中。

羅獵跟著他走了進去，涼亭內已經生好了火盆，雖然四面透風，不過圍坐在火盆旁觀賞這漫天飛雪的景致倒也愜意非常。

白雲飛在傭人送來的熱水盆內洗了洗手，羅獵留意到水盆居然是純金鑄成，心中暗忖，白雲飛乃是江湖人物，金盆洗手雖然奢侈，可畢竟有退出江湖的含義，難道這麼淺顯的道理他都不懂？應當是故意炫耀財富罷了。

白雲飛擦淨雙手之後，傭人已經將茶泡好，他做了個邀請的手勢，端起茶盞抿了一口道：「我自幼出身梨園，這身花拳繡腿的功夫都是那時候學到的。」

羅獵笑而不語，白雲飛明顯謙虛了，以他剛才的那一路槍法來看絕不是花拳繡腿，此人縱然沒有萬夫不當之勇，可以一當十絕無問題。

白雲飛很快就切入正題：「津門和我一樣的轎車一共有四輛，有兩輛今日未曾使用過，還有一輛半月前隨主人出了遠門至今未歸，剩下的只有一輛了。」

羅獵道：「不知是哪家的？」

白雲飛道：「津門方家你聽說過沒有？」

羅獵心中暗讚，白雲飛在津門果然手眼通天，這麼短的時間內就將所有和他同類型的雷諾車的去向全都查清楚，而最終的疑點鎖定在方家也和羅獵此前的分析不謀而合。

羅獵點了點頭道：「津門首富方士銘？」

白雲飛道：「方士銘今日凌晨病故，死於仁慈醫院，今晨小桃紅母女被劫，羅先生剛剛是不是去了方家？」

這件事原本就瞞不過白雲飛，畢竟羅獵為了阻止方克文進入方公館剛剛動用了白雲飛的轎車，羅獵點了點頭。

白雲飛道：「羅先生只怕有不少事瞞著我呢，如果你不說，我怎麼幫你？」

羅獵暗自猶豫，雖然白雲飛到目前為止沒有對自己表現出太多敵意，可是這個人畢竟是江湖中人，做事不擇手段，恃強凌弱，巧取豪奪，正是通過種種見不得光的手段和經營方才有了今日的成就。方家的事情畢竟是人家自己的家事，在方克文表態之前，自己無權將方家的事情透露給外人，白雲飛對這件事表現出太多的好奇心，似乎已經不能用看在穆三壽的面子上幫忙簡單來解釋了，焉知這位津門梟雄是不是懷有其他的目的？羅獵坦然道：「白先生勿怪，我並非有意隱瞞，而是有些事關乎他人隱私，不便開口。」

白雲飛呵呵笑了一聲：「津門不小，三教九流，魚龍混雜，可畢竟在我的眼皮底下，真正能夠瞞過我的事情不多。」深邃的雙目盯住羅獵的面龐：「一個外鄉人的底我未必查得出，可是小桃紅在津門也曾經是紅極一時的人物，想要查她的底並不難。」

羅獵不露聲色，心中卻已經意識到白雲飛已經盤查了小桃紅的底細。

白雲飛道：「戲曲無界，小桃紅我也是認得的，過去也曾經捧過她的場子，記得五六年前，小桃紅正值青春貌美，在津門曲苑紅得發紫，當時方家闊少方克文為了捧她可花了不少的銀子。只可惜花無百日紅，人無千日好，自從方克文突然失蹤之後，小桃紅沒有另覓金主，居然選擇了退出，直到一年前方才登台復出，還多了一個女兒，只可惜如今只能在酒樓賣藝，再不復昔日榮光。」說到這裡白雲飛有意無意地看了羅獵一眼：「一個過氣的伶人，紅顏老去，靠著酒樓賣唱艱難維持生計，這樣的人緣何會引起方家的注意？」

羅獵道：「白先生能夠確定小桃紅母女是被方家劫走的？」

白雲飛站起身，來到涼亭邊，望著外面的飛雪，留給羅獵一個挺拔的背影，他輕聲道：「單獨看一件事的時候並不覺得稀奇，可是若是將幾件事連起來看，就會發現其中的奧妙，沒證據的事情我不想妄自猜度，別人家的事情我也沒有任何的興趣，可是我發現有人想要觸犯我的利益。」

羅獵皺了皺眉頭，首先想到的是白雲飛可能誤會了自己，不過轉念一想，這種可能並不大，白雲飛很可能另有所指。

白雲飛道：「方士銘死後，方康偉就是方家理所當然的繼承人，方家巨額的財富全都落入他的手中。然而這其中還有一個眾所周知的變數，五年前失蹤的方克文，如果這個人仍然活在世上，那麼方家就有兩個繼承人。」他緩緩轉過身來：「我聽說，方士銘生前就公開了遺囑，他將自己的產業分成了三份，其中多半的物業都給了他的大兒子方康成，所有的古玩字畫都留給他的孫子方克文，而小兒子方康偉並不討喜，方士銘當年只答應留給他五十萬銀洋。」

羅獵雖然對方家的事情有所瞭解，可是並不是特別詳細，許多事情也是第一

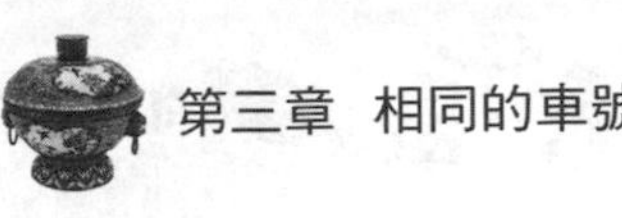

次聽說，按照白雲飛的說法，如果按照遺囑，在方士銘死後，方康偉能夠得到的遺產和方家龐大產業相比實在可憐，不過如今方康成已死，方克文雖沒有被宣佈死亡，事實上失蹤五年，在多半人看來也已經死了，也就是說方家的所有物業和財富理所當然地傳到方康偉的手中。

白雲飛不會平白無故說這些話，他應該從這些事件中梳理出了頭緒，猜到了其中的奧妙。羅獵平靜道：「方家的事情與我無關，我只是看著小桃紅母女可憐，想救她們出來。」

白雲飛道：「方康偉是個浪蕩敗家子，以他的能力根本不可能管理方家那麼大的產業，只是他突然就多了一位來自日本的姨太太。」他緩緩過身來：「我看這個方康偉很可能被人控制了。」

白雲飛之所以對方家的事情表現出極大的興趣是因為和他的自身利益息息相關。憑藉在法、德租界的良好關係，安清幫幾乎壟斷了津門的多半地下產業，當然白雲飛雖然在短短的十年前積累了不少的財富，可是和根深葉茂的方家仍然無法相提並論，不過這些年來白雲飛和方家倒也相安無事，畢竟方老爺子生性耿直，從不碰見不得光的生意，白雲飛雖也曾動過方家碼頭的主意，不過後來也因方家的斷然拒絕而放棄，白雲飛雖夠狠，但還不敢輕易去招惹方家這座大山。

方家自從方克文失蹤之後，災禍也是接連不斷，先是方康成急病身亡，然後老太爺方士銘中風癱瘓，不過儘管出了那麼多的事情，方家的生意卻沒有發生太大的波動，畢竟家大業大，方士銘那麼多年的經營早已將生意帶上了軌道，只要在重大決策上不發生偏差，一般不會有什麼起伏。

羅獵從白雲飛的這段話中敏銳覺察到了他的擔心所在，羅獵在方圓百貨曾經見到了方康偉新娶的日本姨太太松雪涼子，這位日本女郎長得幾乎和蘭喜妹一模一樣，而幾乎同期出現在津門的玉滿樓越發加深了羅獵的懷疑，他開始認為松雪涼子很可能就是蘭喜妹的化身。

松雪涼子反手將房門關上，然後慢慢走近了逍遙床。

仍然沉浸在快意中的方康偉反應比平時遲鈍了許多，臉上表情帶著微醺的醉意，他微微欠起身，想要坐起來。松雪涼子忽然伸出手去，出其不意地搧了他一記響亮的耳光，這巴掌打得極其用力，打得方康偉白淨的面孔瞬間腫起了五根手指印，方康偉迷糊的腦殼突然清醒了許多，他捂著面孔怒道：「你幹什麼？」

刀光一閃，輕薄的匕首已經抵在了方康偉的喉頭，方康偉嚇得僵在那裡，充滿驚恐地望著這個美麗動人的女人，宛如被一盆冷水兜頭澆落。

這位美麗的日本女郎唇角泛起一絲笑意：「外面許多人都在等著你，你居然躲在這裡抽起了大煙。」

方康偉有些委屈地叫道：「我在靈堂裡跪大半天了。」

松雪涼子道：「死的是你父親，是不是想讓人戳你的脊樑骨罵你不孝？」

方康偉所剩不多的良心讓他的內心刺痛了一下，可他的目光又落在煙槍上，內疚的目光瞬間又變成了一種癡迷。

松雪涼子將匕首納入和服寬大的衣袖中，轉身道：「給你五分鐘，你儘快給我返回靈堂。」

羅獵跟隨白雲飛走入方公館，馬上所有人的目光都轉向了這一邊，羅獵明白他們關注的對象絕非自己，而是在津門擁有超強實力的白雲飛。

白雲飛不苟言笑，讓人送上花圈，發現方家現在的主人方康偉並沒有出來迎接自己，他將此理解為方家對自己的怠慢，清秀的臉上已經流露出不悅之色。

事實上並非白雲飛一個人這麼想，在方康偉偷偷溜回書房抽福壽膏的時候，前來弔唁的嘉賓都認為遭到了冷遇，儘管方家安排的接待人員不少，可是作為孝子的方康偉不出來謝禮實在是於理不合。

白雲飛來到靈堂，率領眾人向方老太爺的遺像三鞠躬，他和方士銘並無太深的交情，此前甚至還因合作沒有談攏發生過不快，以方士銘的風骨自然看不起白手起家且不走正道的白雲飛。可是白雲飛對於這位擁有超人氣節的老爺子還是相當佩服，隨著方康成和方士銘的先後逝去，方家再無人有能力挑起家族的重擔。

「家屬謝禮！」

羅獵舉目望去，看到一旁跪拜的家屬，在一群披麻戴孝的人中，方康偉新娶進門的姨太太松雪涼子一身黑色和服格外引人注目。

羅獵觀察松雪涼子的時候，她似乎有所察覺，抬起頭一雙冰泉般冷冽的美眸和羅獵對視著。

這次羅獵比昨天初次見到松雪涼子的時候看得更加清楚，此女的面目輪廓乃至容貌的每個細節都和藍色妖姬蘭喜妹幾乎一模一樣，兩者之間最大的差異在於氣質方面，蘭喜妹妖嬈嫵媚，眼前的松雪涼子卻流露出孤傲清冷的意味，前者熱烈奔放，後者卻冷若冰霜。兩種截然不同的味道讓人很難相信這是同一個人。

羅獵觀察松雪涼子的同時，松雪涼子也在打量著他，從羅獵深邃睿智的目光中她也找尋到了幾分熟悉的味道。

此時方康偉腳步虛浮地走入靈堂，在身邊人的提醒下來到白雲飛面前謝禮。

白雲飛根本沒有阻止方康偉向自己下跪，甚至連攙扶的動作都懶得去做，隔著很遠，他就已經聞到方康偉身上那股特殊的煙味兒，頓時猜到這位本該在靈堂守靈謝禮的孝子剛剛溜出去幹了什麼。

白雲飛淡淡道：「節哀順變！」

「謝謝白先生！」方康偉跪在地上機械地回答道，每次抽完福壽膏都需要很長一段時間才能夠回到現實中來，這讓方康偉看起來有些神不守舍。

白雲飛故意向松雪涼子看了一眼道：「這位就是方先生剛娶進門的姨太太吧？」

方康偉見到白雲飛沒有攙扶自己起來的意思，索性自己站起身來，雖然白雲飛在津門勢力不小，可是在方家人的眼中這廝只不過是一個靠不法手段謀求利益的下三濫。出於禮貌，方康偉點了點頭道：「不錯，正是賤內！」他向松雪涼子道：「涼子，這位就是津門赫赫有名的白雲飛白先生！」

松雪涼子向白雲飛鞠躬示意道：「涼子見過白先生。」

白雲飛點了點頭道：「新夫人真是漂亮，難怪方先生會不遠千里將她從東瀛迎娶回來，只可惜夫人剛剛進門，老太爺就亡故了。」

方家人聽到白雲飛這樣說，頓時臉色變了，方康偉就算抽大煙抽昏了頭也能夠聽出白雲飛對他的諷刺挖苦，這廝根本是在說自己的日本姨太太是個災星，剛剛進門就剋死了老太爺。

羅獵暗讚白雲飛說話夠狠，實力才是硬道理，若非擁有過人實力，白雲飛也不會在這種場合說出這樣肆無忌憚的話。羅獵仔細辨別松雪涼子的聲音，雖然說話的聲調和語速不同，可是聲音的質地和蘭喜妹非常相似。

方康偉將臉色一凜道：「白先生什麼意思？」

松雪涼子走上前去，牽了牽方康偉的胳膊道：「康偉，白先生說的也是事實，天下間沒有十全十美的事情。」

白雲飛道：「方太太這話說得好，這世上非但沒有十全十美的事情，連雙喜臨門的事情都不多見，太多事都不是人力所能夠掌控，所以還是認命的好。」停頓了一下，盯住方康偉的雙目道：「你說對不對啊？」

方康偉怒視白雲飛，他已經能夠斷定此人前來目的就是登門挑釁。

松雪涼子道：「這位先生很是眼熟，我們過去見過面嗎？」她對方康偉和白雲飛之間的唇槍舌劍並沒有太大的興趣，關注點仍然放在羅獵的身上。

羅獵微笑望著松雪涼子道：「我從未去過日本！」

松雪涼子朝羅獵點了點頭：「有機會還是去看看，雖然不如中華地大物博，可倒也別有一番景致。」

羅獵點了點頭，目光卻趁機在松雪涼子的右手上掃了一眼，松雪涼子白嫩細膩的右手，靠近虎口的地方有一顆芝麻大小的朱砂痣，這一細節並不顯眼，可是羅獵心中卻是一驚，腦海中瞬間閃回到他在凌天堡前往八當家藍色妖姬蘭喜妹家裡做客的情景，當時他向蘭喜妹行西式吻手禮的時候剛好注意到這一細節，有些與生俱來的印記是無法改變的，羅獵幾乎已經斷定了對方就是蘭喜妹。

松雪涼子的感知力極其敏銳，她似乎察覺到了羅獵的目光所向，下意識地移動了一下右手，這細微的動作讓那顆朱砂痣脫離了羅獵的視線。

而此時羅獵已經隨同白雲飛走出了靈堂，方康偉並未相送，一臉鄙夷地望著白雲飛一行離去的背影。當他將注意力來到松雪涼子身上的時候，發現松雪涼子仍然盯著羅獵的背影，心中疑竇頓生，低聲道：「你認識他？」

白雲飛快步疾行，來到遠離人群的空曠之處，轉身看了看靈堂的方向，不屑道：「混帳東西，這種時候居然還不忘逍遙快活。」販賣煙土是他的主營，方康偉身上未散盡的福壽膏味道自然逃不過他的鼻子。

羅獵的嗅覺也是極其靈敏，他也聞到了方康偉身上的那股子味道。

白雲飛道：「那個日本女人好像對你很感興趣呢。」

羅獵點了點頭道：「她就是蘭喜妹，我想她已經認出了我！」雖然他現在和當初在凌天堡的樣子完全不同，可是他從松雪涼子的微妙反應中已經意識到，在自己認出她的同時，她很可能也認出了自己。

白雲飛意味深長道：「舊情人？」說完連他自己都忍不住露出了笑意。

羅獵搖了搖頭。

「不喜歡日本女人？」白雲飛這位縱橫津門的梟雄居然暴露出八卦的一面。

羅獵沒有在這個毫無意義的話題上繼續下去，低聲道：「有沒有留意到方康偉的臉？」

提起這件事白雲飛笑得越發開心了，這麼明顯的事情當然瞞不過他的眼睛。他絕不僅僅是幸災樂禍，而是感覺方家的產業落在了這樣一個敗家子的手上，定然大廈將傾，是時候考慮接手方家的產業了。

羅獵道：「掌印的形狀和松雪涼子的手掌相符。」

白雲飛不屑地哼了一聲道：「窩囊廢，中國爺們的臉都讓他給丟盡了！」

羅獵道：「看來你的猜測正確，日本人通過控制方康偉以達到控制整個方家產業的目的。」

第四章

霸主地位

白雲飛的警覺源於他的切身利益受到了損害，
方士銘的去世讓方家的產業出現了巨大的變數，
而如果方家龐大的物業被玄洋公社為代表的日方勢力控制，
那麼白雲飛在津門的地下霸主地位將會受到空前嚴峻的挑戰，
這才是白雲飛選擇與自己合作的原因。

他的心情不由得沉重起來，現在幾乎能夠斷定，小桃紅母女的失蹤應該和方家有關，或許幕後的黑手就是蘭喜妹，方克文至今沒有現身，雖然可以斷定方克文沒有前來方家，可是卻無法確定方克文現在究竟有沒有落在方家人的手中。

白雲飛道：「不排除方克文已經被他們抓住的可能。」

羅獵點了點頭，如果方克文被抓，那麼他們一家的處境都會變得異常危險，方康偉為了保住他唯一的繼承權會毫不猶豫地除掉這個侄子，而小桃紅母女也就失去了利用的價值。

羅獵緩緩踱了兩步，在方克文下落未明之前他們不能無所作為，內心中一個大膽的念頭萌生出來，他低聲道：「可以利用外面那些記者！」

白雲飛並不明白羅獵的具體所指，記者最大的長處就是製造輿論，而羅獵究竟想要利用這些記者製造怎樣的輿論？

羅獵低聲道：「我們找不到方克文，或許他們一樣找不到，白先生在津門經營那麼久，應當有不少新聞界朋友，只需放出消息就可以探出他們的虛實。」

白雲飛充滿欣賞地望著羅獵，此人不同尋常，利用輿論放出方克文已經歸來的消息，如果方家已經抓住了方克文，那麼自然沉得住氣，可如果他們也沒有找到方克文，必然陣腳大亂，甚至會選擇主動出擊。

白雲飛和羅獵來到方公館門前，他示意手下去開車，向羅獵道：「去哪裡？我送你？」

羅獵笑道：「不用，我和朋友想去其他地方找找線索。」

白雲飛點了點頭，正準備和羅獵道別的時候，突然聽到一聲驚天動地的爆炸，他和羅獵出於本能反應，兩人幾乎同時蹲了下去，用手臂擋住面孔，東南方向火光沖天，烈焰之中，白雲飛的轎車炸得四分五裂，引擎蓋被灼熱的氣浪掀上了半空，落下時不巧又砸中了一名不及閃避的記者，現場前來弔唁的人不少，被這突如其來的爆炸嚇得六神無主，無頭蒼蠅一樣四處尋找隱蔽的地方。

火光之中，一輛黑色轎車風馳電掣般衝了過來，車窗內兩名手握衝鋒槍的蒙面男子舉槍向白雲飛的方向瘋狂掃射。

白雲飛以驚人的速度向一旁的人群中衝去，幾名無辜者不幸成為了白雲飛的掩護，接連中彈倒地。

羅獵也在同時逃向一旁的大樹後面，幾顆流彈射中了樹幹，乾枯的樹皮被震裂飛揚，塵屑到處都是，所幸他並非對方首要的射擊目標。

白雲飛的那幫手下迅速反應了過來，他們紛紛取出武器，瞄準黑色轎車進行反擊，然而那輛黑色轎車速度奇快，射擊之後並未停留，瘋狂向正西的道路衝

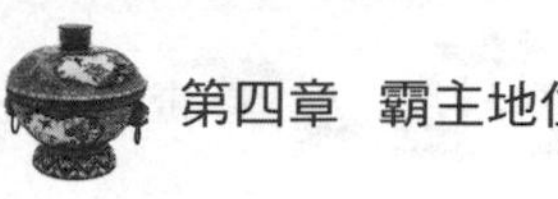

去。原本停留在路上的人群嚇得紛紛向兩側閃避，宛如脫韁野馬一般的轎車仍然從一名男子的腿部壓了過去，在男子的慘叫聲中絕塵而去。

白雲飛臉色鐵青，手下人來到他的身邊，圍成人牆將他擋在中心，白雲飛怒道：「滾開！」他在津門縱橫多年，黑白兩道誰不給他幾分面子，想不到今日竟然在方公館的門前遭遇暗殺，對方實在是大膽到了極點。

他的轎車已經面目全非，殘存的車架仍然被大火包圍，一隻燃燒的輪胎從火光中緩緩滾動出來，白雲飛掏出手槍瞄準了那只輪胎，當他看清之後方才垂下了手臂，目光投向遠處的羅獵。

羅獵也沒有在這場襲擊中受傷，他向白雲飛微微頷首示意。白雲飛點了點頭，沒有說話，手下人開著另外一輛車來到他的面前，白雲飛在他們的保護下迅速上車離去，他雖然膽色過人，可是也不敢繼續在方公館門前逗留。

阿諾距離槍擊現場還有一段距離，不過他目睹了從爆炸到槍擊事件的全過程，從人群中找到了羅獵，感歎道：「感謝上帝，幸好你沒事！」

羅獵淡淡笑了笑道：「我怎麼會有事？他們想對付的人又不是我。」

阿諾低聲道：「像白雲飛這種人還是離他遠一些，他仇人太多，省得別人殺他的時候被濺一身血。」城門失火殃及池魚，這個道理即便是老外都懂。

羅獵拍了拍阿諾寬厚的肩膀道：「走吧，先回旅館再說。」

阿諾道：「還住那裡？」

羅獵點了點頭道：「反正也不是什麼秘密，方先生或許會回來找咱們。」

雖然在理論上還存在方克文回來尋找他們的可能，但是在事實上這種可能性根本不會存在，方克文留下那張紙條就已經下定了風蕭蕭兮易水寒，壯士一去兮不復還的決心。任何人都能夠看得出方克文對小桃紅母女的珍視，他會犧牲一切換取她們母女的平安，所以羅獵才會認定方克文很可能去方公館談判。為此羅獵盡一切努力去阻止這件事的發生，儘管他說服並獲取了白雲飛的幫助，可是方克文仍然如石沉大海杳無音訊。

在凌天堡時，羅獵一度以為那場針對蕭天行和顏天心的刺殺只是一場山寨之間爭奪勢力地盤的鬥爭，可隨著事情的發展，他開始發現一切遠沒有表面看去那麼簡單，其背後真相卻是多股勢力想要搶佔蒼白山，乃至爭奪整個滿洲的利益。今日發生在方公館門前針對白雲飛的槍擊和此前凌天堡的事件讓羅獵有種似曾相識的感覺。他大膽地推斷兩起事件或許都源自於玉滿樓和蘭喜妹的策劃，同樣的兩個人出現在不同地點，發生了同樣的槍擊事件，這一切絕非僅是巧合。

白雲飛的警覺源於他的切身利益受到了損害，方士銘的去世讓方家的產業出現了巨大的變數，而如果方家龐大的物業被玄洋公社為代表的日方勢力控制，那麼白雲飛在津門的地下霸主地位將會受到空前嚴峻的挑戰，這才是白雲飛選擇與自己合作的原因。

人生宛如風雲變幻，睿智如羅獵也無法預知未來將會發生什麼，原本他只想護送方克文返回故園，幫他一家團聚，順便去拜訪一下昔日父母曾經居住過的地方，然而在津門下車伊始，意料之外的事情就接連發生，如今方克文都已經失蹤了，他甚至還未來得及去父母住過的地方看看。

在小桃紅母女失蹤之初，他就對局勢出現誤判，認為這母女二人是遭到了安清幫的報復，當然這也和綁架者的狡詐有關，他們在策劃劫持之初就刻意將矛頭引向白雲飛。如不是自己利用了穆三壽的招牌，他們借刀殺人的計策就會得逞。

如果不是沒有其他的辦法，羅獵是不會主動打出穆三壽這張牌的，自從離開蒼白山之後，他就決定不再和穆三壽這些人來往，尤其是葉青虹，這位滿清格格，瑞親王的遺孤，她想要的絕不僅僅是兩枚七寶避風塔符那麼簡單，而且羅獵早就意識到，即便是完成了答應她的事情，也未必代表著完結，所以他才會選擇迴避，不想和這位心機深重的格格再有見面的機會。

然而津門發生的這一系列事情已經暴露了他的行蹤，羅獵甚至有種奇怪的預感，不久的將來他還會見到葉青虹。

明智的做法應當是趁著葉青虹找到他之前離開，可是羅獵卻不能這麼做，方克文行蹤未明，小桃紅母女生死未卜，於情於理他都不能在這種時候抽身離去。

阿諾用手臂搗了搗沉思中的羅獵，羅獵抬起頭，方才發現自己只顧著想，不知不覺中來到了郵局的門前，距離他們所住的旅館不遠了。

羅獵讓阿諾先回旅館，自己先去發了兩封電報，一封發給身在白山的張長弓，如果不是為了安頓楊家屯的幾位老人，張長弓本該和他們一起過來的，津門的形勢異常嚴峻，雖然有阿諾在自己身邊幫忙，可畢竟勢單力孤，張長弓武功高強，箭法超群，且為人沉著冷靜，他的到來肯定可以給予自己很大的助力。

另外一封電報則發給了瞎子，羅獵發這封電報的目的並不是要瞎子來津門，而是因為他擔心自己的行蹤暴露，穆三壽和葉青虹會故技重施，利用瞎子和他外婆要脅自己，所以及時提醒瞎子要多多小心，以免再被設計。

發完電報，羅獵走出電話局，看到外面飄飄揚揚的大雪並沒有停歇的跡象，豎起衣領，走下郵局的台階。他先去一旁的商店裡買了幾盒糕點兩瓶好酒，然後叫了一輛黃包車，讓車夫送自己去西開。

抵達西開的時候已經是午後，因為風雪的緣故，天色黯淡，彷彿已經到了黃昏，羅獵在西開濱江道獨山路下了車，付過車錢，沿著道路向前方走去。

在他的右前方一座在建的天主教堂已經初見雛形，進入冬季外部的裝修已經停工，內部的工程仍在繼續，這座教堂是法國傳教士杜寶祿主持修建，也是津門目前所有教堂中規模最為龐大的一個，雖然還未建成，外觀上也能夠看出它恢弘的氣勢，三座穹窿頂表面用綠色銅板覆蓋，銅板的上方又因為這場降雪而戴上了白色的頂蓋，這巨型的圓頂是用木結構支撐，每座圓頂的上方都有一個碩大的青銅十字架。

羅獵站在雪中，望著風雪中的十字架，目光因為紛亂的雪花變得迷惘，他的思緒回到了五年前，回到了那片曾經帶給他太多記憶的北美大陸。恍惚中這從天空中紛紛揚揚墜落的雪花似乎一片片燃燒了起來，燃燒的雪花落在了教堂的穹頂，教堂燃燒了起來，羅獵看到了火中的十字架，看到那個讓他夢縈魂牽的美麗倩影，輕盈地奔向燃燒的教堂，在漫天飄落的燃燒雪花中回過頭來，含淚帶笑的明澈雙眸深情地凝望著羅獵，然後義無反顧地投入火海。

羅獵下意識地伸出手去，想要將她抓住，可眼前的幻影卻在瞬間消失，天還是灰濛濛的，雪還在漫天飛舞，前方沒有一丁點的火光，更沒有那個讓他揮抹不去的身影。

羅獵唇角露出一絲苦笑，很多時候他已模糊了現實和虛幻的界限，往事如果不能忘記，就會在內心深處變得越發深刻，在不知不覺中影響著他，折磨著他。

嘎！嘎！一隻烏鴉落在他頭頂的枯枝上，隨著枯枝上下起伏著，小腦袋激靈地轉動著，觀察著周圍的環境，提防危險的到來，對於身邊可能存在的危險，鳥兒往往比人類更加的敏感。

羅獵回身看了看，並沒有人，自從小桃紅母女被劫之後，他變得越發謹慎。

距離在建的西開教堂不遠處有一座小學，青色磚瓦，規模不大，淹沒在一片陳舊擁擠的民居中，所以並不起眼，學校正在放假，連大門都沒開，羅獵來到門前湊在大鐵門的門縫中向裡望去，卻見通往校舍的道路上，一位老人正在掃雪。

羅獵拍了拍鐵門，那老人無動於衷，只能大聲喊道：「洪爺爺！」

老人聽到了他的呼喊，轉身看了看，慢吞吞向大門走了過來，打開了鐵門上的小窗，混濁的雙目通過小窗打量了一下羅獵：「小夥子，你找誰？」

羅獵笑了起來：「洪爺爺，您不認識我了？我是羅獵。」

老頭兒兩道花白的眉毛擰在一起，仔細觀察著羅獵，突然他的眉頭舒展開來，嘴唇上的白鬍子都顫抖了起來，丟掉手上的笤帚，慌忙拉開大鐵門：「小子，真是你啊，你這調皮搗蛋的小子，又來堵我煙筒嗎？」

羅獵哈哈大笑起來，進入大門就被老洪頭抓住兩條手臂用力搖晃起來：「臭小子，這麼多年都沒見你回來，居然長那麼大了，又高又壯，果然是吃洋人的牛肉牛奶長大的。」

羅獵笑道：「洪爺爺，洋人的東西可不好吃，哪比得上您老燉的紅燒肉。」

老洪頭發出洪亮笑聲：「那是當然，你小子過去可沒少蹭過我家的飯。」

羅獵之所以到這裡來，因為這座民安小學曾經記載了他的童年時光，他還沒滿周歲父親羅行金就死了，母親沈佳琪並沒有選擇回到父親的老家，也沒有接受爺爺的幫助，獨自一人帶著他在這裡生活，依靠教書那點微薄的薪水，含辛茹苦地撫養他成人，可以說這校園的每個角落都寫滿了羅獵的幼年記憶。

老洪頭是學校的創建人，也是這間小學最早的校長，他雖然沒有留過洋，卻知道科技改變國運的重要性，傾盡家財建設起了這間學校，為的不是賺錢，而是讓更多貧民百姓的孩子能夠接受教育。

羅獵隨同母親來到這學校的時候年齡還小，母親又要教書又要照顧他，自然辛苦，老洪頭一家給他們無私的幫助，平時沈佳琪上課的時候就將羅獵寄養在老洪頭家裡。

可以說羅獵早已將老洪頭一家當成了親人看待。

羅獵將禮物遞給老洪頭：「洪爺爺，我來得匆忙也沒顧上買什麼東西。」

老洪頭道：「你來了比送我什麼禮物都高興，對了！英子！英子！你快看看誰來了！」

從校舍旁邊的房間內走出了一位年輕的姑娘，齊耳短髮，鵝蛋臉，柳葉眉，月牙眼。身穿灰白相間豎條紋偏襟棉袍，黑色棉鞋，身上唯一的裝飾就是脖子上的紅圍巾，她一邊走出來一邊抹著眼淚道：「爺爺，嗆死我！」剛才她在房內生火，所以並不知道有客人來訪。

老洪頭樂不可支道：「你看看他是誰？」

英子打量著羅獵，先是詫異，然後一雙眼睛瞪圓了：「小獵犬？」然後她衝上去揚起拳頭照著羅獵的肩頭就是狠狠一拳：「小獵犬，你是小獵犬！」

羅獵笑了起來，這個稱呼非但沒有讓他感到尷尬，反而倍感親切。

這下反倒輪到老洪頭驚奇了：「英子，你咋認出來的？」

英子伸出手去，摸了摸他額頭上的小疤，笑道：「這道疤就是他從咱們家屋頂上掉下來的時候摔的。」說完咬牙切齒道：「活該你，居然敢堵我們家煙筒！」三人同時笑了起來。

老洪頭將手中的禮物遞給了英子：「你們先別忙著敘舊，英子，去，趕緊去買菜，我好好弄幾樣菜給羅獵嘗嘗。」

「好！」英子慌忙去了。

老洪頭將羅獵請到了自己房內，爐子剛熄火了，英子雖重新將爐火生起，可滿屋子的煙還沒散去，老洪頭禁不住歎道：「這蠢丫頭，始終都是笨手笨腳。」

英子那邊已經穿戴齊整，拎著菜籃子出門，剛好聽到爺爺的話，警告他道：「爺爺，別背著我跟小獵犬說我的壞話，不然我饒不了您。」

老洪頭笑道：「去吧，趕緊去吧，對了，把治軍叫來。」

英子哼了一聲道：「叫他幹什麼？看見他就心煩。」

老洪頭道：「叫！你兄弟來了，他當姐夫的還能不露面！」

「我早晚得把那個窩囊廢給休了！」

老洪頭聽到她的話，氣得白鬍子都撅起來了：「反了你！信不信我捶你？」

英子格格笑了起來，挎著菜籃子風一樣向大門跑去，不忘交代羅獵道：「小獵犬，我去去就來，回頭咱倆再好好聊。」

老洪頭哭笑不得地搖了搖頭，把門敞開了加快室內的煤煙散去，和羅獵兩人站在屋簷下，羅獵取出香煙，先給老洪頭上了一支點上，自己也點了一支。

老洪頭看了他一眼道：「小子，你也學會抽煙了？」

羅獵點了點頭道：「可能是一個人在外面飄太無聊，不知不覺就學會了。」

老洪頭道：「沒好處！」說完這句就趕緊用力抽了一口。

羅獵笑了起來，輕聲道：「英子姐嫁人了？」

老洪頭點了點頭道：「三年了，嫁了個德租界員警，叫董治軍，人倒也老實本份。」說到這裡神秘一笑道：「誰讓你來晚了，不然你就是我孫女婿了。」

羅獵哈哈大笑起來，知道老人家是在跟自己開玩笑，小時候在這裡的六年幾乎都是在和英子的打鬧中度過的，英子性情潑辣，男孩子一樣，羅獵到來之前，她是這一帶的孩子頭，可羅獵卻是個不肯服人的剛強性子，因為不服英子的指揮，兩人沒少衝突。不過英子畢竟比他要大上一歲，身高體壯。

兩人打架，羅獵自然占不了便宜，不過英子性子憨直，不如羅獵機敏，每次雖然場面占優可最後總是以吃虧告終，不過打歸打，鬧歸鬧，英子還是極其疼愛這個小兄弟的，每次家裡做了好吃的總是要叫羅獵過來，即便是羅獵不在，也會給他留一份，羅獵每次想到兒時的種種，內心中就會生出莫名的感動，望著滿面關切的老洪頭，其實這個世上他並不孤獨，還是有親人的。

問過老洪頭之後方知，在自己被爺爺帶回泉城老家後不久，英子的父母就因為參加革命黨而被殺，老洪頭夫婦帶著英子東躲西藏，老太太本就傷心，再加上

驚慌害怕，沒多久就染上了重病不治身亡。直到民國成立，才算是給英子的父母翻了案。老洪頭重新回到了民安小學，只不過現在這小學已經不再屬於他了。

學校方面有感於老洪頭昔日的貢獻，給他安排了一個看門掃地的雜活，至於英子師範畢業之後就來到小學當了一名國文教師。

董治軍是英子的大學同學，大學一年級的時候就輟學從軍，革命勝利之後，董治軍進入了警界，他對英子也是苦苦追求多年方才有了結果。三年前兩人成親，不過董治軍的父母對這個直爽倔強的兒媳婦並不喜歡，彼此之間沒少發生衝突，英子年前因為受不了婆婆的氣，一怒之下搬到了學校，董治軍幾乎每天都過來勸說，可惜英子還是無動於衷。

兩人聊著的時候，董治軍騎著自行車到了，雖然膚色黑了一些，不過生得倒也高大威猛，他將自行車停好，將車把上掛著的布包拿了下來，裡面裝著剛買的燒雞牛肉，還有一瓶白酒，他親切叫道：「爺爺！」

老洪頭笑道：「治軍啊，這麼快就來了？」

董治軍道：「本想早點來，可不巧又發生了一起案子，所以現在才過來。」

「你沒見到英子啊？」

「沒有，她不在家啊？」董治軍看了看羅獵，笑道：「家裡有客人啊！」

羅獵微笑向他伸出手去：「姐夫！」

這聲姐夫可把董治軍給喊懵了，他跟英子認識這麼多年，可沒聽說自己還有個小舅子啊！

羅獵自我介紹道：「我叫羅獵！」

董治軍恍然大悟，笑道：「原來你就是小獵犬……」出口之後頓時覺得不妥，歉然道：「不好意思，我這人嘴快，胡說八道，我胡說八道。」

羅獵笑道：「英子姐過去習慣那麼叫我。」從董治軍開口就能夠叫出自己的外號，就知道英子在他面前沒少提起過自己。

兩人熱情地握了握手，羅獵試了試董治軍的手勁，還真是不小。

老洪頭看到屋子裡面的煙已經散得差不多了，讓他們進去暖和，這會兒功夫英子也買菜回來了，董治軍慌忙上前獻殷勤，英子白了他一眼，沒搭理他：「爺爺，我去廚房。」

老洪頭道：「別介啊！你們仨聊著，今晚我來，羅獵最喜歡吃我做的紅燒肉，我得滿足他的這個心願。」

老洪頭拎著菜籃子走後，英子泡了一杯茶給羅獵送來，董治軍看到沒有自己的，起身找了個杯子自己動手豐衣足食。英子陰陽怪氣道：「還真沒把自己當成外人！」

董治軍笑道：「哪有外人？都是自家人，有啥客氣的，羅獵兄弟，你說對不對？」

羅獵發現董治軍也有狡黠的一面，笑道：「是啊，都是一家人嘛，我可沒把自己當成外人。」

董治軍試圖坐在英子旁邊，可屁股剛在長條凳上坐實，英子就突然起身，長條凳因失去平衡翹了起來，董治軍一屁股坐在了地上，不過他仍然穩穩端著茶杯，裡面的熱茶居然一點都沒潑灑出來。

羅獵慌忙過去扶他，這位英子姐多年不見做事仍然是沒輕沒重，不過董治軍也是個好脾氣，被她晃了一個屁墩兒，居然還沒事人一樣一臉的憨笑：「兄弟見笑了，你這英子姐就喜歡開玩笑。」

英子出了他的洋相，心中的氣消了一些，看到董治軍的狼狽相，終忍不住笑了起來。

羅獵卻是旁觀者清，董治軍這一跤摔得巧妙，看似被摔得狼狽，可端茶杯的手卻極其穩健，雖然只是一個細節，也能夠推斷出他應當早已有了準備，這一跤是故意摔給英子看的，為了博得美人一笑也是費盡心思。董志軍憨厚的外表下其實藏有不少的小心機，不過這也無可厚非。人家兩口子的事情羅獵也懶得插手。

英子道：「我還以為你已經把我們給忘了。」

羅獵笑道：「怎能忘，小時候可沒少被你揍，總想著君子報仇十年不晚。」

英子笑顏逐開道：「喲呵，敢情今兒是報仇來了。」

董治軍不失時機地討好英子道：「兄弟，好男不跟女鬥，過去你受多大委屈，今兒都報復在我身上，我保證打不還手，罵不還口。」

英子呸了一聲道：「你算老幾？我和小獵犬聊天干你什麼事？一邊玩去。」

董治軍道：「你們姐弟敘舊，我也不在這兒礙你們眼，我去幫爺爺做菜。」

英子道：「把那條黃花魚做了，好好做啊！」

董治軍笑道：「成，我把吃奶的勁兒都使出來。」說話的時候意味深長地看了看英子，兩口子目光交匯，其中的曖昧當然只有他們能夠明白，英子的臉居然有些熱了，生怕被羅獵看出來，拿起鐵鉤捅了捅爐子，爐火將臉蛋兒映得通紅。

羅獵何其精明，自然聽得懂他們之間說的什麼，這種時候最好還是裝聾作啞，喝了口茶道：「姐夫，您別忙了。」

英子道：「讓他去，沒別的能耐，也就是會做個飯。」

董治軍離開之後，羅獵笑了起來：「英子姐，您也忒厲害了吧，當老婆的最重要是溫柔體貼。」

英子道：「我都後悔死了，怎麼就嫁了那麼一個窩囊廢。」雙手托腮盯著羅獵的面龐，羅獵在她的直視下居然有些不好意思了，乾咳了一聲道：「英子姐，我臉上有花嗎？」

英子感歎道：「都說女大十八變，我看男人也是一樣，當初那個小搗蛋鬼居然長成了一個儀表堂堂的男子漢，小獵犬……」叫出羅獵的外號之後她自己都忍不住笑了，掩住嘴唇道：「這稱呼我得改改，我還是叫你的名字吧。」

羅獵反倒坦然，英子這麼叫他才夠親切，雖然十多年不見，可一見面仍然感到那麼的親切，其實此前他過來的時候還擔心會生疏，真正見面之後方才明白，那些童年純真的感情是不會因時間和空間的距離而變淡的。

英子道：「我聽說你爺爺帶你回老家後又進了學堂，後來就斷了音訊。」

羅獵點了點頭道：「是啊，我給你們寫過信的，不過始終沒見你們回信。」

英子歎了口氣道：「你走後不久，我家裡就出了事，爺爺擔心會被連累，帶著我東躲西藏，居無定所，那裡還能收到你的信。後來我們路過泉城，還專程去你家看望你來著，見到了你爺爺，老人家還特地留我們爺孫倆住了幾天，也是那時候我們才知道你已經去美利堅留學，羅獵，你爺爺還好嗎？」她顯然還不知道羅獵的爺爺已經故去的消息。

羅獵將爺爺早已於三年前去世的消息說了，英子也不由得神情黯然：「你爺爺那麼好的人，想不到走得那麼早。」

此時老洪頭端著菜送了進來，羅獵和英子起身幫忙。

羅獵道：「洪爺爺，您就別忙活了，姐夫呢，讓他過來一起吃飯。」

老洪頭道：「他燉魚呢，做好了就過來，來，咱們先將酒菜擺上。」

三人一起動手，很快就擺好了酒菜，董治軍也將燒好的黃花魚端了上來，四人落座，董治軍忙著去開酒，老洪頭道：「不喝那個，我這兒有存了二十年的汾酒。」羅獵的到來讓老人家今天格外高興，要知道這罈美酒連孫女嫁人他都沒捨得拿出來。

英子道：「爺爺真是偏心，怎麼不見你給我喝？」

老洪頭道：「我藏了兩罈，何時你和治軍添個胖小子，我就把那罈開了。」

英子聽到這話禁不住臉紅了。

董治軍點頭道：「爺爺，我們會努力，爭取明年就把您那罈酒給開了。」

英子又瞪了他一眼，董治軍笑道：「好，我不說話，我嘗嘗爺爺的好酒。」

老洪頭端起酒杯道：「十六年了吧，自打你離開津門有十六年了吧？」

羅獵點了點頭。

老洪頭道：「孩子，如果你娘泉下有知，一定會為你驕傲。」

英子道：「好好的又提傷心事，爺爺，您老糊塗了。」

老洪頭道：「對，對，今兒高興，咱們爺兒幾個不說傷心事，來，乾一杯，歡迎小獵犬重歸故園。」

四人同時舉杯，乾了這杯酒，董治軍搶著給幾人都滿上。

羅獵讚道：「洪爺爺，您這酒可真是不錯。」

老洪頭道：「覺得好啊，等你娶媳婦的時候，我把那罈也開了。」

英子抗議道：「喂，爺爺，您可不能這樣啊，厚此薄彼，剛說什麼來著？」

老洪頭笑道：「那就得看你們各自的本事了，你先生那罈酒就是你的，小獵犬要是先娶媳婦兒，這酒就是他的，我不偏不倚。」

羅獵道：「我看成，公平競爭嘛。」

董治軍道：「競爭就競爭，英子，咱們好好努力，可不能輸給羅獵。」

英子啐了一聲道：「有你什麼事啊？」

董治軍急了眼：「沒我你生得出來嗎？」

老洪頭剛喝到嘴裡的一口酒轉身噴了出去，這倆孩子也算是活寶一對。

幾人久別重逢，不知不覺半罈酒就已經下肚，年紀大了特別喜歡回憶往事，老洪頭說著過去的事情，回憶英子和羅獵兒時的趣事，羅獵和英子不時補充，三人時不時地發出暢快的笑聲，董治軍雖然沒有親眼目睹當年的情景，從談話中也能夠切實感受到他們之間那種真摯的情意。

老洪頭畢竟年紀大了，不勝酒力，半斤過後已經有了酒意，問起羅獵此次為何前來津門。

羅獵只說是路過，剛好抽出時間來探望一下老人家，順便想看看當年自己和母親住過的地方。

老洪頭點了點頭道：「房子還在，一直都空著，什麼都沒有了，走，我帶你去看看。」

打著燈籠帶著羅獵來到他當年的故居，房門上著鎖，老洪頭費了好半天方才從一大把鑰匙中找到了正確的那個，打開房門，房內果然空空蕩蕩。

老洪頭將燈籠交給他，讓他自己進去好好看。

羅獵打著燈籠走進房內，房內沒有一件傢俱，燈光照亮牆壁，可以看到牆壁上有不少毛筆畫，他的目光定格在其中一幅上，那是兩個大人牽著一個孩子，畫得雖生澀，可羅獵看到這幅畫時，雙目卻不由濕潤了，這正是他兒時畫的全家福，父親在他的記憶中沒有任何印象，記得那時候他受了欺負，有人罵他有娘生沒爹教，他氣不過和那幫孩子打了起來，可惜寡不敵眾，後來還是英子發現他被欺負，才過來為他解了圍。他帶著滿身傷痕回到家裡，用毛筆畫了這幅全家福。

部分牆皮已剝落，羅獵的手指沿著全家福的輪廓緩緩移動著，想起了母親。

房門被輕輕敲響，卻是英子出現在門前，輕聲道：「我這裡還有一張阿姨的相片。」

羅獵從英子手中接過那張早已泛黃的相片，相片上母親一手摟著他一手摟著英子，這是他們唯一的合影，羅獵看了一會兒，又將相片還給了英子：「英子姐，還是你留著。」

英子點了點頭，小心將相片收好，充滿愛憐地望著羅獵道：「這些年你一定吃了不少苦吧？」

「還好！」

英子從羅獵的目光中讀到了他的堅強，其實在羅獵小的時候就已經表現出他超人一等的堅強和硬朗，任何人都無法將他打敗，英子道：「爺爺太開心了，喝醉了，我讓董治軍伺候他睡了。」

羅獵點了點頭，心中明白老人家也老了，他抬起手腕看了看時間道：「不早了，我也該回去了，不然朋友會著急的。」

英子道：「這麼急？」

羅獵笑道：「還會在津門待幾天，今天只是來認認門，我肯定還會過來。」

英子點了點頭。

羅獵將一張銀票遞給英子，英子愕然道：「什麼意思？」

羅獵道：「英子姐，您別誤會，這錢不是給你們的，我想你幫我一個忙，資助更多窮人家的孩子能夠讀書，這不也是洪爺爺的願望嗎？」

英子想了想，終於還是接了過來：「那好，我先替你收著。」看了看上面的金額居然有兩千塊之多，不由得瞪大了雙眼道：「你發財了？該不是幹了什麼犯法的事情吧？」

羅獵禁不住笑了起來：「別把我往壞處想，這錢絕對乾淨。」蒼白山之行，他只收到了來自於葉青虹的部分定金，至於九萬大洋的尾款，他還沒有找葉青虹收齊，對羅獵而言，錢並沒有什麼特殊的意義，他並不是一個貪圖安逸享受的人，很多時候他覺得自己是個極其矛盾的人，他想過隨遇而安與世無爭的生活，可是在遇到事情的時候，卻又表現出永不放棄的倔強，稟性難移，也許他從出生起性格方面已經被打上了印記。

此時董治軍提著馬燈過來，羅獵迎出門去，笑道：「姐夫！」

董治軍極其開心地答應了一聲，卻遭遇到英子冷冰冰的面孔，顯然是埋怨他打斷了自己和羅獵的談話。

董治軍慌忙解釋道：「老爺子已經睡著了，所以我過來說一聲。」

羅獵道：「你們聊吧，我正要走呢。」

英子道：「我送你！」

羅獵搖搖頭道：「別送了，洪爺爺喝多了，你還是留下來照顧他老人家。」

英子瞪了董治軍一眼道：「這麼晚了你不走啊？不怕你娘摸黑過來罵你？」

董治軍訕訕一笑，尷尬道：「我送，我送！」

羅獵還想謝絕，英子道：「這麼晚了，這周圍叫不到黃包車的，從西開到你住的地方還有很遠一段距離，他有車，讓他送你。」

董治軍忙不迭的點頭。

羅獵看他們兩口子的情景，估計疙瘩一時半會兒還是沒辦法解開，既然董治軍一心要送，也不好拂了人家的好意，於是點了點頭。

董治軍取了自行車和羅獵一起出門，臨出門的時候英子趕上來塞給他一件棉大衣，然後頭也不回地走了。她嘴上雖然不說，可心底還是關心丈夫的。董治軍拿著那件棉大衣滿臉都是感動，他將大衣穿上，然後向羅獵嘿嘿笑了笑道：「兄弟，見笑了啊，其實你英子姐心好著呢。」

「我知道！」羅獵忍不住笑。

「對我也好著呢。」董治軍趕緊又補充了一句。

羅獵哈哈笑了起來。

他這一笑，董治軍反倒有些不好意思，他本想騎車帶著羅獵，可羅獵提議還是走一走，雪雖停了，可是路上積雪還未清理乾淨，這樣的路況並不適合騎車。

董治軍頗為健談，從他和英子之間的相識聊起，一直聊到他們結婚，他和羅獵雖然是第一次見面，可過去聽英子無數次提起過羅獵，所以對羅獵竟有種一見如故的親切感。甚至他連英子和母親不合的事情也說了。

羅獵對董治軍的印象也很不錯，看得出董治軍對英子非常地看重，懂得退讓，懂得耍一些小心機，當然這些小心機也是為了儘早讓英子回心轉意。董治軍對目前的家庭狀況也是一籌莫展，他父母都傳統守舊，而英子卻是一個性情活潑開朗的新時代女性，和母親之間的衝突其實是兩種新舊意識形態的碰撞，像他這種情況當今社會中很常見，其實一開始的時候矛盾也沒那麼嚴重，只是他和英子結婚三年，始終沒有子嗣，老人家看到兒媳遲遲不能懷孕，自然免不了嘮叨，英子那火爆脾氣偏偏又受不了這個，所以發生衝突也成為必然。

董治軍說完自己的事情不由得歎了口氣道：「現在，我娘那邊倒是不說什麼了，也答應我把英子接回去過年，可是你英子姐的脾氣太倔，說什麼不肯回去，還說要跟我離婚……」說到這裡董治軍的表情變得越發尷尬了，雖已是民國，也有了不少離婚案例，可在中國多半老百姓看來，離婚還是極其丟人的事。董治軍說出這番話也是經過一番猶豫的，也證明他的確沒把羅獵當成外人。

他充滿期盼地望著羅獵道：「兄弟，我知道英子最聽你的話，你幫我勸勸她好不好？」

羅獵笑了起來：「姐夫，我和英子姐十多年沒見了，她現在的脾氣我也不瞭解，不過有一點我看得出，她對你還是有感情的。」

董治軍不由自主地摸了摸身上的棉大衣，跟著又用力點了點頭。

羅獵道：「新舊觀念衝突是一方面，另一方面可能是你們到現在都沒有孩子，有句老話，不孝有三無後為大，我看老一輩的最大心結就在於此。」

董治軍連連點頭道：「可不是嘛，我也納悶，這英子到底咋回事，都結婚三年了，肚皮始終沒有動靜。」

羅獵道：「根據西方最新醫學研究表明，不孕不育不僅僅是女方的原因，其中很大一部分是男方造成的。」他內心深處自然向著英子，聽到董治軍這麼說當然要說幾句公道話，倒不是他有心維護，而是因為事實就是如此。

董治軍紅著臉道：「瞎說，跟男人能有啥關係？」

羅獵道：「你還別不信，改天我找一些這方面的報導給你看看。」

董治軍尷尬地咳嗽了一聲，畢竟他沒留過洋，對所謂的西方醫學也談不上什麼研究，更沒有羅獵這種開明的思想，在他看來探討這方面的事情還是有些丟人的，趕緊岔開話題道：「對了，你這次來津門是路過還是辦事？」

羅獵本不想細說詳情，可忽然想起董治軍在德租界警局任職，他的消息肯定要比自己靈通得多，於是將小桃紅母女被人劫持的事情說了，不過說的只是劫持事件本身，並沒有提及和方家的關係，畢竟自己目前沒有任何的證據。

董治軍聽完點了點頭道：「這事兒我倒是能夠幫得上忙，火車站那種地方魚龍混雜，人來人往，可正因為此，當時的目擊者肯定很多，我幫你打聽打聽。」

「那就辛苦姐夫了。」

董治軍笑道：「你叫我姐夫就別跟我見外，這麼著，我儘快幫你打探消息，一旦有了眉目我馬上去通知你。」

第五章

豪門闊少 神秘回歸

方康偉此時方才完全清醒了過來，他展開報紙，看到頭版頭條刊登著觸目驚心的幾個大字——豪門闊少，神秘回歸，家產之爭，一觸即發。方康偉揉了揉眼睛，確信自己沒有看錯，這才迅速通讀了一下頭版頭條的文章。

羅獵回到旅店，阿諾等得早已不耐煩，看到羅獵回來，忍不住抱怨道：「你怎麼出去那麼久？我還以為你出了什麼事情！」鼻子抽了抽，然後又湊近羅獵用力嗅了兩下，怒不可遏道：「你居然背著我去喝酒！」他可以容忍羅獵一聲不吭出門大半天，卻無法容忍這廝出去喝酒不叫上自己，尤其是自己擔心他出事一直到現在滴酒未沾，阿諾因此感覺到自己的友情被羅獵無情踐踏了。

羅獵呵呵笑了起來，從口袋中摸出一個紙包兒，裡面裝的熟牛肉還熱乎著，又變魔術一樣從懷裡摸出一瓶酒，輕輕放在桌上。

阿諾看到兩樣東西頓時眼睛發光，顧不上多說話，擰開酒瓶蓋咕嘟咕嘟灌上了幾口，又捏了塊牛肉塞到嘴裡，舒服地打了個酒嗝道：「你還算有些良心。」

羅獵拉了張椅子坐下：「我離開這段時間有沒有什麼事情？」

阿諾道：「你想有什麼事情？」羅獵離開的這段時間無風無浪，方克文沒有回來，也沒有人過來找麻煩。

羅獵點了點頭，阿諾找了個玻璃杯，倒了半杯酒遞給他，羅獵道：「我還是喝茶！今晚已經喝了不少了。」

阿諾警告道：「以後再被我發現你撇下我偷偷出去喝酒，我跟你絕交！」說完又將剛倒的半杯酒一口喝乾，他是一點都不捨得浪費。

羅獵道：「我給張長弓發了電報，讓他儘快趕來津門。」

阿諾聽說羅獵已經將張長弓叫來，頓時明白他們眼前所面臨的處境不容樂觀，低聲道：「你是說，咱們會有麻煩？大麻煩？」

羅獵搖搖頭，起身倒了杯水，輕聲道：「確切地說，可能會惹一些麻煩。」

人在很多時候控制不住自己，方康偉就是這樣，雖然他很想在所有人面前表現出孝子賢孫的一面，然而他的煙癮卻不允許他這樣做，一旦煙癮發作百爪撓心，又如萬蟲蝕骨，松雪涼子白天的一巴掌仍未消腫，傷疤未好，方康偉已經沒了記性，趁著夜深人靜，這廝故態復萌，再次溜回自己的房間內吞雲吐霧，還好這次松雪涼子沒有尾隨而至，方康偉得以盡情享受一番，欲仙欲死吞雲吐霧之後，這貨居然在羅漢床上酣暢地進入了夢鄉，不知不覺一晚度過。

如果不是有人丟了一張報紙在他臉上，方康偉的美夢還會繼續下去，確切地說，這張報紙是捲起來狠狠抽打在他臉上，作為方康偉新娶的姨太太，松雪涼子顯然對方康偉沒有任何敬畏之心，甚至可以說連起碼的尊重都沒有。

方康偉殘存的自尊心本想發怒，然而遇到松雪涼子充滿殺機的冷酷目光，頓時如霜打的茄子一般蔫了，強忍住心頭的怒火，低聲道：「我……我太累了，這

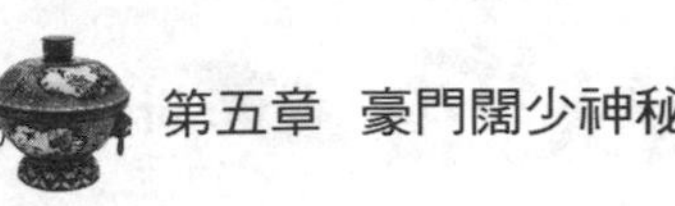

就出去……」他以為松雪涼子是來叫自己前去守孝。

松雪涼子揚起手中的報紙狠狠丟到了方康偉的胸前：「睜大你的眼睛，仔仔細細看清楚，方克文不但活著，而且已經來到了津門。」

方康偉此時方才完全清醒了過來，他抓起那張報紙，展開報紙，看到頭版頭條刊登著觸目驚心的幾個大字——豪門闊少，神秘回歸，家產之爭，一觸即發。方康偉揉了揉眼睛，確信自己沒看錯，這才迅速通讀了一下頭版頭條的文章，他不忘看了看日期，這才知道自己在羅漢床上睡了一夜，這已是第二天的早報了。

方康偉合上報紙用力搖頭道：「假的，人死不能復生……」抬起頭看到松雪涼子充滿疑竇的目光，又道：「肯定是假的，你知道的，這些新聞記者就會捕風捉影胡說八道，我爺爺剛去世，他們肯定要借著這件事來製造文章。」

松雪涼子輕聲歎了口氣道：「誰說他已經死了？你有沒有見過他的屍體？」

方康偉被她問住，愣了一下方才道：「五年了，他失蹤整整五年了，如果他還活著，應該早就回來，即便是他不想回來，至少也會有一封信。」

松雪涼子道：「空穴來風未必無因，我得到消息，這五年他一直都在蒼白山，最近方才獲得自由，知不知道我為什麼要來津門？要偽裝成你的妻子？」

方康偉倒吸了一口冷氣，顫聲道：「難道你……你們早已知道他活著？」

松雪涼子道：「你雖然是老頭子的親生兒子，卻非是他指定的繼承人，如果不是你哥哥死了，你侄子又湊巧失蹤，你以為老頭子會放心將方家的產業交到你的手上？」

她的這番話戳中了方康偉的痛處，在父親眼中自己是最不爭氣的那個，根本沒有將自己當成親生兒子看待，生前就多次放話，他死後一個銅板都不會留給自己，同樣都是他的兒子，他對方康成就比自己要好得多，做兒女的通常會埋怨父母的不公和偏心，很少去反思父母因何要這樣做？松雪涼子並沒有說錯，如果大哥仍然在世，如果侄子方克文沒有失蹤，那麼方家的產業絕輪不到自己來繼承。

那又如何？即便老頭子再不喜歡自己，也改變不了自己繼承他財富的事實，方康偉此時方才意識到現在的方家已經是自己當家做主了，自己不應該太過懦弱一味忍讓了，至少在這個咄咄逼人的日本女人面前要拿出一些硬朗和骨氣，方康偉從羅漢床上爬起來，鼓足勇氣向松雪涼子道：「你們未免太過小題大做了，方家內部都沒說什麼，又何必在乎外人胡說八道。」

松雪涼子冷冷道：「小題大做？你終日只知道抽你的福壽膏，外面的事情你又懂得多少，方家的事情你又知道多少？」

方康偉被她的冷漠和傲慢激怒了，一味地忍氣吞聲非但沒有換來對方的理解，反而讓她越發看不起自己，方康偉怒道：「我的確瞭解不多，可是我知道現在方家的決策權掌握在誰的手中，想要跟方家合作的人有很多！」

松雪涼子因他的這番話而笑了起來，冷若冰霜的俏臉有若春風拂過，頓時冰雪消融，美眸流轉，眼角含春。

方康偉還是第一次見到她笑得如此嫵媚動人，不由得為之一呆，可馬上就意識到此女雖然豔如桃李，可心如蛇蠍，提醒自己千萬不可被她的美貌所迷惑。

松雪涼子道：「你不說，我差點忘了，你現在是方家唯一合法繼承人的事情，可是如果你害死親生哥哥的事情傳出去，你以為自己還可以繼續做方家的主人？以為你還可以在這世上立足。」

方康偉的面孔頃刻間變得毫無血色，他有些惶恐地搖了搖頭，希望松雪涼子不要繼續在這個話題上探討下去。

松雪涼子不屑望著他道：「你最好搞清楚，究竟是誰幫你走到這一步，我們可以將你捧到高高在上的位置，一樣可以將你打落凡塵，只要你不聽話，我不但要讓你成為千夫所指萬人唾棄的對象，我還要讓你生不如死！」

方康偉剛剛鼓起的勇氣已經被松雪涼子完全瓦解，他低下頭去，再不敢看松雪涼子的眼睛。

松雪涼子道：「何去何從，你自己掂量，風風光光把老先生給葬了，這兩天我還有其他事要處理，你最好不要給我惹麻煩！」

松雪涼子離開之後並沒有前往靈堂，事實上以她目前的身分在方家沒有太強的存在感，昨天發生的爆炸，今天關於方克文歸來的新聞鋪天蓋地，已經將方家這個在津門舉足輕重的家族推向眾人關注的焦點，這並不是松雪涼子的初衷，雖然她早已預料到方老太爺的死會引起津門的震動，可是一個癱瘓三年的老爺子，其影響力必然衰退不少，世態炎涼，肯定會有不少人放棄前來弔孝的想法。

為了避免驚動太多的輿論，松雪涼子授意方康偉拒絕了大部分的新聞媒體，只是將這次葬禮的報導獨家授權給明章日報，而這家報社有很深的日方背景。然而計畫不如變化，從昨天在方公館門前出現的爆炸槍擊案開始，事態就不斷變得複雜，甚至有逃脫她掌控的跡象。

松雪涼子換上便裝從方公館後門離開，乘車去了日租界，津門的日租界是中國五個日租界中規模最大，也是最為繁榮的一個，一八九六年清政府和日方簽訂《中日通商行船條約》，兩年後簽訂《津門日本租界協議書及附屬議定書》，正式劃定日租界範圍，南鄰法租界，西北與津門老城相望，一九〇三年以後，日方進行了浩大的填築工程。由於其絕佳的位置，很快就發展成為津門的娛樂商業中心，在日方縱容下，租界煙土合法化，因此日租界也成為煙館、妓院雲集之地。

日方想要通過津門口岸，將鴉片和軍火源源不斷地運入中華內陸，所以控制津門港口碼頭也成了他們的當務之急，過去方士銘活著的時候，津門港口碼頭大都掌控在他手中，老爺子錚錚鐵骨，愛國愛民，斷然拒絕和日本人合作，公開宣言有生之年在方家物業範圍內決不允許任何危害國民的勾當，也正因為此，方士銘也成了日本人的眼中釘肉中刺，可以說他的死亡對日方來說是一件值得慶賀的大好事。

松雪涼子警惕性很高，她讓司機在津門的大街上兜了幾個圈子，確信身後沒有人跟蹤方才進入了日租界，身為日本公民進入日租界並不是一件奇怪的事情，松雪涼子去了上野書店，這裡的老闆藤野俊生是她名義上的舅父。

清晨書店還沒有開門，松雪涼子在後門下了車，然後讓司機離去，輕輕敲響了房門，不多時就看到一位頭髮花白的日本老婆婆出來開門，先是將房門拉開了一條縫隙，然後恭敬請松雪涼子進入，又謹慎地看了看外面道路的兩旁，這才將後門關上。

書店的後院有一座典型的日式小樓，松雪涼子走上平台，拉開移門，脫去鞋子，緩步走入其中，沿著通道走上樓梯，來到二樓，透過房門可以看到兩個人影，他們正在室內下棋。

松雪涼子恭敬道：「船越先生，我可以進來嗎？」

裡面傳來一個寬厚和藹的聲音道：「進來吧！」

松雪涼子拉開移門，卻見裡面的榻榻米上有兩人相對而坐，他們正在下棋，其中一人是書店的老闆藤野俊生，他的公開身分是松雪涼子的舅父，另外一人濃眉大眼，身材粗壯，神采奕奕，不怒自威，卻是玄洋會社的教頭，日本暴龍社四大金剛之一的船越龍一。

松雪涼子不敢打擾他們下棋，在一旁恭恭敬敬跪坐，俏臉上流露出少有的恭敬和平和之色。

藤野俊生的目光自始至終都盯著棋盤，手中捏著一顆白子，雙眉緊皺，好半天都沒有落子，終於緩緩搖了搖頭道：「我輸了，船越君技高一籌。」

船越龍一哈哈大笑道：「不是我技高一籌，而是藤野君性情淡泊與世無爭，所以才會讓我撿了個便宜。」

藤野俊生微笑道：「技不如人就是技不如人，船越君又何必過謙。」此時他方才抬起雙眼看了看一旁的松雪涼子，松雪涼子向他躬身示意，對於這位名義上的舅父，松雪涼子也是抵達津門後方才認識，兩人之間沒說過幾句話，藤野俊生表面謙和有禮，可是卻讓松雪涼子產生一種莫測高深的感覺，她對此人欠缺瞭解，不過從他和船越龍一之間的良好關係也能夠猜到此人在組織內的地位不低。

藤野俊生並沒有說話，緩緩站起身來，走出門外，反手將移門帶上，直到移門完全關閉，松雪涼子方才敢直起身軀。

船越龍一不慌不忙地將棋子一顆顆收起，平靜道：「這個時候你本不應該出現在這裡。」

身為方康偉的姨太太，松雪涼子此時本該在方家守靈，松雪涼子道：「船越先生，因為發生了一些緊急的事情，所以屬下不得不前來見您。」

船越龍一微笑道：「我這次來津門只是為了會會老朋友，可不是為了公務，涼子，以你的能力，解決方家的事情應該不難。」

松雪涼子再次鞠躬致歉道：「讓您失望了！」

船越龍一道：「白雲飛遇刺的事情鬧得很大，他不會輕易咽下這口氣。」

松雪涼子歎了口氣道：「昨天的刺殺事件和我無關！」

船越龍一兩道濃眉擰在了一起，他相信松雪涼子不會欺騙自己，可是如果發生在方公館門前的這場刺殺和日方無關，那麼又是誰在幕後導演了這起事件？

松雪涼子道：「白雲飛一直都覬覦方家的碼頭，他想要掌控津門大部分港口，獨享走私煙土和軍火的暴利。我懷疑昨天這場刺殺是他自導自演的一齣戲，故意利用這種方式將矛頭指向我們，同時他也找到了一個對付方家的藉口。」

船越龍一搖了搖頭：「就算是苦肉計，也沒必要拿自己性命去冒險，看中方家港口的可不僅僅是我們和白雲飛，德國、法國、英國，別忘了還有北洋政府。中國人有句話說得好，**螳螂捕蟬黃雀在後，真正可怕的敵人往往潛伏在暗處。**」

松雪涼子在船越龍一的面前表現得非常尊重，甚至連呼吸都變得異常小心。

船越龍一從一旁拿起一張報紙，輕輕放在松雪涼子面前：「你是為這件事來的？」

松雪涼子在報紙上飛快掃了一眼，點了點頭道：「今天早報刊登了方克文回來的消息。」

船越龍一道：「不單是早報，津門有影響力的十多家報紙全都在頭版頭條刊登了這一消息，看來他們是有備而來。」船越龍一認定這些報紙同時刊載這樣的消息絕不是湊巧，而是故意為之，能夠影響到那麼多家報社的人也非等閒之輩，白雲飛就有這樣的能力，不排除他在方公館門前遇刺，所以通過這樣的方式先給方家一個下馬威，船越龍一開始意識到事情比他預料中更加複雜。

松雪涼子道：「船越先生因何知道方克文仍然活著？」她得知方克文在世的

消息還是從船越龍一那裡，此前船越龍一並未向她做過特別的解釋。

船越龍一輕聲道：「方克文被一個叫羅獵的牧師營救，這消息已得到確認。」

松雪涼子道：「羅獵已經來到了津門。」

船越龍一轉向松雪涼子道：「你見過他？」

松雪涼子點了點頭道：「我和他應當在淩天堡打過交道，他當時喬裝打扮化名葉無成，飛刀技法一流。」

船越龍一道：「如此說來你們也算是故友重逢，他有沒有認出你？」

松雪涼子想了想方才道：「應該是認出我了，這個羅獵很不簡單。」

船越龍一道：「他應當是找到方克文的關鍵人物。」

松雪涼子想起此前和羅獵在淩天堡交手的種種，內心不由得變得沉重起來，羅獵可不好對付。而且他昨日是跟著白雲飛一起前來弔唁，這兩人居然走到了一起，如果兩人達成了共識聯手對付自己，恐怕事情會變得不妙。

船越龍一從松雪涼子凝重的表情上察覺到了她此時的心情，淡然笑道：「知己知彼百戰不殆，你怎麼看報紙的事情？」

松雪涼子道：「無論幕後策劃者是誰，他的目的都是要擾亂我們的計畫，意圖破壞方康偉繼承方家全部產業的事實。」

船越龍一道：「方克文是此事成敗的關鍵。」

松雪涼子道：「他的女人和孩子都在我們控制之中，諒他不敢輕舉妄動。」

船越龍一道：「若是他當真在乎，為何到現在都沒有現身？」

「興許是被人控制了。」

船越龍一將最後一顆棋子收納好，低聲道：「你以為是誰？」

松雪涼子搖了搖頭，在這位社中元老級人物的面前，她不敢隨意開口。

船越龍一道：「說說你的想法。」

松雪涼子這才道：「不排除白雲飛賊喊捉賊的可能，如果方克文確定和羅獵一起來到了津門，那麼他就不可能憑空消失，根據我目前所掌控的情況來看，羅獵和方克文先後去過幾個地方。首先去的就是仁慈醫院，根據院方反應，昨日有人闖入特護病區，我看此事或許和他們有關。」

船越龍一道：「你是說方克文很可能在方士銘死前跟他見過面？」

松雪涼子點了點頭道：「應該是這樣，我們一直都派人監視小桃紅，也是在昨天在慶福樓發生了一場風波，那場風波之後小桃紅母女失蹤。」正是根據小桃紅母女失蹤，船越龍一方才做出了方克文已經抵達津門的判斷，果斷下達了對方家採取行動的命令。

其實原本他們的計畫非常周密，可是仍然在具體的實施過程中出現了疏漏，方克文的失蹤並不在他們的計畫之中，在松雪涼子看來，只要控制住小桃紅母女就等於扼住了方克文的命脈，然而事情的發展卻出乎他們的意料之外。

船越龍一宛如大理石雕刻一般硬朗的嚴峻面孔越發顯得稜角分明。

松雪涼子道：「羅獵應當是對局勢出現了誤判，所以才會去找白雲飛要人，現在看來，我借刀殺人的計畫被識破了。」

船越龍一道：「這兩個年輕人都不簡單，原本控制小桃紅母女是一招好棋，可是你偏偏要畫蛇添足，將矛頭引向白雲飛，反倒弄巧成拙，是你促使他們兩人合作。」

松雪涼子滿臉慚色道：「屬下失職，船越先生，我之所以這樣做也是擔心他們直接將矛頭指向方家，羅獵並不知道這起事件背後的內情，白雲飛也只是利用他罷了。」

船越龍一淡然笑道：「**這世上多半的關係都是利用和被利用**，白雲飛利用羅獵的同時焉知羅獵不是在利用他？」

松雪涼子道：「白雲飛這個人做事心狠手辣，不擇手段，不排除是他將方克文控制起來的可能。」其實她剛剛就說過白雲飛可能賊喊捉賊，看到並沒有引起船越龍一足夠的重視所以又重複了一遍。

船越龍一點了點頭，的確有這種可能，他沉吟了一會兒方才道：「如果方克文落在白雲飛的手裡就麻煩了，你儘快搞清這些事。」

「哈伊！」松雪涼子雖然答應得非常痛快，可是內心中卻有些迷惘，突然出現的狀況讓她有些無所適從了。

船越龍一從她迷惘的目光中看懂了她的心思：「你還有什麼事情要說？」

松雪涼子道：「既然白雲飛那麼麻煩，不如我們趁著他製造更大的麻煩之前將他剷除掉！」

「你覺得白雲飛是通過何種手段方才爬到了今日的位置？」船越龍一並沒有期待松雪涼子的回答：「一個倒了嗓的戲子，在魚龍混雜群雄並起的津門居然能夠殺出一條血路，不單單是依靠他的智慧和運氣，他的背後有德國人在支持。」

松雪涼子道：「正因為如此，幹掉他也不會有什麼太大的影響。」

船越龍一微笑道：「如果殺人能夠解決所有的問題，我們此前又何必經過長時間的佈局和周密的計畫？殺掉白雲飛，德國人很快就會捧出另外一個替代者，我們的目的不是為了殺人，而是為了控制津門的港口，涼子，武力是解決問題最拙劣的手段。」他的目光投向牆上的太極圖，輕聲道：「**太極生兩儀，兩儀生四象，這世上萬事萬物存在的最佳狀態就是平衡，不要輕易打亂平衡，所以要小心使用自己的力量。**」

松雪涼子眨了眨美眸，她並沒有完全理解船越龍一的意思。

船越龍一道：「你不妨去找羅獵談談，興許會有驚喜呢？」

羅獵坐在旅社對面的咖啡館內，享受著清晨那縷溫暖陽光的同時也享受著早餐後香醇的咖啡，桌上擺著剛剛買來的三份報紙，報紙的頭版頭條全都是方克文的消息，白雲飛在津門的影響力果然非同小可，能夠同時讓那麼多家報社刊載方克文平安回歸的新聞，羅獵之所以給白雲飛這樣的提示，真正的用意卻是要打草驚蛇，利用輿論達到讓方家內部自亂陣腳的目的。

自從見到玉滿樓和蘭喜妹，羅獵就意識到發生在方克文一家身上的事情絕非一場狗血的家產爭奪戰，從蒼白山到津門，日方勢力已經開始向神州大地不停滲透，這貪婪無恥的近鄰正在意圖通過種種手段叩開中華國門，掠奪國人財富。

剛開始時羅獵僅僅是想幫助方克文回歸家族，可現在突然意識到方克文的回歸已經觸犯到太多人的利益，方士銘走後留下的巨額家產已成為多股勢力爭相角逐的目標。

羅獵將報紙一張張收好，準備起身離開的時候，看到一輛黑色雷諾轎車在旅館門前停下，這款轎車羅獵曾在和平大戲院見過同款，不過車牌完全不同。一人推開車門走了下來，雖然包裹得非常嚴實，可羅獵仍然一眼就認出她就是化名松雪涼子的蘭喜妹。

蘭喜妹抬頭看了看旅館的招牌，確認無誤之後準備走入其中，身後卻傳來一個熟悉的聲音道：「方夫人不在家中守靈，來這裡做什麼？」

蘭喜妹緩緩回過頭，雙眸透過墨鏡打量著大步走來的羅獵，粉色的嘴唇彎起一抹嬌俏可愛的弧度，輕聲道：「來找一位老朋友。」

羅獵哈哈笑了起來，右手的報紙輕輕擊打在戴著黑色綿羊皮手套的掌心，居高臨下地打量著蘭喜妹，這位以心狠手辣著稱的，讓黑虎嶺狼牙寨土匪聞風喪膽的，人稱藍色妖姬的八當家。如今的蘭喜妹穿著黑色羊皮大衣，頭戴黑色羊羔皮鴨舌帽，黑色墨鏡，一身中性打扮，顯得英姿颯爽。她的身上既沒有凌天堡上驕橫跋扈的囂張，也沒有昨日在方公館所見低眉順目的溫柔，女人果真是善變的。

羅獵明知故問道：「不知方夫人的這位老朋友是誰？」

蘭喜妹輕聲歎了口氣道：「你心裡明白，難道你不想請客人進去坐坐？」

羅獵卻問道：「我究竟是稱呼您為方夫人呢？還是應當叫您一聲八掌櫃？」

蘭喜妹道：「隨你！」指了指一旁的轎車道：「還是換個地方敘舊吧。」

羅獵點了點頭，拉開車門居然坐在了駕駛位上。

蘭喜妹愣了一下，羅獵顯然是對自己充滿警惕的，他雖然上了自己的車，卻將方向盤把握在手中，換句話來說，去哪裡他說了才算數，從這一細節可以看出羅獵溫和的表像下卻藏著一顆控制欲極強的霸道之心。

蘭喜妹繞行到另外一側，在副駕坐下，將車鑰匙遞給了羅獵道：「路面結冰，小心駕駛。」

羅獵笑了起來，啟動引擎前，從反光鏡觀察了一下後方，看到灰色的人影在遠方的街角閃動，雖然隱蔽，可仍然沒能逃過他的眼睛，羅獵無法斷定那些跟蹤者是誰，在他的住處附近白雲飛佈置了一些人手，名為保障他的安全，可在另一層面上也起到了監督他的作用，蘭喜妹也不會獨自前來，也許是她事先在周圍佈置了幫手。

羅獵駕車沿著海河岸邊行進，沒過多久已經進入義大利租界，租界內形形色色的異國建築已經紮根於這片古老的土地，在這些表像的背後，世界列強勢力已經無孔不入地滲透到了神州大地，不擇手段地攫取本屬於中華百姓的財富。

蘭喜妹並沒有問羅獵要帶自己去哪裡，摘下墨鏡，一雙嫵媚妖嬈的美眸靜靜望著羅獵，努力尋找著他和昔日勇闖凌天堡的那個大鬍子葉無成之間的共同點。

羅獵終於打破沉默道：「帶走小桃紅母女的是這輛車吧？」

蘭喜妹笑了起來，沒有回答羅獵的問題，摘下鴨舌帽，解開髮髻，一頭烏亮柔順的秀髮垂落到了肩頭，活動了一下潔白修長的頸部，居然將頭一歪，枕在了羅獵的肩頭。

羅獵的車開得依然很穩，並沒有因為蘭喜妹這親昵過分的動作而有任何的波動。轎車終於在海河邊緣的一塊空地上停下，前方是波光粼粼的水面，後方是充滿異國風情的義式建築群，兩旁是被積雪掩蓋的河岸。

羅獵並沒有馬上糾正蘭喜妹的坐姿，從上衣的口袋中掏出煙盒，從中取出一支香煙點燃，剛剛抽了一口，就被蘭喜妹一把搶了過去，她毫不嫌棄地抽了一口，然後因為無法適應這衝入肺腑的刺激味道劇烈咳嗽起來，她不得不坐直了身子，身軀因咳嗽而不停抖動著，咳嗽得眼淚都流了出來，將那支香煙重新遞給了羅獵：「不好抽，搞不懂你為什麼喜歡抽煙？」

羅獵瞥了一眼那支煙，上面已經沾染上了口紅的印記。

蘭喜妹看到羅獵沒有第一時間接過香煙，一雙鳳目瞪得滾圓：「嫌棄我？」

羅獵笑道：「我在考慮你的問題，都知道抽煙有害，可是仍然會有人昧著良心去做這方面的生意，己所不欲勿施於人，這麼簡單的道理難道他們都不懂的嗎？」他所指的煙乃是鴉片。

蘭喜妹聽出羅獵話裡有話，她收回了那支煙又嘗試著抽了一口，或許有了剛才的經驗，這次居然適應了許多，吐出一團煙霧，望著那團煙霧在眼前慢慢化開，輕聲道：「你還是這個樣子好看一些。」

羅獵沒有說話，又取出了一支香煙點燃。蘭喜妹落下車窗，吸了一口清新的空氣，然後道：「方克文在哪裡？」

羅獵推開車門走了下去，蘭喜妹皺了皺眉頭，然後扔下那支燃了半截的煙，推門快步跟了過去。

東方的天際，一輪紅日從水天之間冉冉升起，將水天相交的部分染成了淡紫色，河邊的風很大，吹起羅獵黑色的頭髮，一根根迎風倔強站立著，蘭喜妹的長髮在風中凌亂，擋住了她的視線，遮住了她大半邊面龐，她不得不側過身軀，撩起長髮，又用墨鏡擋住初升的陽光和刺眼的雪光，然後方才來到羅獵身邊。望著於岸邊傲然站立的羅獵，蘭喜妹意味深長道：「真是搞不懂你，為什麼總是喜歡選擇站在風口浪尖？」

羅獵微笑道：「反正都是自己的國家，在哪裡站著都是一樣，你就不同了，外面再好也不如自己家裡好，有道是金窩銀窩不如自己的狗窩，你說對不對？」

蘭喜妹道：「不出去走走哪能知道世界這麼大？大丈夫四海為家，有抱負的人眼光又豈能那麼狹隘呢？」

羅獵笑得越發陽光燦爛：「強盜邏輯！」

蘭喜妹的笑容變得越發嫵媚了：「我高興，怎麼著？」

羅獵道：「小桃紅母女在你手裡啊？」

蘭喜妹點點頭，當著明白人沒必要繞彎子，守住這個秘密也毫無意義，雖然她不知道方克文究竟在哪裡，可是她有必要通過羅獵向方克文亮出自己的底牌。

羅獵道：「你想要什麼？」

蘭喜妹道：「用方克文的命換小桃紅母女的命！」

羅獵皺了皺眉頭，蘭喜妹並沒有因為搖身一變成為松雪涼子而改變冷血狠辣的性情，她想要將方克文置於死地，也唯有如此才能斷絕隱患。不過從蘭喜妹的這個要求也能夠判斷出，方克文目前並沒有落在她的手中。

羅獵道：「你的目的無非是方家家產，謀財未必一定要害命，不如你將小桃紅母女放了，我保證方克文一家從此離開津門，絕不公開身分，絕不參與家產的爭奪。」羅獵並非擅自做主，他堅信如果方克文在場，肯定會答應這樣的條件。

蘭喜妹冷笑道：「你保證？你拿什麼保證？方克文一條命換兩條命，怎麼都是划算的。」

羅獵道：「禍不及家人，就算你針對方克文，也不必採取這樣齷齪的手段，今天我將話撂在這裡，如果小桃紅母女受到任何傷害，我會追查到底。」

蘭喜妹道：「你在威脅我？別忘了她們在誰的手上？」

羅獵寸土不讓道：「別忘了你是在什麼地方！」

蘭喜妹雙眸中幾乎就要噴出火星來，怒視羅獵，她想要發作，卻終於還是按捺住心頭的怒火，點了點頭道：「你讓方克文出來見我！」是條件也是試探，她必須要確認方克文在羅獵的手中。

羅獵道：「他不會出來見你，我給你一天的時間，如果明天我還見不到小桃紅母女，我會讓方克文召開記者會，把所有的秘密公諸於眾，到時候花落誰家還未必可知。」

蘭喜妹點了點頭道：「我也給你一天的時間，如果明天這個時候我見不到方克文，那麼你們就等著給小桃紅母女收屍吧！」

一場談話這麼快就陷入了僵局，蘭喜妹說完就向轎車走去，驅車離開了這裡，將羅獵一個人孤零零扔在了海河岸邊。

蘭喜妹並沒有達到想要的目的，這次的見面她仍然無法確定方克文的下落，相較而言，羅獵的收穫要比她多得多，不但確定了松雪涼子就是蘭喜妹，還確認了小桃紅母女就在蘭喜妹的掌控之中。

上野書店內一場不見硝煙的棋局正在進行，藤野俊生將黑子落下，卻遲遲不見船越龍一有所反應，他輕輕咳嗽了一聲，船越龍一的目光方才回到棋局之上，歉然一笑道：「我在想涼子和羅獵的這場談判。」

藤野俊生道：「不會有什麼結果。」

船越龍一道：「羅獵這個年輕人很不簡單，上次在凌天堡破壞我方計畫的就是他。」

藤野俊生道：「既然知道又何必留下隱患？」

船越龍一撚起一顆白子，久久沒有落下：「福山先生對他非常欣賞。」

藤野俊生道：「非我族類，其心必異。」

船越龍一目光陡然一凜。

藤野俊生道：「津門之事籌畫三年，成功在即，決不可功虧一簣，誰敢插手就果斷將之清除，當斷不斷必受其亂。」相貌隨和儒雅的他在此時流露出咄咄逼人的鋒芒。

船越龍一明顯還有顧慮：「藤野君，如果我們在此時出手，或許會引發一場戰爭，此事牽連甚廣，羅獵雖然是一顆微不足道的棋子，可白雲飛在津門的勢力根深葉茂，背後還有德國人的支持。」

藤野俊生不屑道：「我們大和民族從來就不怕戰爭，只有在戰爭中一個強大的民族才會浴火重生，船越君應該還不知道歐洲的戰局，德軍敗局已定，一旦他們投降，他們在東亞的所有利益都會拱手相讓，而我們大日本帝國將是接手他們利益的唯一人選！」

羅獵準備走回旅館，剛好可以趁著這段時間好好梳理一下頭緒，通過剛才和蘭喜妹的對話可以知道方克文並沒有落在日方的手中，可方克文究竟去了哪裡？面對小桃紅母女的失蹤，他又怎能沉得住氣？難道他落入了另外一幫人的手裡？羅獵不由得想到了白雲飛，方家繼承權的歸宿和他的利益密切相關，難道他劫走了方克文，然後又上演了一齣賊喊捉賊的好戲？

一輛汽車緩緩行駛到羅獵的身邊，羅獵舉目望去，看到同樣從車內透過車窗望著自己的白雲飛。

白雲飛落下車窗，臉上帶著意味深長的笑意：「怎麼？讓人丟到這裡了？」

車停之後，羅獵拉開車門來到白雲飛的身邊坐下，白雲飛能夠在此時出現，證明他一直都派人監視自己的動向，想必自己剛才和蘭喜妹的見面瞞不過他。

白雲飛道：「沒談妥？」

羅獵感歎道：「話不投機半句多，她讓我用方克文來換小桃紅母女。」

白雲飛道：「一條命換兩條命，聽起來很划算啊！」

羅獵道：「方克文若是落到他們手裡，只有死路一條。」

白雲飛點了點頭，然後壓低聲音道：「我找到方克文了。」

羅獵聞言內心不由得一陣狂喜，抑制住內心的激動道：「他在哪裡？」

白雲飛道：「被宋禿子他們給截住了，受了點折磨，不過只是皮肉傷，不算嚴重。」

原來方克文在前往方公館的途中不巧遇到了宋禿子那幫人，正所謂冤家路窄，宋禿子在慶福樓被羅獵催眠後上演了一齣裸奔大戲，引以為奇恥大辱，正在四處搜尋羅獵幾人的下落，要報這一箭之仇，想不到沒找到羅獵，卻和方克文狹路相逢，於是宋禿子那群人就將方克文給劫走，弄到無人之處痛揍了一頓，然後又誣陷方克文偷東西，將他送到了德租界的巡捕房。

歷來都是警匪一家，安清幫在德租界勢力龐大，這些幫派成員和巡捕之間大都有著見不得光的合作關係，方克文又不肯說出自己的身分來歷，宋禿子把他弄進巡捕房關押起來還不是一句話的事情。

白雲飛也是經過一番思量之後方才想到了宋禿子，原本只是抱著試試看的態度，卻想不到一問之下宋禿子言辭閃爍，禁不住白雲飛的恐嚇，只幾句話就問出了底細，白雲飛確認方克文的消息之後，並沒有急於將他從巡捕房接出來，畢竟現在誰都不會想到方克文會被關在巡捕房，反倒是那裡更為安全。

羅獵聽完方才放下心來，暗自佩服白雲飛的周到細緻，如果不是他幫忙調查，僅憑著自己，很難查出方克文的下落。

羅獵低聲道：「我看巡捕房也不是什麼安全的地方，萬一消息洩露，日方必然不惜一切手段將方克文除掉。」

白雲飛淡然道：「你不必擔心，在德租界，日本人還翻不起什麼浪花，我既然敢把他放在那裡，就能夠保證他的安全。」

羅獵心中卻有些忐忑，畢竟白雲飛的目的也是方家港口，不排除通過方克文達到控制方家產業的可能，從這一點上來說，白雲飛和蘭喜妹也沒有太多分別。

白雲飛道：「我剛剛得到了一個消息，方士銘可能是被人害死的！」

羅獵微微一怔。

白雲飛道：「方士銘雖然癱瘓，可健康狀況一直良好，這次突然死亡有些離奇。」

羅獵道：「有證據嗎？」

白雲飛道：「如果可以驗屍，或許能夠找到一些證據。」

羅獵皺了皺眉頭，現在方士銘的遺體就在方公館，想要驗屍必須獲得方家人的允許，無論方士銘是否遇害身亡，以他的身分和方家的地位，開棺驗屍都沒有任何的可能性。

第六章

真亦假

羅獵拿起照片，認出照片上的人是蕭天行的女兒周曉蝶。
他們於白山分手，瞎子帶著周曉蝶先行前往黃浦，
為她治療眼睛，看到周曉蝶的照片，
羅獵的內心不由得沉了下去，難道葉青虹故技重施，
又要利用周曉蝶來達到要脅自己為她辦事的目的？

白雲飛道：「日本人的目的已經很明確了，他們通過鴉片控制了方康偉，方康偉繼承方家所有的產業，那麼日本人就可以通過他來控制方家擁有的碼頭乃至所有的物業，從而達到打開津門通道的目的。」如果被日本人得逞，白雲飛的利益將會首當其衝受到損害，一直以來幾乎被他壟斷的鴉片和軍火生意就會被人從中分一杯羹，甚至多半的利益會被搶走，畢竟白雲飛目前所擁有的碼頭還無法和根深葉茂的方家相提並論。

羅獵當然清楚白雲飛的目的，雖然他同樣不齒白雲飛的行徑，可是在眼前的狀況下唯有選擇和白雲飛合作。

白雲飛遞給羅獵一個地址，意味深長道：「有人要見你！」

羅獵進入義租界的這棟別墅之前已經猜到了主人的身分，他脫下大衣，坐在客廳溫暖的壁爐前，隨手拿起一份今天的報紙，靜靜流覽。

過了一會兒，葉青虹方才踩著輕盈的腳步走入客廳，並非她有意怠慢，沒有第一時間出來迎接羅獵，而是因為剛才她一直都在廚房，端著兩杯剛研磨好的咖啡來到羅獵身邊，柔聲招呼道：「你來了！」能讓葉青虹放低姿態如此禮遇的人並不多，羅獵恰恰就是其中的一個。

羅獵放下報紙，抬起頭望著原本就天生麗質又特地精心打扮的葉青虹，沒有驚豔，沒有欣賞，甚至沒有一絲一毫的表情，睿智的雙目風波不驚，在葉青虹看來他是用一種平靜得近乎冷漠的目光打量著自己，彷彿自己只是一個和他無關的普通人，又彷彿自己一直都在這裡，從未離開過一樣，這樣的目光讓葉青虹從心底感覺到一絲浮躁，她甚至產生了發怒的衝動。

不過葉青虹還是將自己控制得很好，極其淑女地將咖啡送到羅獵的面前，可惜羅獵並沒有表現出昔日常有的紳士風度，接過咖啡之後聞了聞，品了一口道：「糖放多了，這咖啡豆也不太新鮮。」

在葉青虹的印象中羅獵從來都不是個挑剔的人，眼前的表現分明在故意找自己的麻煩，葉青虹在羅獵的對面坐下，也品了一口自己親手研磨的咖啡，然後道：「我覺得不錯啊？是不是你自己的口味有問題？」

羅獵道：「我從不把自己的口味強加於人。」當著葉青虹的面，將那杯咖啡全都倒入了垃圾桶裡，然後向目瞪口呆的她微笑道：「麻煩你去給我換杯茶。」

葉青虹柳眉倒豎鳳目圓睜，端著咖啡杯的右手已經微微顫抖，她好不容易才控制住將這杯滾燙咖啡澆到羅獵頭上的衝動，忍氣吞聲地點了點頭，居然默默站起身來，去給羅獵泡茶。

在羅獵看來，葉青虹的隱忍必然是為她下一步的計畫做鋪墊，禮下於人必有所求，驕傲如葉青虹肯低下她高貴的頭顱絕非因為理虧或內疚，唯一的可能就是自己對她還有利用的價值，從羅獵去白公館打出穆三壽那張牌的時候，就已經預料到葉青虹循跡而至的可能，只是沒想到她會這麼快到來。

趁著葉青虹前往泡茶的時候，羅獵觀察了一下別墅內的陳設，不由得生出瘦死駱駝比馬大的感慨，同時對葉青虹的生父，那位曾經被老佛爺抄家的瑞親王奕動又有了重新的認識，單從他給後代留下了這麼多的財富，就能夠推斷出這位王爺絕不是兩袖清風之人。

葉青虹重新更換了茶具，給羅獵泡了一杯英式紅茶。

單從飲品也能夠看出主人的喜好，這裡居然沒備有中國茶，羅獵喝了口紅茶，然後打量著比手中琺瑯瓷器還要精緻的葉青虹：「你來找我，是為了兌現此前的承諾嗎？」

葉青虹所問非所答道：「你是不是恨我？」

「談不上，兵不厭詐，反正大家都沒什麼事，你交代我的事我也做完了。」

葉青虹道：「可是你並沒有將那枚七寶避風塔符送到我手中。」

羅獵道：「陸威霖不是已經給你送過去了？」

葉青虹將那枚硨磲避風塔符放在了羅獵面前，羅獵一眼就認出這枚避風塔符正是他從蕭天行身上取得，讓陸威霖轉交給葉青虹的那枚。

羅獵並沒有去拿那枚避風塔符，輕聲道：「葉小姐還有什麼疑問？」

葉青虹道：「這枚避風塔符是假的！」

羅獵不由得皺了皺眉頭，對避風塔符的真假他無從辨別，可是葉青虹又似乎沒有欺騙自己的必要，他拿起了那枚避風塔符，從外形上看並沒看出任何破綻。

葉青虹拿出了一個木盒，木盒之中共計存放著六枚避風塔符，分別用金、銀、琉璃、赤珠、珊瑚、瑪瑙製作而成，而其中的金、銀、瑪瑙三枚乃是此前葉青虹所說的用來開啟保險櫃的鑰匙。

葉青虹道：「這枚硨磲避風塔符雖然做得維妙維肖，可是上面欠缺一條血線，並不是當初我父王交給蕭天雄的那一枚。」

羅獵拿起硨磲避風塔符，仔細觀察，果然從上面沒有找到她所說的血線，羅獵道：「你的目的不是為了報仇嗎？先殺了任忠昌，再對付劉同嗣，蕭天行也已經死在了凌天堡，當初最可能出賣瑞親王的三個人如今都已經授首，這避風塔符還有什麼用處？」在羅獵看來，所謂的避風塔符只不過是葉青虹引自己進入圈套用來轉移注意力的工具罷了，聲東擊西，她的真正用意是為了報仇，此前發生的一系列事情已經驗證了這一點。

葉青虹道：「你答應過我的事情畢竟沒有兌現。」

羅獵道：「為什麼要認定找我？」

葉青虹道：「有些事一旦捲入進來就很難脫身了。」

羅獵道：「我不想做的事情，任何人都不能勉強我。」

葉青虹歎了口氣，將一張照片輕輕放在羅獵面前：「這人你應當認識吧？」

羅獵拿起照片，認出照片上的人是蕭天行的女兒周曉蝶。他們於白山分手，瞎子帶著周曉蝶先行前往黃浦，為她治療眼睛，看到周曉蝶的照片，羅獵的內心不由得沉了下去，難道葉青虹故技重施，又要利用周曉蝶來達到要脅自己為她辦事的目的？

葉青虹道：「安翟和她去了黃浦，看來你並不知道周曉蝶已不辭而別。」

羅獵深邃的雙目盯住葉青虹，葉青虹看出了他的懷疑：「你不用懷疑我，此事和我無關，甚至也和任何人無關，是周曉蝶自己走掉，而且我得到消息，你們所認識的周曉蝶很可能並非她本人。」

羅獵不由得皺了皺眉頭，或許是此前經歷了葉青虹的太多欺騙和背叛，他無法說服自己相信葉青虹的話。

葉青虹道：「甚至連蕭天行都不清楚，他捨命相救的女兒根本就是一個替代品，周曉蝶和蘭喜妹一樣都是日本間諜。」

羅獵重新拿起了那枚硨磲避風塔符，低聲道：「你是說周曉蝶將計就計，拿走了真正的避風塔符？」

「可能性很大，據我瞭解，她掌握的秘密很多。」

羅獵道：「我對她的事情不感興趣，所以我們之間也不會有合作的機會。」

葉青虹道：「話不能說得太滿，周曉蝶的事情你或許無所謂，可是你的好朋友安翟未必也這麼想。」

羅獵內心劇震，其實早在白山的時候他就已經看出瞎子對周曉蝶生出好感，不然他也不會急著帶周曉蝶前往黃浦治療眼睛，如果葉青虹利用瞎子對周曉蝶的感情，瞎子必然會主動參與到這件事中。葉青虹果然是有備而來，她知道自己和瞎子兄弟情深，不可能眼睜睜看著瞎子隻身犯險，此女心機之深著實少見。

羅獵道：「你把周曉蝶的事情告訴瞎子了？」

葉青虹靜靜望著羅獵道：「目前還沒有，我尊重你的意見。」

羅獵道：「你想做什麼？」

「陪我去北平，找到周曉蝶，查出蕭天行所有的秘密。」

羅獵道：「你能斷定周曉蝶是日本間諜？」

葉青虹道：「我的消息來源不會有錯。」

羅獵點了點頭。

葉青虹欣喜道：「你答應了？」

羅獵道：「在我陪你去北平之前，你需要先幫我做一件事。」

葉青虹不等羅獵說出已猜到他想讓自己幫忙做的是什麼，輕聲道：「如果我是你，就不會插手方家的事。」

「可惜你不是我！」

葉青虹咬了咬櫻唇，欲言又止。

羅獵道：「我欠方克文人情，如不是他，我根本沒可能活著離開蒼白山。」

葉青虹道：「方家的事絕不是爭奪財產那麼簡單，背後是日本人和德國人對津門利益的爭奪，兩虎相爭必有一傷，你何必當外人爭鬥的犧牲品？」

羅獵怒道：「你忘了，這裡是津門，是在我們中國人的土地上！」

葉青虹被羅獵突然的發作嚇得一愣，彷彿重新認識羅獵一樣靜靜望著他。

羅獵將手中的茶杯輕輕放下，語氣變得極其沉重：「或許憑我一人之力無法改變中華之現狀，可是我決不能對親人朋友的事情坐視不理，我總該為他們做些什麼？如果我連身邊人的命運都不去過問，那麼我還有什麼顏面自稱中華兒女，我還有什麼底氣站立在這天地之間？」

葉青虹平靜的內心因為羅獵的這番話而波瀾起伏，此時她方才看清羅獵藏在軀體內的拳拳赤子之心。自小出生於歐洲，成長於歐洲的葉青虹對於中華是沒有羅獵那樣強烈的歸屬感的，在她看來家仇更重於國恨，雖然她同情中國百姓的遭遇，可是並沒有羅獵那種親身經歷的切膚之痛，儘管如此，她還是被羅獵發自肺腑的愛國心給震撼到了。羅獵很少說這種豪言壯語，這番話應該是他的肺腑之言，如果每個中國人都能對身邊的親人朋友負責，盡自己所有的努力去幫，那麼中華的命運或許就會扭轉。

葉青虹道：「你有沒有想過，為何方克文剛剛出現在津門，他的妻女就會被人劫持？一個失蹤五年的人，為何會突然引起那麼大的關注？」

羅獵並非沒有想過這個問題，這也正是讓他百思不得其解的地方，他陪同方克文前來，此事一直處於高度保密之中，為何會走露風聲？知道方克文真正身分的人並不多，除了自己之外，也只有顏天心才知道方克文的確切身分，羅獵對顏天心是極其信任的，顏天心不可能出賣方克文，而且這件事對她毫無意義。

至於陪同方克文一起前來的阿諾，雖然貪酒可在這方面也是足可信任的。

葉青虹道：「你對麻博軒的女兒到底瞭解多少？」

一語驚醒夢中人，羅獵此時方才聯想到麻雀的不辭而別，從他的內心而論，他並不想方克文和麻雀有太多的接觸，畢竟方克文的悲慘遭遇是麻雀的父親麻博軒一手造成，羅獵甚至擔心方克文會報復麻雀，讓麻博軒父債女償，還好這一幕並未出現，現在仔細想想，麻雀似乎有意迴避和方克文的接觸，當時羅獵還以為是因為方克文形容醜陋，可是以麻雀的性情從未問過方克文的來歷本身就是一件可疑的事情。

難道麻雀當時就已經猜到了方克文的真正身分？只是麻雀出賣方克文又有什麼意義？畢竟方克文和麻博軒的這段恩怨，麻雀根本就無從得知，於情於理她都沒有加害方克文這位師兄的必要，反倒是葉青虹的這番說辭或許別有用心，她剛才的那番話分明在暗示自己是麻雀走露了風聲。

葉青虹歎了口氣道：「其實這邊的事情交給白雲飛處理即可，他欠我乾爹一個人情，只要我乾爹發話，他一定會竭盡全力救出小桃紅母女。」

羅獵道：「他有他的目的，只要能夠粉碎日本人的陰謀，得到方家的港口，方克文一家的死活他才不會在意。」

葉青虹有些無奈地望著羅獵道：「所以，你鐵了心要將這件事管到底？」

羅獵點了點頭道：「此事解決之前，我不會去任何地方。」這其中自然也包括和葉青虹一起去北平。

葉青虹道：「日本人做事向來不擇手段，你這樣做等於將自己置於險境。」

羅獵微笑道：「我最近遇到的危險還少嗎？你若是覺得害怕，可以先去北平等我。」

葉青虹道：「無論怎樣這次我都會留下來幫你，就算是此前我欺騙你的一點點補償吧。」

羅獵回到旅館，阿諾告訴他大約一個小時前有位員警過來找他，等了一會兒沒見他回來，於是先走了，留下一個口信，讓羅獵回來後去德租界巡捕房找他。

阿諾將那員警的名字給忘了，羅獵問過形容相貌，猜到那人是英子的丈夫董治軍，想起昨日董治軍答應幫自己調查小桃紅母女失蹤案的事情，興許他查到了一些眉目，於是即刻前往巡捕房。

董治軍現在是德租界巡捕房的華人探長，雖然是副職，不過在這些華人巡捕之中頗有威信，羅獵說明來意之後，馬上就有巡捕將他帶到了董治軍的辦公室，由此可見董治軍此前就專門做過交代。

羅獵走入董治軍辦公室的時候，他正在打電話，董治軍對著電話發起了火：「你們讓我怎麼辦？白雲飛找我要人，方家找我要說法？上頭限我三天以內破案，我能有什麼辦法？」他說完憤憤然掛上了電話，抬頭看到羅獵，有些不好意思地笑了笑，將羅獵請到沙發上坐下，親自給羅獵泡了一杯茶。

羅獵笑道：「看來我來得不是時候，姐夫在忙啊？」

董治軍歎了口氣道：「還不是被方公館爆炸案給鬧的，白雲飛在方公館門口遇刺，他認定了是方公館要謀害他，直接找到了德國領事，從上頭給我們壓力，讓我們去方家搜查。方家也不是好惹的，他們也通過上層給我們壓力，讓我們交出爆炸真凶，都是明擺著的事情，我們只能受窩囊氣。」

羅獵故意道：「真要搜查方家嗎？」

董治軍道：「誰敢下這張搜捕令？方家老太爺雖然死了，可這麼多年的根基可不是隨隨便便誰都能動搖的，他白雲飛這麼厲害，怎麼不敢直接去找方家要人？」說到這裡他擺了擺手道：「不說了，省得生氣。」端起茶杯喝了口茶，方才想起自己剛才去找羅獵的事：「對了，你說的小桃紅母女，我派人查過了，的確有人目睹她們母女被一輛車給接走，從車牌來看，那輛車應該是白雲飛的。」

說到這裡他停頓了一下，聲音低了下去：「白雲飛跺跺腳，這德租界就要抖三抖，兄弟，這件事你還需慎重。」

羅獵微微一笑，董治軍雖然是探長，可是白雲飛這種梟雄人物他應該是不敢招惹的，點了點頭道：「有沒有看清是什麼人劫走了小桃紅母女？」

董治軍道：「他們沒有動用安清幫的人，其中有一個人叫趙子雄，諢號北極熊，此人來自於滿洲，曾經在租界犯過案子，我此前也專門調查過他，不過這群人神出鬼沒，很難鎖定他的落腳地。」

羅獵心中一動，這倒是一條有用的線索：「有沒有他的照片？」

「沒照片，不過有一張畫像。」董治軍拉開抽屜取出一張畫像遞給了羅獵。

羅獵看了看畫像，將畫像上人的樣子牢牢記在心底，他想起清晨白雲飛和自己說過的那番話，按照白雲飛的說法，方克文就是被關押在這間巡捕房，剛好可以通過董治軍瞭解一下詳情。

董治軍聽羅獵說完，想了想道：「倒是有這回事兒，昨天宋禿子他們送來了一個小偷，就關押在後面，這事兒不是我經手辦的。」

羅獵提出想見見這個小偷，董治軍帶著他來到了後面的臨時拘役處，門外也沒有什麼特別的戒備，董治軍讓人打開十一號監房，將嫌犯從中帶了出來，羅獵只看了一眼就斷定那人絕不是方克文，心中不由得吃了一驚，白雲飛此前信誓旦旦對自己說方克文已經找到，可眼前人根本就不是，難道白雲飛抓錯了人？轉念一想這種可能性不大，宋禿子應該不會認錯人，十有八九是白雲飛來了個偷樑換柱將真正的方克文從巡捕房中帶走，又弄了一個冒牌貨頂包，如果不是董治軍剛好在這問巡捕房，自己險些被白雲飛騙過。

羅獵也沒有道破這件事，離開的時候讓董治軍繼續調查趙子雄的下落。

蒙在方克文頭上的黑布被人拽了下來，強烈的陽光和周圍的雪光映射得他睜不開眼，過了好一會兒他方才適應了周圍的環境，卻發現自己身處在一片墓地之中，方克文滿是疤痕的面孔佈滿淤青，原本想要前往方公館談判的他卻不巧在中途遇到了宋禿子，遭到了宋禿子為首的那幫無賴一頓圍毆之後，又將他以盜竊罪扔到了德租界的巡捕房，方克文在饑寒交迫中度過了一夜，他不敢吐露自己的身分，又不知如何擺脫困境。

直到一個多小時之前，有人將他從巡捕房帶走，用黑布口袋套住了他的腦袋，將他帶到了這荒無人煙的陵園之中。

方克文很快就發現這裡居然是母親的陵園，因為父母信奉天主教，所以母親當年病逝之後並未埋葬在家族陵園，而是選擇聖母得勝堂後方的陵園安葬，父母感情深篤，記得父親在母親下葬的時候也表示身後會來此和母親長相廝守，後來父親得急病病逝之後，爺爺也遵照他生前的願望將他安葬於此。

方克文來津門之初就想來父母的墳前拜祭，可是抵達後發生的一系列事情讓他不敢冒險來此，生怕暴露了身分，甚至因此連累到小桃紅母女，然而儘管他小心謹慎，仍然出了事情。

方克文的目光落在前方墓碑上，墓碑上刻有父母的名字和生平介紹。方克文的內心宛如刀扎一般難受，他從未想到會以這樣的方式來到父母陵前，雙膝一軟險些跪倒在地上，心中默默道：「爹、娘不孝兒回來了……」

方克文知道現在不是祭奠的時候，他緩緩轉過身去，看到一身黑色長衫的白雲飛踩著積雪在四名手下的陪同下走了過來。

在方克文五年前離開津門的時候，白雲飛就已經在津門初露崢嶸，其實他們是打過照面的，比起那時白雲飛的模樣幾乎沒有發生變化，而方克文卻已經改變了許多。

白雲飛揚起右手，示意手下人原地待命，獨自一人來到方克文的身邊，微笑道：「方先生有什麼話要說嗎？」

方克文警惕地望著白雲飛，雖然羅獵已經說過白雲飛並非劫持小桃紅母女的罪魁禍首，可是他心中仍然抱著深深的戒備。

白雲飛道：「方先生離開太久，你我之間缺乏瞭解，請容我做個自我介紹，在下白雲飛。」

方克文終於開口道：「久仰大名，只是不知白先生帶我到這裡來做什麼？」

白雲飛道：「明人不做暗事，我這個人凡事都喜歡直來直去，方先生的身分來歷我查得清清楚楚，羅獵是方先生的朋友吧，昨天他來我府上要人，說什麼小桃紅母女讓我手下人給帶走了，這事兒我怎麼都要查個清楚。」

方克文望著白雲飛道：「白先生可曾查清楚了？」

白雲飛點了點頭道：「有人劫走了小桃紅母女還栽贓在我的頭上，我請方先生過來絕無惡意，一是為了我自證清白，二是想跟您談一筆交易。」

其實就算白雲飛不說，方克文也已經猜到了他的動機，只是羅獵並不在場，看來白雲飛將自己帶到這裡的事情完全瞞著他，白雲飛這種人狼子野心，與他合作，無異於與虎謀皮，可是以自己如今的處境還能有什麼選擇呢？

方克文淡然道：「不知我有什麼可以讓白先生利用的地方。」

白雲飛呵呵笑了起來：「方先生真是現實，人和人之間未必一定要利用，還可以做朋友，為了表達我的誠意。」他轉過身去點了點頭。

有人推著一名德國醫生走了過來，方克文認得此人，這名德國醫生叫舒瓦茨，一直和方家的關係良好，和方克文的父親方康成更是相交莫逆，過去他在津門的時候，家裡有人生病，總會請他過來。

舒瓦茨被帶到方康成夫婦的墓前，哆哆嗦嗦道：「你們最好放了我，我是德國人，我和領事先生是好朋友，你們這是劫持，你們是犯罪……」他看了看方克文，顯然已認不出他了，目光來到白雲飛臉上，顫聲道：「我認得你……你最……最好馬上放了我。」

白雲飛歎了口氣，站在舒瓦茨身後的一人抬腳就踹在他的膝彎上，舒瓦茨噗通一聲跪倒在了方康成夫婦的墓碑前，當他看清墓碑上的名字，臉色頓時變了。

白雲飛道：「知不知道我為什麼要帶你到這裡來？」

舒瓦茨搖了搖頭。

白雲飛指了指墓碑道：「裡面埋著的曾經是你最好的朋友，他信任你，幫助你，資助你在德租界開醫院，可是你又是怎樣對待他的？」

舒瓦茨神情慌亂道：「你胡說什麼？」

白雲飛道：「我沒有確實的證據怎會胡說？」他撩開長袍，從腰間抽出一把明晃晃的匕首，鋒芒指向舒瓦茨的面孔：「你如果敢說半句謊話，我會在你的身上扎一個透明的窟窿。」

舒瓦茨的喉結動了一下，匕首的寒光映照得他的面孔越發慘白。

白雲飛道：「方康成究竟是怎麼死的？」

舒瓦茨道：「心肌梗塞……」

「你撒謊，他從未有心臟病，身體素來健康怎麼會突然心肌梗塞？」白雲飛厲聲怒喝道。

白雲飛的這聲怒喝正說出了方克文心中所想。

舒瓦茨道：「我是醫生，我才有發言權……」他的話還沒有說完，有人已經從身後摟住了他的脖子，大手摀住了他的嘴巴，刀光一閃，白雲飛已經毫不猶豫地將匕首刺入了他的右腿之中，匕首入肉極深，直至沒柄，舒瓦茨因劇痛而掙扎著慘叫著，可是他的聲音卻無法自如地傳出去。

方克文看到眼前這血淋淋的一幕，內心震撼之餘又感到些許的不忍，畢竟白雲飛並沒有直接的證據證明舒瓦茨害死了自己的父親。

白雲飛道：「我再給你一次機會！」他將染血的匕首從舒瓦茨大腿中拔出。

舒瓦茨居然表現得非常硬氣，雖痛得牙齒打顫，仍堅持道：「他是我的好朋友……我……我怎麼可能害他……」嘴巴再度被捂住，白雲飛又是一刀刺落。

舒瓦茨的身軀竭力掙扎著，面孔漲得通紅，頸部的青筋怒張。疼痛讓舒瓦茨整個人崩潰，慘叫道：「饒命，我說，我什麼都說……」

白雲飛微笑道：「我只想知道真相，其實就算你不說，我一樣可以開棺驗屍，一樣可以查出真相。」

舒瓦茨道：「我沒有害他，他是我最好的朋友，是，有人的確找過我，給我錢害他，我……只是更改了處方……我錯了……我錯了……」他大聲哀嚎起來。

白雲飛轉向方克文，目光中充滿了得意。

方克文此時方才知道父親被害的真相，內心中怒火填膺。白雲飛將手中的匕首遞給了方克文，方克文接過匕首來到舒瓦茨近前，一把抓住他的頭髮，怒吼道：「什麼人給你錢？是什麼人給你錢害他？」

舒瓦茨嚇得魂不附體：「我……不知道……我不知道……」

白雲飛歎了口氣道：「既然走了又何必回來，他的確不知道。」

方克文滿是疤痕的面孔因為仇恨而扭曲變形，他低吼了一聲，揮動手中匕首猛然插入舒瓦茨的心口，舒瓦茨撲倒在地上，身軀掙扎了幾下就再也沒有動靜。

白雲飛擺了擺手，示意手下人將舒瓦茨的屍體拖走。

來到方克文的身後，伸手拍了拍他的肩頭，低聲道：「據我所知，方老太爺

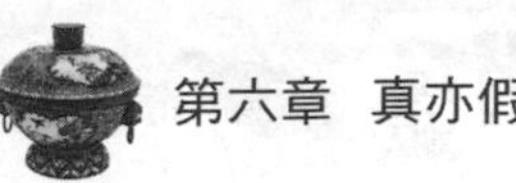

也死得蹊蹺，你們方家發生的很多事都和方康偉有關。」

方克文道：「你想要什麼？」他知道白雲飛絕不會白白幫助自己。

白雲飛道：「我幫你找回小桃紅母女，奪回本該屬於你的東西，你將方家名下所有碼頭的經營權轉讓給我。」

方克文靜靜望著白雲飛，過了好一會兒方才重重點了點頭道：「成交！」

今晚是玉滿樓來到津門的第一場公演，白雲飛邀請羅獵和葉青虹前往看戲。羅獵對看戲本沒有什麼興趣，可是他正想詢問白雲飛關於方克文的事情，於是就答應了下來。

當晚六點，白雲飛派車先去旅館接了羅獵，又順路去義租界接了葉青虹。

葉青虹上車後，將蟒蛇皮手袋放在和羅獵之間，整理了一下白色貂皮披肩，小聲對羅獵道：「剛剛收到消息，你的那位好朋友安翟已經來津門了。」

羅獵心中一怔，第一反應就是葉青虹故意放出風聲，讓安翟前來尋找周曉蝶。可馬上又想到，自己既然已經答應了幫助葉青虹，她沒理由繼續利用安翟。

葉青虹冰雪聰明，從羅獵微妙的表情變化已經猜到他想什麼，輕聲歎了口氣道：「在你眼中，我從來都不是好人，安翟在黃浦混了這麼多年，多少還是有些人脈的，他應該是查到了周曉蝶的一些消息，之所以來津門，當然是為了找你這個好兄弟幫他出主意。」

羅獵道：「來了也好，多一個人多一份力量。」他忽然明白，葉青虹特地說明這件事是為了避免自己誤會，由此看來，她居然很在乎自己的感受。

葉青虹打開手袋，取出化妝鏡，羅獵眼角的餘光掃到手袋中放著一把袖珍手槍，葉青虹雖然年輕，可是心機深沉，任何時候都充滿警惕。或許是意識到羅獵看到了自己的秘密，葉青虹莞爾一笑，放回化妝鏡，蓋好手袋，小聲道：「兵荒馬亂的，現在出門還真是要小心。」

前面司機道：「葉小姐請放心，在津門我們白爺可以保證您的安全。」

葉青虹卻對這句話表現得不以為然，道：「我的安全不需任何人保證。」

羅獵唇角露出一絲微笑，葉青虹還是一如既往的高傲，可她的這句話也不無道理，靠天靠地不如靠自己，白雲飛連他自己的安全都無法確保，昨天發生在方公館門前的爆炸槍擊案就是明證。

夜晚的和平戲院燈火輝煌，玉滿樓的首場公演因宣傳到位已轟動津門。滿清亡國之後，不少王公貴族選擇來到臨近北平的津門定居，作為首批對外通商口岸的津門，雲集列國租界，各國文化也彙集其中，非常的年代，特殊的環境造就出津門五花八門的文化，在這裡你可以看到傳統和保守，也可以看到開放和包容。

和平大戲院門前懸掛著玉滿樓的巨幅海報，身穿戲服，英姿颯爽，吸引不少觀眾駐足觀望。

葉青虹讚道：「如果不知他是男兒身，還真以為他是傾國傾城的俏佳人。」

羅獵抬頭看了看玉滿樓的畫像，不知為何卻聯想起當初葉青虹在黃浦藍磨坊演出的情景，歌舞昇平的表像下往往暗藏著刀光劍影。羅獵道：「貌美如花，心如蛇蠍。」

葉青虹秀眉微顰，明澈的雙眸中掠過些許的怨意，這句話在她的解讀應當是含沙射影。

羅獵卻淡淡笑了笑，他並沒有解釋，也沒有解釋的必要，因為葉青虹並不是一個值得他坦誠相對的人，從他們在黃浦相識到現在，葉青虹始終對他隱瞞了太多的事情，在瀛口西炮台的時候，葉青虹那番情真意切的傾訴險些讓他信以為真，然而事實證明，葉青虹的出發點仍不過是利用罷了，所以現在的葉青虹在羅獵的心目中形同於一個習慣於喊狼來了的孩子，聽得多了也就疲了，也就免了疫，也就變得水火不侵。

不單是葉青虹的話，包括她動人心魄的容貌和舉止，在外人面前風情無限，在羅獵心中卻平淡無奇，並非是否認她的美，而是羅獵去欣賞這種美麗的時候首先戴上了濾鏡，美依然是很美，可卻少了幾分血肉之軀的靈性和真實。

葉青虹眼中的羅獵始終是若即若離的，雖然近在咫尺，卻總會讓她生出遠在天涯的感覺，她過去從未產生過主動去靠近一個人的想法，然而羅獵的出現打破了她的慣例，她頭一次產生了想要去瞭解一個人的過去，瞭解一個人內心的想法。可是羅獵的過去一如他內心那般神秘，她費盡努力搜集那丁點兒旁枝末節的情報根本無助於看清羅獵的全貌，反倒讓他的身世顯得更加撲朔迷離。

有人說過瞭解一個人的現在要比過去容易得多，可這句話並不適用於羅獵，葉青虹能夠明顯感受到他對自己的戒心，即便是他們肩並肩走在一起，談笑風生，可是彼此之間卻永遠存在著一堵看不見的牆，這堵牆一半屬於羅獵，一半屬於自己，一個不想將自己暴露給對方的人，永遠也不可能真正瞭解對方。

葉青虹觀察羅獵的時候，羅獵卻在悄悄觀察著周圍的環境，可能是多次經歷舞台刺殺的場面，來到這裡，內心中居然生出一絲緊張。

葉青虹在此時方才生出些許的安慰，原來他對我還是信任的。

羅獵並沒有急於進入戲院，來到僻靜角落，抽出一支香煙，葉青虹眼疾手快地掏出打火機幫他點上。羅獵這才想起葉青虹也會抽煙，禮貌地將煙盒伸向她。

前。

葉青虹卻搖了搖頭道：「戒了！」

羅獵有些詫異：「戒了？」

葉青虹道：「有人說抽煙對嗓子不好，所以我戒了。」說這句話的人就在眼前。

羅獵笑了起來，葉青虹是在委婉表明自己對她的影響力嗎？抽了口煙，目光從前方昏黃的路燈延伸到遠處鐘樓的塔頂，低聲道：「玉滿樓你應當瞭解。」

葉青虹點了點頭：「事後方才瞭解，他是南滿軍閥徐北山的人。」

羅獵道：「徐北山出賣滿洲利益換取日方支持。」

葉青虹明白羅獵是在暗示玉滿樓和日本人之間的關係，她歎了口氣道：「小時候，我母親曾經告訴我，中國是東方巨龍，可當我第一次回來方才發現這條巨龍早已病了，已經奄奄一息，任人屠宰。」

羅獵道：「終有醒來的一天。」

「有嗎？」葉青虹反問道。

羅獵碾滅了那支煙，雙目中充滿了不容置疑的堅決和果斷：「一定會有！」

他們被安排在九號包廂落座，不過身為主人的白雲飛並沒有到來，和平大戲院的經理姜淼代表白雲飛前來接待。

葉青虹聽聞白雲飛沒來，頓時顯得不悅，沒好氣道：「怎麼？說好了請我們過來看戲，請客的人居然不到，你們這位白老闆的架子可真是不小啊。」

姜淼滿臉堆笑道：「白先生的確突然有事趕不過來，不然他無論如何都要來這裡陪兩位看戲的。」

羅獵今晚過來也是抱著和白雲飛當面談判的意思，現在也只有作罷，他對聽戲原本興趣不大，可白雲飛既然放了他們的鴿子，也只好靜下心來陪著葉青虹一起好好看戲。

葉青虹擺了擺手示意姜淼等人出去，因為白雲飛事先特地交代過，姜淼也對這兩位客人表現得畢恭畢敬，沏了壺好茶，奉上各色果品。羅獵看到桌上有一張用紅字寫的便箋，上書：品茶，看戲，看好戲。並沒有落款，不知是何人所寫。

包廂內只剩下他們兩人，葉青虹的心情居然迅速平復下來，表情也是多雲轉晴，其實在她看來，白雲飛不來也沒什麼不好，剛好他們兩人可以一起看戲，不必有太多的顧忌，也不怕有人打擾，望著一旁正襟危坐的羅獵，葉青虹突然忍不住笑了起來。

羅獵因她的笑聲而轉頭看了看她，心中納悶，不明白葉青虹因何要發笑？

葉青虹將剝好的桔子遞給他道：「你好像很嚴肅啊？」

羅獵道：「總覺得好像有些不對，又說不出究竟哪裡不對？」

葉青虹道：「既來之則安之，人家好心請你看戲，你就安安心心把這場戲給聽完了，怎麼？是不是我讓你感到不自在了？」

羅獵呵呵笑道：「歌舞昇平，美人相伴，多少人羨慕不來的事情，我怎會感到不自在？只是……我想起了咱們第一次見面的時候。」

葉青虹瞪了他一眼，暗罵這廝狗嘴裡吐不出象牙，不過他這一說的確有些相像，當初在藍磨坊刺殺贛北督軍任忠昌的時候就是利用演出現場，而任忠昌和穆三壽當時一起坐在包廂。

羅獵道：「玉滿樓在凌天堡的時候，在舞台上唱著唱著就掏出了一把衝鋒槍，當時那場戲叫《霸王別姬》。」

葉青虹心中一震，此時方才想起今晚玉滿樓要唱的劇碼也是《霸王別姬》，不知是他事先的安排，還只是一種巧合，不過自己和羅獵本不該成為獵殺目標？葉青虹的眼角向一旁本該屬於白雲飛的位子掃了一眼，芳心頓感不安，白雲飛臨時改變了行程，難道他聽到了風聲？白雲飛的爽約讓她和羅獵成為了替罪羊？

如果玉滿樓當真要趁著演出的時候刺殺白雲飛，他的首要目標就是他們所在的九號包廂，如果白雲飛沒來的消息玉滿樓並沒有及時得到，那麼九號包廂就危險了。

葉青虹美眸中流露出不安的神情，她轉臉看了看羅獵，羅獵不緊不慢地吃著她剝好的桔子，葉青虹相信他一定已經先於自己預料到了他們所面臨的危險，小聲道：「咱們怎麼辦？」

羅獵道：「既來之則安之，主人不來或許是為了避嫌。」

「避什麼嫌？」葉青虹不解道。

羅獵道：「或許他想給咱們兩人創造一個單獨相處的機會。」

「呵！」葉青虹這會兒可沒有心情跟他開玩笑，她雖然膽大，可也不至於拿自己的性命去開玩笑，壓低聲音道：「你不會準備在這裡給別人當替罪羊吧？」

羅獵道：「我們和他無怨無仇，他沒必要害咱們，不會明知有危險還請咱們過來，就算他不在乎我的性命，也不敢對你下手，更何況……」羅獵拿起桌上的濕毛巾擦了擦手道：「咱們所在的位置居高臨下，如果從舞台上向這邊射擊很難得手。」

經他提醒葉青虹方才留意到這一狀況，可是心底仍然有些不安，小聲道：「是非之地，不宜久留。」

羅獵道：「戲已經開場了。」

第七章

冷血奪魂的殺手之路

羅獵望著舞台上長袖善舞的玉滿樓，不覺陷入沉思，
這世上有太多的事情太多的人讓他搞不明白，
以玉滿樓的舞台功夫在梨園這一行當中可謂是前途無量，
明明可以成為享譽天下的一代名伶，
為何要選擇一條冷血奪魂的殺手之路？

白雲飛靜靜坐在車內，夜晚氣溫驟降，即便是車內也非常的寒冷，他落下半截車窗，望著德國領事亮著燈的官邸，口中叼著的雪茄隨著他抽吸的動作驟然明亮了一下，然後白雲飛毅然決然道：「走，去起士林！」

在白雲飛的記憶力從未有過被德國領事拒之門外的經歷，而近日這位被自己重金供養的德國領事，形如肥豬，貪得無厭的領事居然以生病為名將自己擋在了門外，白雲飛是個自尊心極強的人，偏激乖戾的性情決定他的睚眥必報，這樣的人很難交到朋友，幸運的是，起士林的老闆阿爾伯特就是他不多朋友中的一個。

白雲飛吃完阿爾伯特親手烹飪的牛排，喝完半支紅酒，他的心情也好了許多。他並沒有向阿爾伯特訴說自己今晚的遭遇，其實他從來都不是一個健談的人，來到這裡主要是為了傾聽。

起士林的特殊地位在於，這裡租界各方人物雲集，往往在這裡會得到第一手的消息。

阿爾伯特對白雲飛這位恩人也是知無不言言無不盡，他告訴了白雲飛一個極其重要的資訊，德國在歐洲戰場上節節敗退，已經面臨全面潰敗的局面，如果一旦戰敗，他們這些海外德國人就會面臨多舛的命運，興許租界也將不保了。

白雲飛從阿爾伯特的絮叨中明顯感受到了他的不安，看來德國領事今晚沒有見自己應該和德國人在歐洲戰場的失利有關，白雲飛的視野和胸懷還不足以支撐他從全球的大局觀來看待問題，不過他善於學習，善於傾聽，從這番對話中已經嗅到了一絲不安的氣氛。

他之所以去找德國領事，是因為他要在津門展開一場大動作，發生在方公館的刺殺讓他惱羞成怒，白雲飛做事喜歡先下手為強，如今敵人已經將火燒到了他的頭上，他再不做出反擊，只能坐以待斃，然而津門方方面面的利益牽涉甚廣，即便是白雲飛也要考慮行動會產生的後果，舊的平衡被打破會因此而產生一系列的連鎖反應，想要將影響控制在最小，在最短的時間內達到新的平衡，就必須通過租界各方的幫助，白雲飛首先想到的當然是一直關係良好的德方。

他也不認為這一環節會出現任何的問題，畢竟他和德國領事利益相關，休戚與共，早已將這位領事綁在了自己的船上。阿爾伯特提供的情報讓白雲飛越發不安，如果德國戰敗，那麼德租界會被收回，德國人的勢力會被從中華大地上清除出去，以目前政府的實力，他們是不可能真正掌控這塊土地的，極有可能是法國人、義大利人，又或是日本人來填補德國人離去的空缺，到了那時候，他再想行動只怕是晚了。

白雲飛終於下定了決心，他要和時間賽跑，他要和上天賭命，務必要搶在德國人戰敗之前奪得津門港口的控制權。

玉滿樓的唱腔淒豔哀婉，百轉千回，對京劇缺乏太多瞭解的葉青虹居然也聽得入迷，甚至忘了他們還身處險境。

羅獵望著舞台上長袖善舞的玉滿樓，不覺陷入沉思，這世上有太多的事情太多的人讓他搞不明白，以玉滿樓的舞台功夫在梨園這一行當中可謂是前途無量，明明可以成為享譽天下的一代名伶，為何要選擇一條冷血奪魂的殺手之路？

葉青虹為羅獵的茶杯內續上熱茶，羅獵的目光離開舞台，向她禮貌地笑了笑，他也留意到發生在葉青虹身上的變化，此番相見，葉青虹對自己禮貌了許多，客氣了許多，也溫柔了許多，以她的格格身分居然可以屈尊為自己點煙倒茶，甚至可以忍耐自己的嘲諷，若非是對自己別有居心，那就是喜歡上了自己。當然後者幾乎沒有任何可能。

羅獵從不高估自己的魅力，也從不低估女人的決心，尤其是一個有信念有追求，做事有準則的女人，而他似乎所遇到的恰恰都是這樣的女人。

葉青虹道：「你猜今晚會不會發生槍擊案？」

羅獵笑了起來，他端起茶盞抿了一口道：「我有個疑問始終得不到解答。」

葉青虹微微抬起下頷，她的態度很配合，心情也不錯：「說，如果我可以給你答案的話。」

羅獵道：「陸威霖究竟是通過何種方式混入了凌天堡？」

葉青虹笑了起來，一雙美眸猶如星辰般閃爍，整個人在微笑時如同一個發光體，美得讓人窒息，即便是她的敵人面對她時也不忍心對她下手。葉青虹道：「有內應。」這個回答雖然直接可並不徹底，換成任何智商正常的人都會猜到。

羅獵還沒有來得及對這個答案表示失望的時候，葉青虹又道：「琉璃狼鄭千川就是我的內應。」

羅獵有些意外，並沒有料到葉青虹居然這麼痛快地公佈了答案。他忽然想起當初在瀛口劉公館第一次遇到鄭千川，從那時起葉青虹就已經開始佈局，這位混血格格的心機還真是夠深。

葉青虹道：「北滿少帥張凌峰和我在歐洲相識，鄭千川一直都想取代蕭天行的位子，我將他引薦給張凌峰，以此換取他的幫助。」

羅獵此時方才將前後一切融會貫通，他原本最擔心的是葉青虹和蘭喜妹聯手，現在看來，蘭喜妹出手刺殺蕭天行也是她意料之外的事情。

「大王！」舞台上虞姬一聲悲悲切切的高呼，將兩人的注意力都吸引了過去，這場戲唱到高潮之處，扮演虞姬的玉滿樓反轉長劍向頸部抹去，全場響起一片惋惜之聲，不少人看得太過投入已是熱淚盈眶。

那扮演楚霸王的演員將玉滿樓抱在懷中仰天長歎，就在此時突然響起槍聲。

羅獵一直都在戒備，在槍聲響起第一時間做出反應，展臂將葉青虹攬入懷中，就勢倒地，雖然這一槍的目標並不是他們，可是未雨綢繆總是一件好事。

槍聲接連響起，第一槍射中了玉滿樓的胸膛頭，第二第三槍接連射中了那名楚霸王演員的身體，其實玉滿樓在第一聲槍響之後就已經反應了過來，原本躺在楚霸王懷中的他，在中槍之後，竭力掙扎，抓起楚霸王為他擋槍。

當晚和平大戲院所有觀眾親眼目睹虞姬死而復生，利用楚霸王擋槍的鬧劇。現場一片驚呼，紅色便箋從茶几上飄落下來，剛好落在羅獵面前，他此時方才明白品茶，看戲，看好戲的真正意思，白雲飛將自己和葉青虹請來，難道就是為了親眼目睹這場好戲？

槍聲平息，舞台之上的兩位演員全都倒在血泊之中，不知是死是活。

羅獵確信危險過去，方才從葉青虹身上爬了起來，葉青虹整理了一下凌亂的秀髮，有些嗔怪地看了羅獵一眼，然後重新坐回角落中，背身整理她的衣服，女人在任何狀況下首先想到的都是自己的儀容，尤其是身邊還有其他人的情況下。

羅獵拖起葉青虹的手，拉開包廂房門走了出去，緊急通道中到處都是驚慌失措的觀眾，羅獵向周圍觀望了一下，排除可能的危險存在，展開臂膀摟住葉青虹的肩頭大步向前方走去，行至中途，他一把拿過葉青虹的手袋。

葉青虹愣了一下，旋即明白了羅獵的意思，看到羅獵從手袋中掏出她的袖珍手槍扔到了無人的角落，雖然葉青虹和這起槍擊案無關，可是她隨身攜帶武器如果被人發現也會成為重要的嫌疑人，羅獵遇事考慮得果然周到。

羅獵並不急於逃離現場，這時對他們最重要的是如何規避可能到來的危險。和平大戲院方面對這起槍擊案做出了及時的反應，在第一時間將戲院所有的出口封閉，這樣的應對措施是為了避免嫌犯離開，倒也無可厚非。葉青虹卻從中看出了破綻，小聲對羅獵道：「反應神速，這麼短的時間內就能夠封鎖所有的出入口，除非他們有未卜先知之能。」

羅獵皺了皺眉頭，利用身體掩護葉青虹，避免她被周圍不斷湧來的人群擠倒，葉青虹也配合地向他懷中貼得更近了一些，近得幾乎能夠感覺到他的心跳。

用狗改不了吃屎來形容方康偉這種人再貼切不過，他毒癮已深，別說是戒掉，就算是老老實實在靈堂待著守靈都不可能，這兩日前來弔唁的人絡繹不絕，方康偉不得不硬著頭皮堅持，可他堅持不了太久的時間毒癮就開始發作，哈欠連天涕淚直下，家裡人多半都知道內情，看到他這幅模樣也只能歎其不爭，可誰也不敢說他什麼，畢竟現在方家是這位不爭氣的傢伙當家作主。

松雪涼子出門之後，方康偉更加沒了顧慮，藉口自己因為勞累過度而生病，腳上抹油般溜回房間內抽起了福壽膏，他飄飄欲仙，渾然已經忘記了近日來鋪天蓋地的新聞，他的侄子方克文回到津門的消息已經傳得滿城風雨。

方家人雖不敢說，可心中大都存著一個共同的期望，希望失蹤五年的方克文當真能夠回來，也只有他才能撐起處於風雨飄搖中的方家。

有道是樂極生悲，方康偉少了松雪涼子的監督，一高興抽過了量，家人發現情況不對方才撞開房門，看到這廝躺在床上口吐白沫四肢抽搐，慌忙將他送去了醫院。

方家陷入一片混亂的時候，和平大戲院也亂成了一團。前來看戲的多半都是津門有頭有臉的人物，本來遭遇槍擊案受到了驚嚇就極其不爽，現在戲院方面非但沒有對他們進行安撫，反倒嚴控各個出入口，不給任何人放行，現場很快就發生了衝突。

對和平大戲院方面也是兩難的事情，槍擊案發生之後，他們就報了警，如果現在放任觀眾自由離去，那麼兇手極有可能混在其中逃離，所以他們只能採取這種非常手段。

德租界的巡捕很快就已經到來，雖然津門並不太平，可是在德租界內治安還算良好，至於買兇殺人的事情很少出現，更不用說在大庭廣眾之下連續槍殺兩名正在表演的戲子。

戲子在當今年代雖然沒什麼地位，可玉滿樓這種名角兒卻不同，他在梨園乃至在整個國內的戲曲界都有了一定的地位。於戲台上被槍殺，影響極其惡劣，用不了太久時間新聞就會傳遍全國。

德租界巡捕房的巡捕們聽到這一消息也是頭疼不已，昨天剛剛發生過方公館門前的爆炸槍擊案，目標是白雲飛，當然白雲飛這種人仇家眾多，想要將他置於死地的人不計其數，雖然事情鬧得很大，可在巡捕看來也算正常，今次發生在和平大戲院的槍擊案就讓他們感到匪夷所思了。

兩個戲子他們能得罪什麼人？就算是得罪了也不至於奪人性命，前來出警的是董治軍，他在租界當差多年，對於形形色色的案件也是見多識廣，抵達現場之後首先就定下方案，人必須要放，畢竟被困在其中的有太多頭面人物，更何況戲院的觀眾不少，不可能將所有人都困在這裡，就算想這麼做，他們人手也不夠。

董治軍讓人開放了兩個出口，分別予以檢查放行，檢查主要是侷限於他們隨身所帶的武器，其實董治軍也明白，就算有殺手混在其中，也不可能傻到將槍支隨身攜帶。也就是走走形式，對內對外也算是有了個交代，想要在租界討生活必須要頭腦靈活。

董治軍也沒有料到會在現場遇到羅獵，為了避嫌他沒有馬上過去打招呼，而是等到羅獵通過了檢查，方才朝他招了招手。

羅獵讓葉青虹原處等著他，然後才來到董治軍面前，笑道：「姐夫，怎麼？又是您出警？」

董治軍苦笑道：「怎麼哪兒都有你啊？」

羅獵攤開雙手道：「我也納悶啊，白雲飛給了我兩張戲票，沒成想看戲居然又趕上了一場槍擊案。」

董治軍對這位半路上撿來的小舅子也是暗生疑竇，心想即便是羅獵跟槍擊案沒有關係，這小子和白雲飛之間也非同一般，低聲向羅獵道：「那個白雲飛你最好還是離遠一些。」

羅獵道：「普通朋友，沒多少交情。」

董治軍道：「那樣最好……」他向周圍看了看，低聲道：「我聽說德國人在歐洲吃了敗仗，現在德租界人心惶惶。我聽到消息，如果德國人敗了，只怕連租界都保不住，現在日本人和法國人都在虎視眈眈地準備搶奪地盤呢。」

羅獵點了點頭，他也從報紙上得到了這方面的消息，德軍在歐洲戰場上節節敗退，恐怕投降是早晚的事情，一旦戰敗，不但德國國內會受到影響，連他們的海外利益同樣會受到影響。讓人憤怒的是，德國人強佔的諸多租界卻不會因為他們的戰敗而歸還中國，如法、日之類新的掠奪者又開始在背後虎視眈眈。唯有國富民強方能斷絕這些無恥掠奪者的野心，而今的中華卻因為爭權奪利，軍閥割據陷入遍地狼煙，又有誰能挺身而出重整這破碎的河山？

羅獵望著一個個走過自己身邊慶幸脫難的面孔，看著一雙雙麻木不仁的眼睛，內心中充滿了悲哀。這就是現實，**當人民從失望走入另外一個失望，他們的勇氣和血性會被不斷消磨，需要一個更加有力的聲音方能將他們喚醒。**

董治軍看到羅獵沉默不語，也顧不上多說，拍了拍他的肩頭道：「快回去吧，這兩天很不太平，沒事儘量少出門。」

羅獵點了點頭，董治軍又叫住他道：「對了，那個趙子雄，聽說他最近幾乎每晚都會在日租界壽街的神戶院出沒，那裡有他一個相好的朝鮮歌妓。」

羅獵聞言心中一喜，董治軍此前的調查表明趙子雄是劫走小桃紅母女的嫌犯之一，現在總算有了他的下落，如果消息屬實，已經超出了董治軍的管轄範圍，身為德租界巡捕的他顯然不可能越界抓人，除非他不想幹了。

雖然告訴羅獵這個消息，董治軍也不想他去冒險，低聲道：「那個人神出鬼沒的，肯定不會在一個地方久待。」

羅獵笑道：「謝了！」

白雲飛走出起士林的大門，抬頭看看空中的月亮，月色很好，氣溫雖冷，可是夜風很輕。一名手下來到白雲飛身邊，低聲稟報道：「侯爺，方家出事了。」

白雲飛本以為是和平大戲院的事情，卻想不到先出事的卻是方家。

「方康偉抽福壽膏過量昏了過去，如今已被送去了仁慈醫院。」

白雲飛點燃雪茄抽了一口，心中暗自感歎，果然是天助我也，剛剛找到方克文並說服他與自己合作，現在方康偉又遇到了麻煩，如果方康偉死了，豈不是天從人願，方克文就成了方家唯一的繼承人。自己掌握了方克文這張王牌，就等於掌控了方家未來的命脈。

和平大戲院的消息隨後到來，玉滿樓雖然身中三槍，可是當時並未斃命，如今已經被緊急送往了仁慈醫院。

又是仁慈醫院，或許冥冥中註定一樣，白雲飛發現決定自己未來成敗的兩個人同時都被送到了仁慈醫院，他產生的第一個念頭就是要讓仁慈醫院變成這兩人生命中的最後一站，不過雖然有了想法卻不可以操之過急。

白雲飛可以將這件事暫時放一放，對他而言還有一件更為重要的事情需要處理，丟掉還剩下半支的雪茄，白雲飛走入車內，司機恭敬道：「松雪涼子還在日租界。」

白雲飛淡然道：「方康偉入院的消息很快就會傳到她那裡，用不了太久時間，她就會從日租界返回。」停頓了一下，沉聲道：「一旦她離開日租界，殺無赦！」在前往起士林之前，白雲飛還沒有下定除掉松雪涼子的決心，在津門，各方利益盤根錯節，如果貿然行動勢必會打破各方默契已久的平衡，甚至會引發一場戰爭，可是阿爾伯特透露給他的消息讓他無法鎮定，歐洲戰場上德軍面臨全面潰敗。如果德國正式宣佈戰敗投降，那麼德國很可能會被動撤出在東亞所有的勢力，而這些地盤將成為幾個戰勝國搶奪的肥肉。

雖然中國也以勞工輸出的方式參與了戰鬥，是協約國中的一員，可是白雲飛對後續的發展持有極度悲觀的看法，他並不認為這場戰爭的勝利會讓中國撈到任何好處。所以他必須爭分奪秒，必須要在德國勢力退出租界之前，掌控津門港口的話語權，一旦成功，任何人都不敢對他輕舉妄動。

和平大戲院發生的槍擊案讓這一帶變得人心惶惶，不過這樣一來倒是照顧了黃包車夫的生意，客人們急於離開，黃包車供不應求。羅獵和葉青虹兩人來到停車處，看到白雲飛派來接他們的轎車仍然停在那裡，司機也在不停觀望著，看到兩人平安歸來，驚喜迎了上來，問候道：「羅先生，葉小姐你們沒事吧？」

葉青虹沒搭理他，在她看來今晚的這場戲完全是白雲飛一手導演。

司機遭到葉青虹的冷遇難免有些尷尬，又向羅獵陪著笑臉道：「請上車。」

羅獵心中念著趙子雄的事情，還未開口之時，卻聽葉青虹道：「羅獵，這兒距離我的住處並不遠，你陪我走過去吧。」分明是要和白雲飛劃清界限的意思。

羅獵向那司機笑了笑讓他自己開車回去，他選擇陪同葉青虹一起走回去，不僅僅因為出於紳士風度，還有一個原因是他意識到白雲飛是個極其危險的人物，這樣的人為達目的不擇手段，理智提醒他必須要保持一定的距離。

然而現在最為麻煩的是方克文在白雲飛的手中，以白雲飛的性情絕不會輕易放手。方克文現在的狀況猶如一個溺水之人，哪怕是一根救命稻草，只要讓他看到希望他都會牢牢將之握住，白雲飛在乎的只是方家的碼頭，至於小桃紅母女的性命對他而言其實並不重要。

眼前的局面形成了一個怪圈，盤根錯節，錯綜複雜，方克文已經深陷其中，想要破局除非能夠將小桃紅母女營救出來，否則落入任何人手中，都會利用他們來要脅方克文，從這一點上來看，白雲飛和蘭喜妹並無本質的區別。

兩人肩並肩默默地走在夜晚的馬路上，遠離和平大戲院之後，遠離了人群的喧囂，整個天地頓時變得清淨了。葉青虹不緊不慢地走著，帶著綿羊皮手套的雙手拎著她精緻奢華的手袋，羅獵開始的步伐很大，可後來為了配合身邊人的節奏，不得不縮小了步子。

葉青虹看出他應當是有事，急著把自己送回住處，索性故意放慢了步伐，羅獵看出了葉青虹的用意，從口袋中掏出了香煙。

葉青虹道：「是不是跟我在一起的時候特別無聊？」

羅獵笑了起來，夜色中滿口潔白整齊的牙齒賞心悅目的雪亮，葉青虹詫異於這個煙鬼居然還能夠保持如此成色的牙齒，她之所以決定戒煙一是為了保護嗓子，二是為了牙齒的美觀著想，無論任何時代，明眸皓齒都是一個美女的標配。

羅獵又將那盒煙塞了回去，輕聲道：「脫險之後，現在最想的就是去泡個熱水澡，然後好好睡上一覺。」

葉青虹道：「所以趕著送我走？」停頓了一下又道：「其實你大可甩手離去，我可以一個人走回去。」嘴上說著放任羅獵離去的話，可左手卻從手袋上轉移開來，主動挽住了羅獵的手臂，宛如情侶一般偎依在他的身邊。

羅獵知道他和葉青虹的真實關係絕不可能像他們此刻所表現出的那樣，葉青虹這樣做的目的也不是為了向自己示好，她的行為更像是一種溫柔的綁架，不過無論她的動機怎樣，在這寒冷的夜裡還是帶給羅獵一些暖意。

葉青虹道：「其實白雲飛不想讓你繼續插手方克文的事情。」

羅獵點了點頭，在方克文落在白雲飛手中之前，白雲飛還表現出和自己合作的願望，可是現在的局勢已經完全改變，白雲飛掌控了方克文，他當然沒有和自己繼續合作的必要。

葉青虹道：「你還堅持要管？」

羅獵道：「如果我不幫他，恐怕小桃紅母女就沒什麼指望了。」羅獵絕不相信白雲飛會不惜代價保住小桃紅母女的性命，他和蘭喜妹一樣，都想得到方家的碼頭，一旦達到了目的，方克文也就失去了利用的價值，到時候別說是小桃紅母女，甚至連方克文自己的性命都無法保證。

葉青虹抬頭看了看羅獵，夜色柔化了他的輪廓，卻無法軟化他的決心和勇氣，葉青虹的內心怦然一動，她下意識地握緊了羅獵的手臂，向他又靠近了一些，小聲道：「剛才你和那個巡捕說了什麼？」

羅獵沒有回答。

葉青虹道：「就算你不說我也能夠猜到，我能夠讀懂唇語，你是不是想去日租界？」

羅獵本以為葉青虹只是故意詐自己，卻想不到她果然得悉了自己和董治軍的對話內容，猶豫了一下方才道：「綁匪中的一個據說常去日租界的神戶院。」

葉青虹道：「那還猶豫什麼，咱們去那裡將那名綁匪抓回來，或許能夠從他的口中問出小桃紅母女的下落。」

羅獵有些詫異地望著葉青虹，他並沒有聽錯，葉青虹說的是咱們，如果他沒有理解錯誤，葉青虹要陪他一起去做這件事。

松雪涼子駕駛著那輛黑色的雷諾轎車駛向仁慈醫院，方康偉這個不爭氣的廢物在這種時候又給她增添了一個大麻煩，雖然松雪涼子對這個名義上的丈夫極其厭惡，可是在這張牌還沒有發揮全部的能量之前，她還不能將之一腳踢開。

禍不單行，今晚發生在和平大戲院的槍擊案等於揭開了戰爭的序幕，松雪涼子不用費腦筋就能推斷出這場槍擊案的罪魁禍首一定是白雲飛，他終於沉不住氣了，率先挑起了這場戰爭。戰爭一旦打響就一定要分出勝敗，絕無打和的可能。

松雪涼子忽然放緩了車速，她從後視鏡內看到了一輛尾隨自己悄然而行的黑色雷諾，和自己所駕駛的這輛車幾乎一模一樣。

松雪涼子皺了皺眉頭，她突然深踩油門，轎車驟然加速，宛如離弦的利箭般向前方道路駛去。後方的雷諾轎車同時加速，頓時暴露了跟蹤的本意。

松雪涼子在前方的路口一個急轉，轎車在白雪覆蓋的路面上一個甩尾漂移，在刺耳的輪胎摩擦聲中改變了方向，車身拐過九十度的直角，進入右側的街道。

黑色雷諾車的駕駛者顯然沒有松雪涼子這樣嫻熟的駕駛技巧，先行減速，然後方才拐入了街道，當車身完全進入了右側的街道，方才看清松雪涼子的那輛車就橫著停在道路的中心，車窗已經搖下，松雪涼子美麗精緻的面孔冷若冰霜，手中特製勃朗寧在暗夜中閃爍著金色的光芒，嫵媚的雙眸迸射出陰冷的殺機，她果斷扣動扳機，子彈連番射了出去，擊碎了那輛黑色雷諾轎車的擋風玻璃。子彈穿透玻璃瘋狂傾瀉在駕駛者身上，駕駛者出於保護自己的本能反應，用力扭轉方向盤，雷諾轎車的頭部重重撞在了左側的牆體之上。

松雪涼子將彈匣內的子彈全部射光，然後推開車門跳了出去，黑色和服被風扯起，彷彿一面飄揚的戰旗，她迅速更換了彈夾。

此時車內三名被撞得頭破血流的追蹤者推門逃了出來，松雪涼子一槍將右側那人擊斃，另外兩人利用車身的掩護躲過松雪涼子瘋狂的射擊，迅速掏出他們的武器準備向松雪涼子展開反擊。

松雪涼子大步奔跑起來，奔跑中嫺熟地更換彈夾，用密集的子彈壓制得對方抬不起頭來，在距離雷諾轎車還有三米左右的時候，她一個箭步跨了出去，然後右腳蹬地，利用地面的反作用力騰躍起來，左腳踏在轎車的頂部，從她現在的角度可以清楚看到兩名追蹤者的位置。

這兩名追蹤者顯然沒有料到松雪涼子竟然擁有如此彪悍的戰鬥力，舉槍準備射擊，松雪涼子一槍瞄準了其中一人的頭頂，子彈灌頂而入，那名追蹤者的頭顱宛如西瓜一樣爆炸開來，鮮血和腦漿迸射了同伴滿頭滿臉。

不等那人開槍，松雪涼子抬腳踢飛了他的手槍，舉槍瞄準了對方額頭，蓬的一槍，那人如同遭到一記重拳，腦袋甩鞭般迅速後仰，然後直挺挺倒在了地上。

松雪涼子望著車內，那名司機身中數彈，身體被卡在座位上用力掙扎著，看到松雪涼子一步步接近了自己，他臉上的表情寫滿了惶恐。

松雪涼子歎了口氣卻沒有開槍，而是掀開旗袍將鍍金勃朗寧插回大腿外側的槍套之中，然後轉身向自己的汽車走去，那名司機想不到松雪涼子居然這樣容易放過了自己，內心暗自慶幸，可就在這時，他看到松雪涼子頭也不回地向自己做了一個拋物的動作。

手雷在空中翻滾，循著標準的拋物線軌跡從車窗進入了轎車內。

火光伴隨著驚天動地的爆炸閃亮在夜空之中，爆炸引發的氣浪化成了熱風向四面八方湧去，松雪涼子黑色的和服隨風舞動，一縷凌亂秀髮因風貼到了她的腮邊，她整個人被爆炸光芒強調出一枚金色輪廓，如此妖嬈多姿，如此嫵媚動人。

葉青虹換上了男裝，雖然她沒有麻雀那樣神乎其技的化妝功夫，可是她的身高讓她在裝扮成男子時並不違和，羅獵很快就意識到葉青虹在今晚行動中的重要性，如果沒有葉青虹的轎車和通行證，想要順利混入日租界的核心區並不容易。

日租界雖然成立不久，卻很快就成為津門的娛樂中心，在這片土地上，遍佈煙館和妓院，擁有極大野心的東瀛人正在通過種種可能的方式來腐化曾經讓他們仰視膜拜的近鄰，不擇手段，不惜代價。

神戶院就是其中較為有名的一家，位於日租界壽街，神戶院中有不少來自日本本土的歌妓，也有不少朝鮮女人，趙子雄常光顧的那名朝鮮女子叫金光姬，擁有了董治軍的情報，羅獵並沒有花費太大的周折就找到了金光姬。

在神戶院這種風月場所，沒有金錢辦不到的事，趙子雄還沒過來，不過羅獵用一百塊大洋輕易就叩開了金光姬的嘴，趙子雄說好了晚上十一點會來過夜，現在距離他前來還有兩個小時，通常趙子雄來此之前，都是在煙館和賭館中廝混。

羅獵和葉青虹決定在原地守株待兔，夜晚的神戶院異常熱鬧，前來尋春的客人絡繹不絕，花枝招展的歌妓迎來送往鶯鶯燕燕。葉青虹透過車窗望著神戶院的大門，忽然道：「你有沒有光顧過這種地方？」

羅獵被她問得一愣，然後笑了起來。

葉青虹沒好氣道：「笑什麼笑？你還沒回答我的問題。」

羅獵道：「我說沒有你肯定不會相信，所以我只能說有。」

葉青虹道：「我就知道有，看你剛才在裡面如魚得水的樣子，就知道你是個風月場中的老手。」

羅獵道：「在你看來一個人是身體純潔重要，還是心靈純潔重要？」

葉青虹凝視了羅獵一會兒方才道：「你在這兩方面都談不上純潔。」

羅獵微笑道：「選男人最重要的是看他是否真誠，而不是純潔，畢竟越是有經驗的男人越是好用，越有味道。」

葉青虹的臉有些紅了，她在心底用厚顏無恥這四個字恨恨地砸在羅獵的腦袋上，然後用小聲道：「應該給你在神戶院找個老婆。」

她說這句話的時候，羅獵已推開車門走了下去，羅獵雖沒有瞎子那種夜間視物亮如白晝的夜眼，可是他銳利的目光在路燈下仍可以準確尋找到自己的目標。

羅獵早已將趙子雄的畫像記在心中，此人身高超過一米九零，體態魁梧健壯，特徵非常明顯，像這樣的人其實並不容易掩飾身分，是以趙子雄出現在遠方的街角，羅獵第一眼就認出了他。

趙子雄並非獨自前來，他的身後還跟著兩個人。三人剛剛喝了不少的酒，都有了酒意，一邊走一邊高談闊論，不時發出張狂的笑聲。

羅獵最初的計畫是催眠趙子雄，可是眼前的狀況並不適合實施他的計畫。他迎面向三人走去，用日語向趙子雄道：「我好像看你有些眼熟！」

趙子雄是懂些日語的，他誤以為羅獵是日本人，這裡又是日租界，所以不敢得罪，陪著笑臉，用日語回應道：「先生您是……」

羅獵道：「我是租界的巡捕，有件事想你跟我回去調查一下。」單刀直入，直奔主題，相信能夠唬住趙子雄，這樣的狀況下，他根本無暇質疑自己的身分。

趙子雄做賊心虛，對羅獵的身分信以為真，他點了點頭，忽然將右側的同伴向羅獵推了過去，轉身就逃。

羅獵對此早有準備，閃身躲過那人的撞擊，大步向趙子雄追趕上去。

趙子雄的兩名同伴看到事情不妙，準備分開逃走，此時在不遠處觀察狀況的葉青虹發動了汽車，她駕車追上了其中的一個，用車頭撞擊在那人的身後，將那人撞得飛了出去，重重摔倒在雪地上。

羅獵之所以假冒巡捕身分，其目的是讓趙子雄心存忌憚，不敢向他輕易出手。趙子雄雖然窮凶極惡，可是根據目前掌握的資料，他應該是受雇於日方，他就算再狠也不敢招惹這麼大的麻煩。

趙子雄身高腿長，耐力超強，奔跑速度驚人，很快就和羅獵拉遠了距離。

羅獵從腰間抽出飛刀瞄準了趙子雄的右腿投擲過去，這一刀正扎在趙子雄的大腿上，趙子雄悶哼一聲，伸手拔下染血的飛刀，仍然頑強地向前方奔去，只是這樣一來他奔跑的速度慢了下來。

趙子雄從懷中摸出一把駁殼槍，轉身瞄準了窮追不捨的羅獵，大吼道：「娘的！不要以為老子不敢崩了你！」

羅獵在他做出拔槍動作的時候已經第一時間躲到了牆角，平靜道：「你不用激動，我只是例行公事，找你回去調查情況。」

趙子雄冷哼一聲道：「去你娘的公事，我是玄洋會社的人，想查我，先掂量一下你自己的份量。」

羅獵的身影突然從牆角處閃出，旋即揚起右臂，一道雪亮的寒光追風逐電般射向趙子雄，飛刀準確無誤地射入趙子雄的右腕，劇痛之下，趙子雄再也拿捏不住駁殼槍，失手落在了地上。

趙子雄宛如一頭憤怒的公牛般不顧一切地向羅獵撲了上去，羅獵輕巧避開，面對力量勝過自己的對手，唯有憑藉靈巧的身法取勝，突然拉近的距離讓飛刀不好施展。

趙子雄鮮血淋漓的右手從背後抽出了一把尺許長度的砍刀，揮刀向羅獵的頸部砍去，羅獵雙腿屈起，矮身躲過趙子雄的一刀，手中小刀輕巧劃過對方的手臂，刀鋒劃開趙子雄的棉衣，劃破了他手臂的血肉，趙子雄發出一聲疼痛和憤怒參半的低吼，砍刀居高臨下向羅獵的肩頭劈去。

羅獵向後撤了一步，再次避過趙子雄的來刀，在對方招式用老之際，陡然向前方跨出一步，兩人的距離瞬間縮短，羅獵左手抓住趙子雄的右腕，身體欺入對方空門，右手小刀向前方一遞，銳利的刀鋒抵住了趙子雄的咽喉。

趙子雄雖然是個亡命徒，可是生死落入對方手中的時候也不免感到害怕，刀鋒接觸頸部肌膚的地方瞬間起了一層細密的雞皮疙瘩。

羅獵輕聲道：「我不想要你的性命，只是想跟你心平氣和的談談。」這次他說的是中文。

趙子雄魁梧的身軀僵在那裡，眼角瞥了瞥架在自己脖子上的小刀，低聲道：「這就是你所說的心平氣和？」

葉青虹開著轎車來到了他們的身邊，槍口從落下的車窗瞄準了趙子雄，微微擺動了一下槍口道：「上車！」

趙子雄在兩人的雙重威脅下選擇了屈服，低頭貓腰進入了車內。

羅獵緊跟著趙子雄來到車內，葉青虹擔心驚動周圍，馬上開車離開了現場。

趙子雄道：「兩位朋友是哪條道上的？」

羅獵懶得跟他廢話：「小桃紅母女在什麼地方？」

趙子雄頓時明白了他們的目的，冷笑道：「你們是白雲飛的人？」

葉青虹樂得讓他將這個誤會繼續下去：「既然知道我們是侯爺的人，你痛痛快快的交代，不然你應該知道他的手段。」

趙子雄道：「你們這幫鼠目寸光的傢伙，根本看不清當前的局勢，這津門乃至整個中國早晚都將是日本人的天下，人要懂得順勢而為。」

羅獵聽得心頭火起，揚起拳頭照著這廝面門就是一拳，打得他鼻血長流。

葉青虹啐道：「別弄髒了我的車！」

羅獵道：「不好意思，還沒到給他放血的時候。」

趙子雄咬牙切齒望著羅獵：「你們既然自己找死，我也不好攔著，吉野貨倉，那母女就被關押在四號倉庫，那裡有日本人駐守，別怪我沒有提醒你們。」

羅獵微笑道：「謝了，早這麼配合也免了皮肉之苦。」

羅獵將打暈的趙子雄扔到了無人的巷子裡，又開了一瓶酒，澆了他一身，造成對方爛醉如泥，醉臥長街的假像。

回到車上，向葉青虹道：「吉野貨倉。」

葉青虹用力握了握方向盤，提醒他道：「咱們只有兩個，需不需要多叫一些人手。」趙子雄已經提醒他們吉野貨倉有日本人駐守，他們兩人前往恐怕會寡不敵眾，所冒的風險極大。

羅獵道：「來不及了，趙子雄的同夥跑掉了一個，無法確定他會不會前往那裡通風報訊，一旦日本人將小桃紅母女轉移，再想找到她們肯定更加困難，兵貴神速，咱們打他們一個出其不意，並不是沒有成功的機會。」

葉青虹歎了口氣道：「你啊，總是喜歡逞英雄。」心中卻明白羅獵所說的都是事實，對他們來說時間極其寶貴，一旦錯過了時機，再想找到小桃紅母女只怕沒有任何可能了。

兩人驅車來到吉野貨倉附近時，看到周圍還算平靜，從表面上看來並無打草驚蛇的狀況，羅獵讓葉青虹在外面等待，準備獨自一人潛入貨倉救人。

葉青虹卻堅持陪同他一起前往，羅獵拗不過她，只能答應，兩人將車輛停在附近，然後從後牆翻入，貨倉內除了門房亮著燈，裡面並無專人巡邏值守。

兩人躡手躡腳來到四號倉庫，來到大門處，看到大門上了鎖，羅獵掏出兩根鐵條，捅入鎖眼之中，搗鼓足足五分鐘方才將鎖打開，撬門別鎖原本就不是他的強項。這時不由得想起了瞎子，這貨若是在場，打開門鎖肯定是一瞬間的事。

羅獵讓葉青虹在門口望風，自己將大門推開，倉庫內一片漆黑，羅獵取出手電筒照亮，借著光束尋找小桃紅母女，他並沒有花費太大功夫就找到了兩人，那可憐的母女正相互依偎，靠在一堆木箱前。思文已進入了夢鄉，小桃紅抱著女兒，雙目惶恐地望著前方，她並沒有看清來者是誰。

羅獵看到母女二人平安無恙，心中大喜過望，壓低聲音道：「嫂子，是我，羅獵！」

小桃紅此時方才辨明來者的身分，這兩日她們母女始終活在惶恐之中，本以為再無重見天日的機會，想不到終於盼來了救星，一時間喜極而泣，她將女兒晃醒，思文滿面倦容，打著哈欠道：「娘，天亮了嗎？」

羅獵道：「你們沒事吧？」

小桃紅用力點了點頭，思文也認出了羅獵，驚喜道：「羅叔叔！」

羅獵做了個噤聲的手勢，然後一把抱起了思文：「走，叔叔帶你回家。」

小桃紅慌忙從地上爬了起來，跟在羅獵的身後向倉庫門外走去。

三人來到門前，葉青虹向羅獵道：「沒什麼動靜，咱們從原路離開。」

羅獵點點頭，就在此時，前方燈光大亮，四輛一直停在暗處的汽車啟動了引擎，車頭燈雪亮的光柱投射在四人身上，強烈的光芒映射得他們睜不開眼睛。

十多名日本浪人推開車門走了下去，正中一人身軀魁梧壯碩，正是玄洋會社的第一力士阪本鬼瞳，羅獵曾經在瀛口的海員俱樂部跟他有過交手，在力量上阪本鬼瞳遠勝自己，不過論頭腦之靈活，出手花樣之多，羅獵又要遠勝對方，這也是上次羅獵能夠在交手中占到上風的原因。

仇人相見分外眼紅，阪本鬼瞳一眼就認出了羅獵，他滿臉獰笑道：「八嘎，居然是你啊！」他從腰間抽出了東洋刀，明晃晃的東洋刀宛如一泓秋水在夜色中蕩漾，他料定羅獵已成為甕中之鱉，這次插翅難飛。

小桃紅從羅獵手中接過了女兒，剛剛才生出希望的內心重新跌入了谷底，這次恐怕不但她們娘倆逃不出去，還要連累羅獵兩人身陷囹圄。

羅獵微笑望著阪本鬼瞳，然後不慌不忙地敞開了大衣，他的身上掛著十多顆手雷。沒有金剛鑽別攬瓷器活，潛入吉野貨倉之前，羅獵已經做好了最壞的打算，寡不敵眾，萬一他和葉青虹行藏暴露，就算他們可以殺出一條血路僥倖逃生，可是他們想要將小桃紅母女安然救出的可能也微乎其微。還好葉青虹這次過來帶了足夠的武器，置死地而後生。

這世上沒有人不怕死，羅獵也不例外，他在身上掛滿手雷絕不是要自尋死路，而是要利用這些手雷震懾對手。手段雖然簡單粗暴，但是重在有效。在這樣的距離下，包括他們自己還有周圍的那群日本人，無人能夠逃過爆炸的波及。

所有日本浪人的臉色同時變了，雖然他們人多勢眾，雖然他們每個人都配備了武器，可是現在無人可以保證能夠全身而退。

現在的羅獵如同是一顆碩大的人肉炸彈，一旦引爆，恐怕他們都難逃一死。

羅獵的表情依然雲淡風輕：「我身上有十六顆手雷，她的身上也有同樣的數量。」目光看了看一旁的葉青虹。

葉青虹挺直了脊樑，卻感覺到自己的背脊處冷颼颼的，那是因為冒出冷汗的緣故，她可沒帶那麼多，三顆手雷罷了，可儘管如此，已經足夠讓她和身邊人灰飛湮滅。葉青虹從未想到過自己會陪著羅獵冒這麼大的風險前來救人，確切地說，在她決定和羅獵一起前來營救小桃紅母女的時候並沒有意識到會有那麼大的風險。然而不知不覺就陪著羅獵一步步走到如今的地步，葉青虹雖然心底發寒，可是她並不後悔。

阪本鬼瞳向後退了一步，羅獵卻有恃無恐地向前進了一步。

阪本鬼瞳怒道：「懦夫！敢不敢堂堂正正地跟我打上一場？」

羅獵微笑道：「一個用卑鄙手段劫持婦孺的人也配用堂堂正正這四個字？你們所信奉的武士道精神就是這樣嗎？」

阪本鬼瞳握住東洋刀的手因憤怒而顫抖。

羅獵道：「我現在就帶著她們離開這裡，有種的話，只管在我背後開槍！」他大步向那群浪人走去，小桃紅抱起女兒緊跟在他身後，葉青虹握槍斷後。

那群日本浪人在羅獵的步步緊逼下不得不向後撤退，他們不敢開槍，一旦引起了爆炸，後果不堪設想。

阪本鬼瞳怒吼道：「我要跟你決鬥！」

羅獵唇角露出一絲嘲諷的笑容：「我可以給你一個機會，不過要在我送她們母女安然離開之後。」他指了指其中的一輛轎車道：「這輛車，我用了。」

在這群日本浪人的注視下，羅獵帶著小桃紅母女上了轎車，驅車駛出了吉野貨倉。

阪本鬼瞳率領手下上了其他的轎車，尾隨羅獵緊跟不放。

羅獵回過頭看了看後面的轎車，葉青虹道：「要不要甩開他們？」

羅獵道：「不急，先去德租界巡捕房。」在羅獵看來，暫時只有那個地方才算安全，日本人就算再囂張也不敢公然闖入巡捕房搶人。

白雲飛的轎車駛入了公館的大門，剛剛下車，管家金漢就快步迎了過來，面色凝重地向他稟報了今晚派去刺殺松雪涼子的人全軍覆沒的事情，白雲飛皺了皺眉頭，他仍然低估了這個日本女人，竟然幹掉了他派去的四名好手。

金漢道：「侯爺，剛才領事先生來電話了，說有急事請您過去一趟。」

白雲飛點了點頭，想起剛才吃對方閉門羹的事，這口氣至今還沒咽下，不過在人屋簷下怎敢不低頭，雖然德國前景不好，可畢竟現在這裡還是德國領事說了算，他們之間仍然有共同利益。

斟酌之後，白雲飛決定還是走一趟，如果沒有緊急的事，德國領事不會在接近淩晨的時候還請自己過去。臨行之前，白雲飛又佈置了幾件事，雖然刺殺松雪涼子的行動並未成功，可是其他的計畫卻不能因此而擱置，他絕不容許方康偉活著見到明天的太陽。

松雪涼子走入仁慈醫院的特護病房，前來探望因吸食過量福壽膏而送來緊急救治的方康偉，來此之前，她先行瞭解過玉滿樓的狀況，目前身中數槍的玉滿樓還在緊急搶救中，手術仍未結束，生死未卜。

松雪涼子的心情很差，針對自己和玉滿樓的兩場刺殺絕不是巧合，她甚至認為方康偉在此時出事也存在陰謀的成分，進入病房，看到臉色蒼白的方康偉雖然精神萎靡，可是仍然呼吸順暢，稍稍放下心來，畢竟這條狗還苟活人世，他的運道並沒有像他的能力那樣差勁。

方康偉有些心虛地看了一眼松雪涼子，然後趕緊將雙眼閉上，裝成一副氣息奄奄的樣子。

松雪涼子打量了一下他，輕聲道：「有人想幹掉你。」

方康偉沒有答話，仍然緊閉著眼睛。

松雪涼子道：「據可靠消息，方克文已經和白雲飛合作，他們想剷除你，從而獨霸家產。」

方康偉這才睜開雙眼：「我什麼都答應你們，可不可以放我離開津門？」

松雪涼子嫵媚一笑，伸出右手，冰冷的掌心貼在方康偉的額頭：「事情還沒有結束，你不能走。」

方康偉顫聲道：「我什麼都可以給你們，我這就簽署碼頭所有權的轉讓書，你們放過我……放過我吧……」

松雪涼子歎了口氣道：「方克文一旦被證明還活著，一旦恢復了身分，那麼你簽過的任何文書都等於廢紙一張，所以，你要搞清楚現在的狀況，不是你死就是他亡！」

白雲飛進入德國領事的府邸，這次沒有被拒之門外，管家將他引入客廳，向白雲飛笑道：「白先生，領事先生在書房等您。」

白雲飛點了點頭，按照管家的指引向書房走去，他的心情變得輕鬆愉快起來，這位領事看來真有重要的事要和自己密談，記得過去每次進入他的書房都會磋商一些關乎他們兩人共同利益的重大話題。

房門並沒有關，閃開一條縫，白雲飛敲了敲房門，沒有聽到回應，禮貌道：「領事先生，我進來了。」

第八章

刺殺德國領事

船越龍一的臉上泛起驚喜參半的表情，
刺殺德國領事可是一件極大的罪名，
德國尚未正式投降，這種時候刺殺德國外交官，
必然會在國際上引起軒然大波，
而船越龍一更為關心的是刺殺的實施者居然是白雲飛，
白雲飛會因為這一事件
徹底將他在津門多年打拚的勢力和地位喪失殆盡。

推開房門，看到領事背身坐著，白雲飛招呼道：「領事先生。」對方仍然沒有回應。

白雲飛隱約感覺到有些不妙，他向前走了幾步，看到領事垂落的雙手一動不動，內心猶如被一隻無形的手猛然抓住。與此同時，門外傳來了一聲槍響。這聲槍響擊碎了白雲飛此前種種樂觀的期望，也讓他在短時間內認清了眼前的現實，這是一個局。在他策劃向松雪涼子代表的日方利益集團發動全面出擊之時，有人已經在這裡精心為他挖下了一個大坑。

外面傳來呼救聲，白雲飛第一時間將書房的大門從裡面反鎖，然後奔到已經死去的領事面前，從他的腳下撿起了一隻左輪手槍，手槍內還有五顆子彈，缺少的那顆子彈應該就在領事的體內。白雲飛進入領事官邸之前並未攜帶武器，他能夠確定就是這支手槍奪去了領事的性命。做局者精心策劃了每一步，這裡的所有一切都將謀殺領事的嫌疑指向了自己，白雲飛百口莫辯。

雖然他並不想撿起這把槍，可現在這把手槍是他唯一能夠反擊的武器。他掀開窗簾的一角，看到外面數道光柱閃爍，窗外已經佈置好了埋伏，他若是跳窗逃走肯定會成為眾矢之的。

白雲飛聽到外面撞門的聲音，有人高呼道：「白雲飛，你最好投降，不然只有死路一條。」

白雲飛皺了皺眉頭，看了看那支左輪手槍，終於還是放棄了殺出一條血路然後逃生的衝動，理智告訴他，想要在重重包圍中活著衝出去的可能微乎其微。白雲飛見慣了刀光劍影，他冷靜分析了自己的處境，迅速做出了抉擇，他要投降，殺掉德國領事的罪名非同小可。

今晚設計對付自己之人未必真是要將自己置於死地，他們只是想要剷除自己的勢力，取代自己在租界的地位。留得青山在不怕沒柴燒，只要自己能夠保全性命，不愁沒有機會查清真相報仇雪恨。

白雲飛朗聲道：「我投降！」他丟掉了手槍，在扔下這支手槍之前，特地用長衫擦淨上面所有的痕跡，眼前的局勢下，他唯有一賭，既是賭運氣，又是在賭命。人若死了，什麼運氣都沒了，回首他走過的這些年，雖然驚心動魄，可運氣一直還算不錯。

白雲飛拉開大門，他聽到外面拉動槍栓的聲音，或許他會死於亂槍之下。

還好這一幕並沒有發生，十多個烏洞洞的槍口瞄準了他，白雲飛舉起雙手，表情風輕雲淡，勝似閒庭信步，他的身材在這群人高馬大的洋人巡警之中稍嫌矮小，可是他的氣場卻不弱半分，目光掃過在場的每一個人，最終定格在那一臉悲痛的管家身上，管家的目光不敢和他正面相對。

率隊前來的警長約克，兇神惡煞般走了過來，大吼道：「銬起來！」

白雲飛配合地伸出了雙手，看著巡捕將他的雙手銬上，內心中暗自鬆了口氣，他又一次賭贏了，至少他逃過了被當場亂槍打死的厄運，看來對方並沒有下定要將自己置於死地的決心，白雲飛靜靜望著這群人，默默將每個人記在心底，他暗自發誓，今日只要參加陷害他的人全都要死。

白雲飛走過約克的身邊，停留了一下，輕聲道：「警長，如果我認罪，可以輕判嗎？」

約克望著白雲飛，目光中流露出些許同情：「那要看法官的裁決。」

一個以犯罪為生的人多少要懂些法律，白雲飛知道無論自己認不認罪都是死路一條，在兩名荷槍實彈的挾持下，白雲飛坐在汽車的後座內，汽車啟動之後，他提出了一個小小的要求：「可不可以給我一支煙？」

兩名巡捕對望了一眼，白雲飛道：「我的錢包裡有銀元券，你們可以全部拿走，給我一支煙就行。」

其中一名巡捕終於被他說動，伸手在白雲飛的身上摸索了一會兒，找到了他的錢包，從錢包內拿出一遝銀元券，頓時喜上眉梢。這才從懷裡掏出了一支煙，湊近白雲飛的唇前，白雲飛用嘴噙住。那名巡捕掏出火柴為他點燃，白雲飛用力抽吸了兩口，噴出一團濃鬱的煙霧，嗆得點煙的巡捕禁不住咳嗽了起來，就在此時，白雲飛揚起被銬起的雙拳，重重擊打在那名點煙巡捕的下頜之上，打得那名巡捕身軀後仰，腦袋猛然撞擊在車窗玻璃之上。

身後那名巡捕舉起槍來，卻被反應神速的白雲飛一個有力的肘擊擊中面門，然後白雲飛雙手抓住了他握槍的右手，蓬！一槍射中了車頂。坐在副駕上的那名巡捕慌忙轉身準備支援同伴，卻被第二槍射中胸口。剛才為白雲飛點煙的那名巡捕腦袋在車窗上撞得暈頭轉向，稍一清醒，準備合身撲上來。

白雲飛帶著手銬的雙手死死抓住手槍，以身體抵住那名身後的巡警，抬起雙腳狠狠踹在準備撲來的巡捕身上，巡捕魁梧的身軀被白雲飛用盡全力的重踢踹得向後方再度倒去，後背撞在車門之上，兩度被撞的車門終於承受不住壓力，向外打開，那名巡警身後失去了車門的支撐，慘叫一聲向後仰去，汽車速度不減，敞開的車門被道路旁邊的電線杆撞擊了一下，這次的衝撞讓車門再度關上，沉重的車門猛擊在巡捕的頭頂。

通過電線杆之後，車門在顛簸中再度打開，頭破血流的巡捕從洞開的車門內滾了下去。

白雲飛和身後巡警拚死爭奪那把手槍的控制權，槍膛內的子彈四處散射，一枚榴彈不幸擊中了司機的後腦，鮮血和腦漿噴射在擋風玻璃上，司機被洞穿的頭顱垂落下去，緊貼在方向盤上，汽車喇叭發出刺耳的長鳴音。

突然失去控制的汽車宛如脫韁的野馬，先是從側方撞擊在前方同伴的汽車上，然後歪歪斜斜衝上了前方的長橋，撞斷了長橋的護欄，在夜色中車頭燈劃出一道傾斜向下的軌跡，汽車在落入海河河面的時候濺起大片雪白的浪花。

負責押送嫌犯的所有車輛都迅速集中到了橋樑的缺口處，眼看著那輛車一點一點沉入水面之下。

已是午夜，日租界上野書店內仍然亮著燈光，書店老闆藤野俊生帶著老花鏡盤膝坐在燈下讀書，此時他的老友船越龍一到了。

藤野俊生知道一定發生了大事，不然這位老友絕不會在這個時候過來打擾自己的清淨。船越龍一雖然貴為玄洋會社四大高手之一，在玄洋會社德高望重，可是他卻對這位津門租界書店的小老闆保持著極其恭謙的態度。

藤野俊生並非玄洋會社的成員，他和社團之間的關係非常之神秘，和多位玄洋會社的骨幹都保持著親善的友情，蘭喜妹這次來津門實施任務就以他的親戚身分作為掩護。

船越龍一並非空手而來，特地給藤野俊生帶了一套寫真畫卷，藤野俊生展開之後一眼就認出，這是《圓明園四十景圖詠》，此套圖冊從清代乾隆元年也就是西元一七三六年開始繪製，乾隆九年大功告成，一詩一景，四十個場景各自獨立，裝裱成冊，當時的孤本存放於圓明園的奉三無私殿呈覽。一八六〇年英法聯軍攻佔圓明園時，被法軍掠走後作為戰利品敬獻給當時的法國皇帝拿破崙三世。

船越龍一所贈的這套畫卷當然並非原作，而是後人精心臨摹的複製品，雖然如此，描摹得也是維妙維肖，藤野俊生接過之後讚歎不已。

船越龍一道：「深夜叨擾，還望藤野君不要見怪。」

藤野俊生口中道哪裡哪裡，目光仍然落在畫卷之上，已經到了不忍釋卷的境界了，過了好一會兒方才感歎道：「只可惜原作被法人擄走。」

船越龍一道：「當時被英法聯軍擄走的可不止是《圓明園四十景圖詠》。」

藤野俊生道：「我這一生鍾愛園林山水，只可惜生不逢時，無緣得見萬園之園的瑰麗奇景，幾次經過圓明園廢墟，仍然可以看出其昔日的恢弘氣魄，如此巧奪天工的人間瑰寶竟然被那幫強盜一把火給糟蹋了。」

船越龍一點了點頭道：「只可惜我國那時還不夠強大，不然這華夏土地根本就是咱們的囊中之物。」

藤野俊生道：「扶桑華夏一衣帶水，中華氣數已盡，我們正可取而代之，東亞之地關乎我大和民族未來發展，和我國運息息相關，豈容異族插手。」

兩人說得慷慨激昂，義憤填膺，渾然忘記他們也和英法聯軍沒有任何分別，無非是覬覦鄰國財富的外賊而已。

賓主圍繞這卷畫冊抒發了一通感慨，在榻榻米上坐了，藤野俊生拎起鐵壺在杯中倒滿熱茶，船越龍一飲了口茶，終於還是回到了正題，歎了口氣道：「吉野貨倉那邊遇到了麻煩。」

藤野俊生淡然道：「還有什麼麻煩是船越君解決不了的嗎？」

船越龍一道：「羅獵單槍匹馬去吉野貨倉搶走了小桃紅母女。」

藤野俊生兩道灰白色的眉毛皺了起來，他低聲道：「單槍匹馬？」即便是羅獵武功過人，可畢竟寡不敵眾，更何況吉野貨倉是玄洋會社的地盤，其中佈置了諸多的高手，難道就讓羅獵如此輕鬆地將人帶走？

船越龍一這才將所發生的一切從頭到尾說了一遍，藤野俊生將茶盞落在小桌上，讚道：「好一個智勇雙全的勇士，難怪福山對他如此推崇！」

船越龍一的表情卻顯得尷尬，畢竟羅獵是從他的手裡救走了人，羅獵的智勇雙全更襯托出他的那幫手下庸碌無能。他苦笑道：「他帶著那兩母女去了德租界，本以為他們要去巡捕房，可是中途卻改變方向去了馬場道唐先生的府邸。」

藤野俊生聞言一怔：「唐先生？」

船越龍一點了點頭，臉上流露出極其為難的神情。

藤野俊生此時已經完全明白了他來找自己的真正用意，唐先生乃是民國之開國元勳，曾經統領政府內閣，後來因和執政總統理念不合而請辭，近兩年隱居於津門馬場道的故宅，雖然隱退，可是唐先生和現任政府要員的關係良好，幾任總統也對他極其尊敬，唐先生被人稱道的是出色的外交能力，在清末曾經任職津門海關道，親手辦理接收被八國聯軍分占的津門城區、收回秦皇島口岸管理權等事務，政績斐然，可以說他在清末民初的外交談判中取得的成績無可替代。

玄洋會社在津門的勢力雖很強大，可是有些人物是他們不敢輕易招惹的，唐先生無疑就是其中之一。

藤野俊生和這位在中華政壇舉足輕重的人物卻有著不錯的交情，船越龍一來此就是為了尋求他的幫助。

藤野俊生斟酌了好一會兒，方才道：「這個忙我不能幫。」

船越龍一難掩失望之色，低聲道：「藤野君，小桃紅母女關乎到方家碼頭的最終歸宿，只有她們才能影響到方克文的決斷。」

藤野俊生道：「歐洲戰場勝敗已定，德國投降已成必然，中國也是協約國成員之一，按照慣例，他們有權得到戰利品，所以德租界最可能被北洋政府接收，唐先生這個人我很瞭解，雖是謙謙君子，可立場堅定，在民族利益大是大非上從不動搖，所以就算我去找他也不會有任何作用，反倒暴露了我和你們的關係。」

船越龍一道：「難道就這樣眼睜睜看著此事落空？」

藤野俊生微笑道：「今晚發生了不少事，我聽說德國領事於家中遇刺，行刺者是安清幫的白雲飛。」

「什麼？」船越龍一的臉上泛起驚喜參半的表情，刺殺德國領事可是一件極大的罪名，德國尚未正式投降，這種時候刺殺德國外交官，必然會在國際上引起軒然大波，而船越龍一更為關心的是刺殺的實施者居然是白雲飛，白雲飛會因為這一事件而徹底將他在津門多年打拚的勢力和地位喪失殆盡。

船越龍一道：「白雲飛怎麼會走這一招昏棋？」

藤野俊生淡然道：「這口肥肉你既然能夠看到，別人同樣可以看到，你不出手，別人同樣會出手。」

「您是說，白雲飛乃是被人設計？」

藤野俊生呵呵笑道：「船越君以為他會傻到做這種事？有些時候真是不能不信命，白雲飛妄圖螳臂當車，這種不識時務的莽夫根本不值得同情，他倒掉了，方克文就沒了什麼價值，方克文沒了價值，小桃紅母女的死活又有什麼關係？」

船越龍一道：「可是，方克文仍然活著，如果他跳出來表明自己的身分，只怕還會有麻煩。」

藤野俊生道：「我當初就說過，劫持那母女並不是高明手段，只要她們活著，方克文在這世上才有牽掛，他才不會輕易去做蠢事。如果她們遭遇不測，我們才會遇到真正的麻煩。」他停頓了一下道：「一個人如果認為自己已失去了一切，失去了比他生命更加重要的東西，那麼他會做出怎樣瘋狂的事？」

船越龍一陷入良久的沉思中，藤野俊生說得沒錯，這件事他們從一開始的解決辦法就錯了，正是他們的步步緊逼才將方克文逼到了他們的對立面，才促使方克文和白雲飛走到了一起。

藤野俊生道：「只要大局不變，一時的勝敗又算得了什麼？讓羅獵將那對母女救走未嘗不是好事。方克文知道了消息，想必會心平氣和了，人心中一旦沒了怨氣，也就沒有了鬥志，一個失去鬥志的人對我們還剩下多大的威脅？」塞翁失馬安知非福，藤野俊生對中華文化瞭解極深，長期在中華旅居，專研中華國學，越是研究，越是發現中華文化之博大精陳，感悟良多。

船越龍一雙手扶膝向藤野俊生深深一躬：「今日我才知道什麼叫聽君一席話，勝讀十年書。」

藤野俊生笑道：「船越君讓我汗顏了，正所謂當局者迷旁觀者清，並非是我看得清楚，只是因為我們所站的角度不同罷了。」

羅獵一行中途改變了前往德租界巡捕房的念頭，遠遠就看到道路被封，猜到前面出了事情，是葉青虹主動提議前往馬場道唐先生的府邸暫避風頭。

葉青虹和唐先生的小女兒唐寶兒是同學，唐先生並不在這裡，這兩天去了黃浦辦事，雖然如此，那幫跟蹤而來的日本浪人也不敢硬闖唐氏府邸，只能眼睜睜看著他們將小桃紅母女帶到了唐家。

唐寶兒和葉青虹關係非同一般，居然對發生的事情隻字不問，極其爽快地答應了葉青虹來這裡暫避風頭的請求，等安頓小桃紅母女住下已經是凌晨一點半了，羅獵不敢歇息，從唐家的小樓上向外觀望，驚喜地發現跟蹤而來的那幾輛日本浪人的轎車不知何時已經離開了。羅獵並不知道這位唐先生是什麼人，可是能夠讓日本人知難而退的絕不是尋常人物。

他擔心日本人詭計多端，故布迷陣，又來到唐家的院落中仔仔細細查看了一遍，確信唐府沒有任何異狀，一顆懸著的心方才落地。

身後響起輕盈的腳步聲，卻是葉青虹披著一件紅色的羊絨大衣走了過來，宛如一朵在暗夜中盛開的玫瑰花，熱烈而奔放，手中拎著一盞馬燈，來到羅獵近前，手臂抬起故意用燈光照亮了羅獵的面龐：「誰啊這是？這麼晚都沒睡？」

羅獵道：「睡不著，隨便走走。」

葉青虹道：「放心吧，日本人不敢闖入這裡來的。」她選擇前來這裡是經過一番深思熟慮的。

羅獵點了點頭：「已經走了。」

葉青虹柔聲道：「去睡吧，你也累了一天了。」

羅獵又點了點頭，卻沒有挪動腳步，從蒼白山歸來之後，他的失眠症並沒有好轉，而且比起過去越發嚴重，偶爾入眠，總會做同一個奇怪的夢，夢到一具巨大的青銅棺槨，豎立懸浮在虛空中緩緩轉動，這些都是羅獵內心深處的秘密，不為人知，他也不想讓人分擔。

他最早聽說過這個夢境是從羅行木的口中，然後是通過麻雀的轉述，他開始以為是源於自己心理的某種暗示，只要經過一段時間的放鬆，就能夠得以改善。

可後來這一症狀並沒有減輕，反而變得越來越嚴重，羅獵開始意識到應當是那次九幽秘境之行對自己的身體造成了一些影響，他準備抽時間去做一個徹底的身體檢查，排除器質上可能存在的病變。

從昔日所學的知識中瞭解，特殊的環境很可能會對生物的機體造成改變，羅行木和麻博軒的衰老，九幽秘境內的各種古怪生物，這一切應當不是偶然。也許在不知不覺中，自己的身體已經受到了影響。

葉青虹望著羅獵佈滿血絲的雙目，內心沒來由劇烈跳動了兩下，扯得難受，卻說不出什麼緣故，她來到不遠處的連椅坐下，將馬燈放在雙足之前，看到羅獵仍然站在原地，抬起曲線柔美的下頷：「嗨，過來陪我坐坐！」

羅獵轉身朝她走了過去，在葉青虹的左邊坐下，夜風送來葉青虹身上淡淡幽香，沁人肺腑，這來自於少女的獨特體香讓羅獵緊繃的神經放鬆了一些。

葉青虹單手托腮靜靜望著羅獵，卻始終沒有得到他的目光回應，忍不住道：「你為什麼不看我？」

羅獵笑了起來，潔白的牙齒宛如天上的月光一樣皎潔。

葉青虹欣賞他這口整齊的牙，不過羅獵的雙目仍然執著地望著天上的明月，究竟是自己不夠吸引還是因為他故意選擇迴避？葉青虹道：「你是不是心虛？」

「心虛什麼？」

「一個人做了違心事，所以才不敢正面和別人相對，我記得心理學上好像有這樣的論述。」

羅獵淡然道：「激將法對我沒用，我不是心虛，只是我不想看你。」

葉青虹因他的話而憤怒了：「什麼意思？是因為我生得不好看？」

羅獵搖了搖頭。

葉青虹道：「那就是審美疲勞？」她對自己的容貌向來自信。

羅獵極其吝惜地回應道：「我懶！」

葉青虹有些哭笑不得了，這是什麼理由？懶！他居然懶得看自己，難道今晚自己陪著他出生入死救出小桃紅母女，還換不來他對自己的絲毫好感？

羅獵道：「欣賞美女是一件勞心勞神的事情。」

葉青虹道：「怎麼我聽說的和你不一樣，許多人都說是一種享受呢。」

羅獵道：「享受美女不但耗費身體而且耗費精力，有多投入就有多虛脫，過眼雲煙罷了。」

燈光映照下葉青虹的俏臉明顯紅了起來，她呸了一聲，然後用最為鄙夷不屑的眼光惡狠狠看著羅獵，可惜這次羅獵仍無回應，她發現自己彷彿在不斷出拳，而目標卻是一團棉花，無論怎樣用力對方都毫無反彈，這種感覺憋屈且鬱悶。

葉青虹的內心感到膨脹，她急於找到一個宣洩的出口，高傲如她卻在羅獵的面前有種處處受壓的感覺。

羅獵道：「美色讓人衝動，月光使我理性，這種時候，你期望我是應該衝動還是應該理性？」

葉青虹紅著臉望著這個從不按常理出牌的傢伙，一字一句道：「我只期望你從我的眼前消失。」

羅獵笑了起來。

葉青虹卻被他氣得幾乎就要流淚了，委屈地深深吸了一口氣，不過她的情緒卻隨著這次的深呼吸而突然發生了轉變，學著羅獵看了看空中的明月，理性居然在瞬間神奇回歸，你不看我，我不看你，兩人都靜靜望著月亮，葉青虹似乎能夠觸摸到一些羅獵想要追求的寧靜了。

若無衝動何須寧靜？葉青虹沒來由就笑了起來，然後又托著腮望著坐在自己身邊宛如老僧入定般的羅獵：「你是不是喜歡我？」

羅獵道：「瞎子才會喜歡你。」他說的是事實，瞎子的確喜歡過葉青虹，也僅限於喜歡過而已，瞎子的熱情很快就在葉青虹冰山一樣亙古不變的冷遇下完全熄滅，而今瞎子已經理智地選擇了移情別戀，瞎子在很多時候比起羅獵更加現實，也更懂得變通，羅獵雖然精明，可是他的骨子裡卻透著百折不撓的倔強。

葉青虹道：「這是個矛盾的世界，善於催眠別人的人卻偏偏自己無法入眠，心中喜歡一個人表面上卻擺出一副滿不在乎的架勢。」她認為自己找到了羅獵心理上的弱點，於是毫不猶豫地發起了攻擊。

羅獵居然在此時打了個哈欠，然後用一種讓葉青虹瞠目結舌的方式結束了他們之間的談話，他居然歪過頭靠在了葉青虹的肩膀上，然後死人一樣閉上了雙目一動不動。葉青虹皺了皺眉頭揚手準備照著他頭上打下去，手揚起很高，可是卻輕輕落下。

羅獵的本意只是一場惡作劇，可是他靠在葉青虹的肩頭居然很快就有了倦意，連他都不知道是什麼原因，或許是真的累了，就這樣昏昏沉沉地睡了過去。

葉青虹當然知道他是存心故意，可後來當她發現羅獵是真的睡著，內心中不由得變得猶豫起來，是喚醒他還是應當就這樣繼續下去，葉青虹有生以來從未有過這樣的彷徨和糾結，不過只是一晃而過，然後她就堅定了自己的信念，你到底想怎樣？你還能把我怎樣？

人和人的相處很多時候更像是一種耐力的比拼，堅持到最後的人往往會是勝

利者，葉青虹恰恰又是個驕傲得幾近固執的女人，她自認為今晚的堅持緣於她不肯服輸的精神，正因不肯服輸，方才付出了一個肩膀外加苦熬一個夜晚的代價。

當東方的天空露出一絲魚肚白，當報曉的公雞從遙遠的角落此起彼伏的響起，羅獵總算睜開了他的雙眼，首先看到的就是葉青虹因為熬了一夜風寒而變得蒼白的俏臉，因苦苦支撐而緊咬的牙關，苦大仇深瞪得滾圓的一雙美眸。

「你醒了！」

這三個字聽起來字字泣血。

羅獵嗯了一聲，沒事人一樣站起，打了個哈欠配合著展開雙臂伸了一個懶腰，然後道：「累死我了……」接著他就頭也不回地向小樓中走去，只留下半身麻木的葉青虹呆呆坐在黎明的天空下，任滿頭秀髮被晨風吹得凌亂。這廝居然連一句對不起都沒說，哪怕是寬慰她一句辛苦了。她不生氣，不後悔，只是想不通，自己哪根筋不對？居然在這裡堅持了一整夜，到底是為了什麼？

樓上唐寶兒隔著玻璃窗饒有興致地望著院落中的男女，她這一夜睡得斷斷續續，不為別的，只為了欣賞閨中密友的堅持和忍耐，看到執著的同時，也看到了溫暖，在她的視角中看到一幅道是無晴卻有晴的溫暖畫面。

為了穩妥起見，羅獵還是暫時將小桃紅母女留在唐府，先返回了旅館，讓他驚喜的是，張長弓和鐵娃都到了，鐵娃這次還特地帶來了小狗安大頭，小狗明顯長大了許多，昔日肉乎乎的萌態演變成了健壯的稜角，連目光也隨著牠的牙齒和爪子一起變得銳利起來，不過牠仍記得羅獵，圍繞著羅獵身邊歡快地叫個不停。

張長弓他們接到電報之後馬上從白山動身，這一路還算順利，還沒有來得及訴說別後經歷，英子就登門拜訪。

英子這次前來卻是受了董治軍的委託，董治軍本想自己親自過來，可是昨晚發生了一連串的大案，他脫不開身。

董治軍消息靈通，深知其中有些事很可能和羅獵有牽扯，雖然他和羅獵接觸時間不長，可是卻知道羅獵和英子一家的深厚情誼，自然要通過英子提醒一下這位情同小舅子一般的人物，當然也可通過這件事挽回一下和英子的關係。

羅獵聽說白雲飛槍殺德國領事之事也覺得匪夷所思，這件事實在太不合乎情理，以白雲飛如今的身分地位，他沒必要鋌而走險去做這件事。

吉野貨倉那邊反倒是風平浪靜，他和葉青虹昨晚夜闖救人並沒有興起任何波瀾，看來日方並沒有將這件事張揚出去，不知是出於理虧還是出於其他的打算？

英子前來只是為了轉述董治軍告訴她的消息，她料定羅獵很可能遇到了麻煩，有些緊張道：「小獵犬，你是不是有什麼事情瞞著我？」

羅獵笑著寬慰她道：「英子姐，你放心吧，我能有什麼事？如果真有事也不會好好地坐在這裡。」

英子道：「董治軍在租界還是有些本事的，若是有什麼解決不了的事，你只管對我說，我一定讓他盡力去辦。」

羅獵感動地點了點頭，他並不想英子牽連太深，小桃紅母女已經救出，困擾他們最大的麻煩就算得到了解決，現在只需要找到方克文，他們就可以儘快離開津門這個是非之地。

送走了英子，羅獵準備返回旅館的時候，一輛黃包車來到他的金錢，車夫氈帽壓住了眉眼，低聲道：「先生，要用車嗎？」

這聲音聽在耳中極為熟悉，羅獵幾乎第一時間就分辨出眼前車夫就是白雲飛所扮，他向周圍看了看，確信無人跟蹤，方才上了那輛黃包車。

羅獵一上車，白雲飛就拉著黃包車飛快跑了起來。

雖只是假扮成黃包車夫，白雲飛這一夜也充分品嘗到從人生高峰跌入谷底的滋味，一夜之間他就從威震津門的江湖梟雄變成了一個被四處通緝的謀殺犯。

有了這樣的經歷，白雲飛當然不會把眼前給羅獵當車夫視為一種屈辱，人這一生有時順流有時逆流，無論任何情況下都要擺正心態，保持一顆清醒而理智的頭腦，在該低頭的時候必須低頭，須知道只有保住性命才有東山再起的機會。

白雲飛將羅獵拉到附近一片破破爛爛的廢墟中，清晨的陽光為這片廢墟籠罩上了一層金色的光輝，遠處有幾個衣衫襤褸的婦女正在這片廢墟上挑揀著可以利用的破爛物品，她們不在意他人的眼光，早已忘記了所謂的自尊，心中唯一的信念就是通過這種方式艱難生存下去，她們佝僂的背影，呆滯的眼神正是而今這片土地上多半苦難百姓的寫照。

白雲飛輕車熟路，拉著羅獵來到一個斷壁殘垣的院落前，將黃包車停在院門外，推開兩扇古舊破爛的院門走了進去。

羅獵走下黃包車，一身光鮮的他出現在這樣的環境裡倒顯得有些格格不入。他隨手將院門關上，白雲飛這才取下頭頂的舊氈帽，這段路程已經讓他額頭見汗了，手中的氈帽當成扇子搧了搧，雖然落魄，可是臉上的表情依然篤定而自信。羅獵發現白雲飛被人稱為侯爺並不是沒有原因的，即便是在落魄之時，他的驕傲和自信仍然沒有減弱半分。

羅獵掏出煙盒，抽出一支遞給了白雲飛，白雲飛接過點燃，抽了兩口之後方才發現不是什麼好煙，換成昨天他都不屑於接過的，白雲飛因為這支煙突然生出了虎落平陽的感慨。

羅獵環視了一下周圍，一語雙關道：「這裡倒是隱蔽。」

白雲飛道：「也非久留之地，現在到處都在通緝我，整個津門的巡捕都發動起來了。」說這句話的時候內心中居然感到了一些驕傲，能讓津門如此興師動眾的或許也只有自己了。

羅獵道：「那你還留下？」

白雲飛歎了口氣道：「走得了嗎？現在津門所有的關卡口岸都嚴密封鎖，出入津門都需要經過盤查比照，就算是一隻蒼蠅也飛不出去。」

羅獵點了點頭，白雲飛的話並沒有任何的誇張成分，畢竟死的是德國領事，這件事造成的影響太大。不過白雲飛身為安清幫的扛把子，在津門經營那麼多年，方方面面的關係應該有不少，就算各國外交官員，政府官員不敢為他出頭，他的手下想必還得有一幫忠心之士，他為何偏偏找上了自己？羅獵稍一斟酌就明白了其中的道理，白雲飛這個人生性多疑，這種狀況下他對過去的那幫部下全都產生了懷疑，而且昨晚槍殺案發生之後，安清幫的所有頭目勢必要受到警方的重點照顧，在風口浪尖上也不敢輕舉妄動。

白雲飛如果在這種狀況下去找他們求援等於是自投羅網，自己初來乍到，津門方方面面的勢力還沒有關注到自己，而且很少有人會想到白雲飛能夠來找交情不深的自己。現在的白雲飛心存不甘，他不肯就此承認失敗，而他手中握有的籌碼卻已經不多，所以他很可能是要利用方克文的平安來換取自己對他的幫助。

果不其然，白雲飛將那支煙抽完之後就直奔主題道：「方克文在我手裡，你安排我離開津門，我把人還給你。」逃離津門是白雲飛目前最迫切的想法，雖然他也想扭轉乾坤，可是謀殺領事的罪名根本無法洗清，留下來就是等死。

羅獵微笑道：「白先生高看我了，我在津門無親無故……」

白雲飛毫不客氣地打斷了羅獵的話：「找穆三爺，他有辦法安排我離開。」

羅獵皺了皺眉頭，穆三壽的確隻手遮天，不過那是在黃浦，不知白雲飛因何會對穆三壽的能力如此相信？難道穆三壽的勢力早已滲透到了這裡？想起了葉青虹，羅獵心中似乎找到了答案，無論穆三壽還是葉青虹都不是單獨的個體，也許白雲飛想利用的是他們這一群體深厚的背景關係。

羅獵道：「方克文在哪裡？」

白雲飛道：「等我安全離開津門，我自然會安排人將他放了。」

羅獵靜靜望著白雲飛，白雲飛突然有種英雄氣短的感覺，囂張如他，竟要求助一個初來津門不久的年輕人，而且要依靠這樣的手段，這讓他難免有些慚愧。

羅獵道：「和平大戲院的槍擊案是你安排的？」

白雲飛直言不諱道：「是，本來我還想幹掉方康偉和松雪涼子，只可惜天不從人願。」他其實明白，自己怨天尤人沒有任何用處，之所以落到如今的地步，卻是因為棋差一招，他雖然計畫周詳，可是在行動中仍然存在著太多變數，玉滿樓身中數槍居然未死，派去狙殺松雪涼子的手下也被松雪涼子盡數擊斃。

羅獵感歎道：「前門拒虎，後門進狼，就算你能夠粉碎日本人霸佔方家碼頭的陰謀，背後還有許多人虎視眈眈地望著你。」他並沒有點破白雲飛的真正居心，白雲飛與日方為敵的最初動機也不是愛國愛民，他是想獨霸津門的大小碼頭，獨佔鴉片和軍火走私的巨額利益，從這一點來說，白雲飛並不比這些侵略者高尚多少，在羅獵看來，毒害自己的同胞比起外敵的入侵更加惡劣。

白雲飛道：「木秀於林風必摧之，我終究還是忘了師父的教誨。」他將氈帽重新戴在頭上：「走吧，我送你回去。」

羅獵道：「等事情有了眉目，我去哪裡找你？」

「你不用找我，我自會去找你。」

羅獵回到唐家的時候，葉青虹還在熟睡，在昨晚的博弈中她沒有占到半點上風，無可奈何地給羅獵當了一夜的人肉枕頭，羅獵剛一出門，她就帶著痠麻的左肩和滿身的疲憊進入夢境之中，雖然很累可這一覺睡得非常踏實。

如果不是思文過來敲門，葉青虹這一覺必然要睡得天昏地暗，搞清楚這小妮子只是羅獵派來的通訊聯絡官，葉青虹一邊打著哈欠一邊在心底把羅獵這個名字惡狠狠地詛咒了無數遍。葉青虹帶著委屈和鬱悶起來梳洗打扮，用長達六十分鐘的漫長時間來考校羅獵的耐心和涵養。

羅獵並沒有著急，這段時間居然忙裡偷閒地陪著小思文在院子裡玩起了捉迷藏，葉青虹一邊梳理頭髮，一邊掀開窗簾的一角偷偷觀察著院中的羅獵。

閨蜜唐寶兒敲了敲門走了進來，手中端著為她準備的早餐。

葉青虹謝絕了唐寶兒的好意，她現在連一點胃口都沒有，或許是昨晚熬夜的緣故，剛才雖然睡了一會兒，可是仍然沒能從整夜的失眠中恢復過來。

唐寶兒笑道：「不是我說你，女人一定要懂得保養，青春美貌是我們這一生最大的財富。」

葉青虹道：「既然是我的財富，當然我有權揮霍。」

唐寶兒歎了口氣道：「你是有權揮霍，可無權享用，女人的美貌都是給男人享用的。」

葉青虹瞪了她一眼道：「你什麼時候變成了一個男權主義者？以為女人都是男人的附庸品嗎？」

唐寶兒道：「我可沒有變。」她在房間角落的沙發坐下，端起原本為葉青虹準備的咖啡喝了一口：「青虹，咱們認識那麼久，我可從來沒有見過你這麼忍氣吞聲逆來順受過，你該不是愛上他了吧？」

葉青虹呵呵笑了一聲，然後做了一個極其不屑的表情。

唐寶兒卻看出了她的神態並不是那麼的自然，輕聲道：「趕緊去吧，別讓人家久等了，別怪我沒提醒你，遇到真正喜歡的男人，一定要果斷下手，你如果猶豫了，可能就被別人搶先了，這世道，好男人可不多。」

葉青虹格格笑了起來：「你覺得他是好男人？」

唐寶兒搖了搖頭道：「我又不瞭解他。」停頓了一下又道：「可是我瞭解你啊，能讓你葉青虹老老實實守上一夜的男人絕不是什麼尋常人物。」

思文大聲歡笑著，羅獵托起她的小身板在空中旋轉，她感覺自己就像蝴蝶一樣飛翔，這些天籠罩在內心的陰影總算消退了一些。

思文率先看到了葉青虹，她提醒羅獵道：「姐姐來了！」

羅獵放下了思文，揉了揉她的頭頂道：「去找媽媽吧。」

思文點了點頭，走了兩步，卻又回過頭來，眨了眨黑亮的大眼睛道：「羅叔叔，那個臉上有疤的叔叔呢？」

羅獵笑道：「他出門辦事了，這兩天就會回來，想他了？」

思文點了點頭，然後不好意思地笑了，然後蹦蹦跳跳地向小樓內跑去。

葉青虹道：「你就不能讓我睡個安穩覺？」

羅獵微笑道：「葉小姐可以高枕無憂，我卻心事重重，這樣可不利於咱們兩人精誠合作。」

葉青虹沒好氣道：「說，又想讓我幫你做什麼？」

羅獵指了指他們共渡漫漫長夜的那張連椅，葉青虹下意識地摸了摸自己的左肩，昨晚回憶湧上心頭，卻沒有生出絲毫怨氣，反倒有種淡淡的甜蜜。

兩人先後坐了下去，葉青虹坐下後刻意向右側挪動了一些，和羅獵分開半尺左右的距離，羅獵讀懂了她的心意，不覺笑了起來。

葉青虹道：「你是不是故意整我？」

羅獵道：「開始是，可後來我真睡著了。」

葉青虹咬了咬下唇：「你果然不是好人。」

羅獵道：「幫我做件事。」

第九章

輿論

圍繞方克文的輿論來得快去得也快，
關於這位方家準繼承人的消息隨著白雲飛的失蹤，
一夜之間就在津門的各大報章上消失得乾乾淨淨。
本來方康偉吸食福壽膏過量緊急入院又可霸佔頭版頭條，
可這件事顯然不如德國領事被白雲飛槍殺的來得轟動，
醜聞成功得到了轉移。

葉青虹眨了眨眼睛，羅獵的口氣充滿了理所當然的味道，彷彿自己就該為他做，就該無條件服從，他和她之間的關係什麼時候變成了這個樣子？難道他不怕自己拒絕？

葉青虹本想惡狠狠地懟回去，話到唇邊卻又改變了主意，鬥嘴毫無意義，到最後自己肯定還得給他幫忙，畢竟自己也有事求他。葉青虹道：「可是你最初只是讓我幫你救方克文。」

「同一件事，方克文在白雲飛的手裡，只有幫助白雲飛離開津門，他才會放了方克文。」

葉青虹顰起眉：「羅獵，難道你沒看今天報紙，白雲飛槍殺了德國領事。」

羅獵道：「他只是被人設計。」

葉青虹道：「設計他的人可不簡單，你何必捲入這些麻煩之中？」停頓了一下又道：「他也不是什麼好人，做過太多喪盡天良的事。」在葉青虹看來，白雲飛如今的下場也是罪有應得。

羅獵道：「我不能讓思文失去父親。」

葉青虹靜靜望著羅獵，過了好一會兒她方才歎了口氣道：「我發現在你身上從未占過便宜。」

過的人也只有你。」

羅獵微笑道：「我也不是存心要占你便宜，可眼前能幫我的只有你，我信得過的人也只有你。」

葉青虹明明知道羅獵的這句話虛偽的成分太多，可仍然禁不住心頭為之一暖，他可從未表露過對自己的絲毫信任，葉青虹道：「這件事我可以答應你，不過你必須答應我，一旦確定方克文平安，你要馬上和我一起離開津門。」

羅獵毫不猶豫地點了點頭：「一言為定。」

圍繞方克文的輿論來得快去得也快，關於這位方家準繼承人的消息隨著白雲飛的失蹤，一夜之間就在津門的各大報章上消失得乾乾淨淨，方家這兩天的確出了不少的事，先是老太爺突然病逝，然後又爆出失蹤多年的方克文安然歸來的消息，借著又在方公館前發生了爆炸槍擊案。這一系列的事都讓方家無奈成了津門的焦點，本來方康偉吸食福壽膏過量緊急入院又可霸佔頭版頭條，可這件事顯然不如德國領事被白雲飛槍殺的來得轟動，醜聞成功得到了轉移。

方康偉也算命大，經過醫生兩個多小時的搶救，總算從死亡邊緣爬了回來，甦醒之後第一眼看到的就是他最不想見的松雪涼子。

松雪涼子這次並沒有像往常一樣對他疾言厲色，點了點頭道：「你醒了？」

方康偉因恐懼聲音都顫抖了起來：「對不起……我……我……」

松雪涼子看到他嚇得魂不附體，反倒笑了起來，伸出嫩白的右手輕輕撫摸了一下他的頭頂，柔聲道：「好好休息。」落在方康偉鬢髮中的手指卻猛然收緊，痛得方康偉發出一聲慘叫。

松雪涼子一字一句道：「我沒讓你死，你就必須要好好活著，認真活著，我不介意你作踐自己，可若是破壞了我的大事，我會讓你生不如死，從今天起，你想碰鴉片，必須經過我的允許。」

方康偉哀求道：「我知道了，我知道錯了……」在松雪涼子的面前他沒有勇氣，更談不到任何尊嚴。

松雪涼子走出監護室，外面走廊內有不少來自玄洋會社的幹將，昨晚的事情發生後，他們也加強了警戒，一人來到松雪涼子面前，向她低聲耳語了幾句。

松雪涼子點了點頭，婷婷嫋嫋走向樓梯，經過另外一間監護室的時候，眼角瞥了一下，腳步並未停留，玉滿樓做完了手術，已經脫離了危險，不過松雪涼子並沒有前去探望的想法。

她現在要去見一個人。

這次的會面是羅獵主動提出的，他來到了仁慈醫院，如果不是沒有其他的辦法，他不會主動約見松雪涼子。雖然成功從吉野貨倉救出了小桃紅母女，並不意味著她們母女就此脫離了危險，日本人始終隱藏在唐府周圍虎視眈眈，這也是羅獵不敢讓小桃紅母女輕易離開唐家的原因。

仁慈醫院的花園設計得不錯，中西結合，恰到好處，既有東方園林的婉約，又有西方的精緻，羅獵在等待松雪涼子前來的時間欣賞花園內的雕塑，在一尊根據安格爾名作《泉》所雕刻而成的水系雕像前駐足，雕像維妙維肖，裸女舉起的罈子巧妙地導入了水系，水流進入下方的水池，因為天冷，流水已經被凍住，凝結成一道晶瑩動感的弧線。

松雪涼子的聲音在身後響起：「想不到羅先生對女人的身體很感興趣啊。」

羅獵沒有回頭，微笑道：「我喜歡欣賞一切美好的東西。」

松雪涼子一步步走到他身邊，美眸在前方的雕塑掃了一眼，這樣的雕塑在如今的中國還是很少見的，如果被老夫子們看到，多半會被扣上有傷風化的帽子。

羅獵道：「據我所知，仁慈醫院是一間日資醫院，奇怪的是這裡卻看不到任何日式風格的建築，藏得真是夠深。」

松雪涼子道：「有些事做了未必一定要讓別人看出來。」

羅獵笑了起來，他轉臉看了松雪涼子一眼道：「見不得光嗎？」

松雪涼子嫣然一笑：「你究竟是葉無成，還是羅獵？」

羅獵反問道：「你是松雪涼子還是蘭喜妹？又或是還有其他的身分？」

松雪涼子道：「你來找我，難道就是為了搞清這個問題？」

羅獵搖了搖頭，表示自己對她的底細並無太大的興趣，開門見山道：「放方克文全家一條生路。」

松雪涼子凝視羅獵的雙目：「我如果沒聽錯，你是在求我？」她的臉上帶著嘲諷的笑容。

羅獵不卑不亢道：「以你的智慧應該能夠分清談判和請求的分別。」

「你有什麼資格跟我談判？」松雪涼子臉上的笑容肅然收斂，一雙美眸迸射出陰冷的殺機。

羅獵道：「方克文不會去爭奪方家的產業，對你已經沒有了任何的威脅。」

松雪涼子道：「我憑什麼相信你？」

羅獵道：「你可以不信，但是我可以保證你會因為自己的誤判和衝動付出慘重的代價。」

兩人的雙目對視在一起，羅獵鎮定坦然，松雪涼子美眸中充滿了憤怒，可是她的憤怒也迅速衰減了下去，終於還是點了點頭道：「我給你這個面子。」她已經兩度和羅獵交手，而且全都是在勢力遠勝於對方的條件下，看似占盡上風，每次交手的結果卻都讓她損失慘重，繼續對抗下去，或許能贏，可必然會勝得極其艱難，松雪涼子雖然不甘，可是她尚未喪失理智。

松雪涼子的讓步可不是看在羅獵的面子上，真正的原因還是緣於她對眼前形勢的認識，白雲飛的落難讓方克文失去了最強有力的支持，現在的方克文想要改變大局應該是有心無力，自然失去了他原有的重要性。

就算羅獵不來找她談判，松雪涼子也已經收到了來自阪本龍一的命令，小桃紅母女的事情就此作罷。

只要能夠順利得到方家的巨大利益，暫時選擇息事寧人也沒什麼不可。當然促使日方放棄對方克文追殺的另一個原因還是眼前錯綜複雜的局勢，白雲飛刺殺德國領事的事件並非他們在背後策劃，雖然這件事對他們有力，可是背後策劃者的用意卻讓他們不得不防，他們想要的不僅是方家的碼頭，還有德國人在華擁有的誘人利益。

這種時候松雪涼子必須要顧全大局的，為了一個方克文激怒了羅獵，顯然會樹立更多的對立面，船越龍一已經發話，讓她暫時放過方克文。現在剛好羅獵主動登門談判，松雪涼子剛好借著此事下台，送他一個順水人情。

和松雪涼子達成協議之後，當天下午，羅獵就安排小桃紅母女離開津門前往北平，由張長弓、阿諾、鐵娃全程護送，葉青虹只是將他們送出了津門，並未隨行，她和羅獵還要安排白雲飛離開津門。

是日深夜，一輛轎車停在津門沽口碼頭，羅獵先下了車，確信周圍並無異樣，這才示意白雲飛下來。

一身長衫的白雲飛拎著藤條箱推門走了下來，禮貌地向坐在駕駛座上的葉青虹揮了揮手，然後來到羅獵身邊。

羅獵習慣性地摸出香煙，煙盒裡只剩下一支，將唯一的一支遞給了白雲飛，為他點燃，低聲道：「已經安排好了，你坐舢板去前面的東星號貨船，從這裡南下可以直達黃浦，穆三爺已為你安排好了一切，你不用擔心去黃浦之後的事。」

白雲飛用力抽了幾口煙，然後將還剩下的半支煙彈了出去，火紅色的煙蒂在夜空中劃出一道閃亮的軌跡。然後他用力吸了一口帶著鹹腥味道的寒冷空氣，心中意識到自己今晚離開津門之後，恐怕短期內很難回來了，雖有東山再起的雄心壯志，可現實卻沒那麼容易。

羅獵看出了他的不捨和失落，笑道：「你那麼年輕，一定有重來的機會。」

白雲飛搖了搖頭：「謝謝！」他舉步向小船走去。

羅獵在身後叫住他：「你好像還忘記了一件事？」

白雲飛停下腳步，卻沒有回頭，淡然道：「多些耐心，等我到了黃浦安頓下來，馬上安排解決這件事。」

羅獵皺了皺眉頭，可是也沒有其他辦法，白雲飛做事謹慎，在他確信自己徹底脫險之前，絕不會輕易將方克文還給他們。

目送白雲飛上了小船，羅獵察覺到身後的車燈閃了兩下，是葉青虹提醒他應該回程，轉身回到車內。

葉青虹從他的表情就已經猜到事情進展並沒有想像中順利，輕聲道：「他有沒有告訴你方克文的下落？」

羅獵搖了搖頭：「你有煙嗎？」

葉青虹拉開手套箱，從中拿出了一盒仙女牌香煙，羅獵抽出一支點燃，搖下身側的車窗，望著窗外不遠處漆黑的海面，只聽到陣陣濤聲，載著白雲飛的小船已經消失不見。

海風吹入車窗，將煙氣吹到了葉青虹的面龐上，葉青虹有些敏感地咳嗽了起來，她抽出手絹捂住口鼻，咳嗽了好幾聲方才止住，抱怨道：「這一戒煙，居然連煙味兒都聞不慣了。」

羅獵撚滅了剛剛點燃的香煙，待冷風吹淡了車內的煙味，方才將車窗玻璃緩慢升了上去。看似漫不經心的舉動，卻讓葉青虹從中感受到了體貼的成分，雖然她還無法確定，羅獵是為她才這樣做。

葉青虹輕聲道：「你不用擔心，他不敢耍花樣。」在她眼中現在的白雲飛猶如喪家之犬，在白雲飛平安抵達黃浦之後，他應該會信守承諾。

羅獵點了點頭道：「也就是多等幾天，走吧。」

葉青虹道：「別忘了你答應我的事。」

羅獵道：「我既然答應了你，就會信守承諾。」

羅獵發現自己終究還是被綁在了葉青虹的船上，雖然中途想要下船，可是未能如願。一天無法確定方克文平安歸來，羅獵就無法安心離開津門。他回到了當初的旅館暫住，默默等待方克文的消息。

還沒有等來方克文，瞎子已經先行從黃浦抵達了津門，此前羅獵就已經從葉青虹那裡知道瞎子過來的消息，所以並沒有感覺到詫異。

瞎子按此前電報中的地址，背著大包袱小行李一路找到了羅獵所住的旅館。

在羅獵開門之後，這貨小山一樣撲了上來，緊緊將闊別多日的損友擁抱在懷中，親切地就像一個饑餓的人撲在了麵包上。羅獵笑著從這貨溫暖寬厚的懷抱中掙脫開來，然後幫他將行李拿了進來。

瞎子沒顧得上寒暄，先去桌上拿起了羅獵的茶杯咕嘟咕嘟將裡面的茶水飲了個乾乾淨淨，抹乾唇角的水漬道：「大爺的，渴死我了。」火車上人多，為了少去廁所，他幾乎不敢喝水。

羅獵打量了一下瞎子，發現這貨又胖了許多，看來周曉蝶的不辭而別並沒有給這廝帶來太大的打擊。

瞎子小眼睛瞪得滾圓，也在打量著這位老朋友，嘖嘖歎息道：「離開我就是不行，瘦了，怎麼瘦了？」伸出白生生胖乎乎的一雙大手想捧住羅獵的面龐。

羅獵笑著仰頭躲開：「你有毛病啊，見面又抱又摸的，當我是女人啊？」

瞎子樂了，一雙小眼睛頓時瞇成了兩條細縫兒：「在我心裡，再好的女人都比不上你。」

羅獵呸了一聲，他的確瘦了一些，這段時間一是為了方克文一家的事情奔波，二是因為失眠症不分白天黑夜的折騰著他，自從到津門之後，除了那天在唐家靠在葉青虹的肩膀上睡了一個安穩覺，除此之外全都是在反反覆覆的失眠度過，越來越嚴重的失眠症讓羅獵的情緒變得浮躁，他甚至開始嘗試使用酒精和藥物，只可惜沒有任何作用。

瞎子拿出了給羅獵帶來的禮物，一雙外婆親手給羅獵納的千層底布鞋，他也有同樣的一雙，還有一罈老太太釀的米酒。

羅獵拿起布鞋試了試，剛好合腳，將布鞋收到了箱裡，問起老太太的身體。

瞎子道：「好得很，咱們離開黃浦的這段時間，穆三爺倒是信守承諾，不但給福音小學的孩子們添了棉衣，送去了取暖爐，還答應開春就翻修校舍，我外婆被送到了醫院治病，現在身體好多了。」

羅獵皺了皺眉頭：「我交代你的事情全都忘了？」

瞎子笑道：「哪能呢，按照你的吩咐，我本想將外婆接走，可她老人家說無所謂，穆三爺樂意花錢就讓他花，還說自己反正也沒多少時日可活了，誰也不能拿她威脅我。你讓我捐的錢，我也都給福音小學的校長了，她準備再開一間小學，救濟更多無家可歸的孩子。」

羅獵點了點頭，低聲道：「陳阿婆在穆三壽的控制下始終是個隱患。」

瞎子道：「我外婆說了，讓你不必擔心，還說穆三爺也不是什麼壞人，讓咱們能幫忙就幫忙，千萬別擔心她。」

羅獵有些詫異地看了瞎子一眼，感覺瞎子這次回來之後整個人改變了不少，昔日提起穆三壽他恨得牙癢癢的，現在即便是在背後也一口一個穆三爺，言語間明顯透著尊敬。

瞎子被羅獵看得有些心虛，吞了口唾沫道：「我到黃浦之後，穆三爺還特地請我吃了頓飯，對我很是客氣，對了，他還幾次提起你，對你相當欣賞呢。」

羅獵淡然笑道：「那是因為咱們對他還有些用處。」心中暗歎，瞎子果然被穆三爺的糖衣炮彈給打迷糊了。

瞎子道：「也是。」

羅獵道：「你不在黃浦等我，來津門又是為了什麼？」他其實早已知道了瞎子這次來的目的，只是故意提問。

瞎子的表情顯得有些窘迫，乾咳了兩聲道：「小蝶失蹤了。」

羅獵道：「她雙目失明又能走到哪裡去？」

瞎子道：「正因為如此我才擔心，她畢竟是蕭天行的女兒，蕭天行生前作惡多端，不知得罪了多少人，現在他死了，肯定有人要報復到他女兒身上。」

羅獵道：「她來津門了？」

瞎子搖了搖頭道：「我調查了一下，好像她買了前往北平的車票。」

羅獵故意道：「她雙目失明真是難為了。」

瞎子道：「根據我得到的消息，有人和她在一起，我懷疑她被人劫持了。」

羅獵並沒有追問瞎子的消息從何處而來，不過他大致能夠斷定瞎子消息的來源很可能是穆三壽那邊，為了讓自己繼續參加葉青虹的行動，不排除穆三壽通過瞎子來綁定自己的可能，只是現在已沒有這個必要，津門發生的事，讓羅獵欠了葉青虹一個不小的人情，這次的北平之行，是他主動答應。

葉青虹其實告訴他不少關於周曉蝶的消息，羅獵並沒有將這些事全都告訴瞎子，畢竟這些消息未經證實，即便是真的，還是讓瞎子自己慢慢發現為好。

瞎子道：「我餓死了，咱們是不是去吃點東西？」

羅獵抬起手腕，已是晚上六點，是時候吃晚餐了。他起身穿了大衣，拿起瞎子帶來的那罈米酒，兄弟兩人一起出門。

方才出了旅館的大門，就遇到了騎車前來的董治軍。他來得很急，警服都沒顧上換，熱得滿頭大汗，遠遠叫道：「兄弟，兄弟！」

羅獵笑著迎上去叫了聲姐夫。

瞎子因這聲姐夫而墜入了雲裡霧裡，不知道羅獵什麼時候多了個姐姐。

董治軍這次前來是專程叫羅獵去民安小學吃飯的，其實昨天老爺子就跟他說了，董治軍也準備今天早點過來找羅獵，可上班一忙起來就給忘了，到了晚飯時候方才想起來，所以蹬著自行車匆忙趕了過來，幸好還趕上了，稍晚一會兒，就可能撲個空。

聽說瞎子是羅獵的好朋友，董治軍盛情相邀道：「那就一起去，爺爺專門做了紅燒肉，就想著咱們陪他好好喝兩盅。」

羅獵點了點頭，他們準備出發的時候，身後喇叭聲鳴響，羅獵轉身望去，卻是葉青虹開車出現在後方。

瞎子對葉青虹頗為忌憚，本來也將臉轉了過去，可看到是葉青虹，又趕緊將身子背了回去。

羅獵走了過去，趴在窗口道：「找我？有事？」

葉青虹點了點頭：「吃飯了沒有？」

羅獵搖了搖頭，想了想道：「一起去吃飯吧。」

葉青虹想都沒想就應承了下來。

羅獵讓董治軍先去，他和瞎子上了葉青虹的轎車，葉青虹聽說是去人家裡做客，堅持去買了禮物帶過去，羅獵也沒跟她客氣，反正葉青虹有的是錢。

向來嘴巴閒不住的瞎子因葉青虹的出現突然變成了悶葫蘆，明顯有些不自在。有道是鹵水點豆腐，一物降一物，瞎子對葉青虹就是如此，從開始的一廂情願到意懶心灰，再到心中忌憚保持距離，瞎子並沒花費太久就已經走完了全部的心理歷程。

現在的瞎子認為葉青虹這種女人只適合遠觀，不可以走得太近，屬於帶刺的玫瑰，太近了容易被刺到，不如周曉蝶有親近感，想到了周曉蝶，瞎子的內心頓時就變成了空空蕩蕩的失落，他也搞不明白為什麼周曉蝶會不吭不響地離開自己，至少也要留一封信，再不濟也得留一句話再走嘛。

因為中途買禮物的緣故，羅獵他們反倒比董治軍到得要晚，來到民安小學的時候，就看到老洪頭早就在大門前翹首期盼，葉青虹將車停好，瞎子率先推開車門走了下去，極其自來熟地親切地叫了聲洪爺爺，熱情周詳地將自己主動介紹給老洪頭。

老洪頭聽說他是羅獵最好的朋友，樂得眉開眼笑，拍著安翟寬厚的肩膀道：「小安子，快裡面坐。」

安翟總覺得這稱呼雖然親切可還是有些彆扭，稍一琢磨，這稱呼有點像從宮裡出來的。

葉青虹也跟在羅獵身後來到了老洪頭面前，羅獵將葉青虹介紹給老洪頭，老洪頭打量著美貌出眾的葉青虹，然後笑瞇瞇望著羅獵，目光中充滿了意味深長的含義，顯然是認為葉青虹和羅獵的關係很不一般。

葉青虹從老人家的神情就知道他一定誤會了自己和羅獵之間的關係，她將帶來的禮物送了過去，笑道：「洪爺爺，小小禮物不成敬意。」

老洪頭看到葉青虹居然帶了禮物，頓時板起面孔道：「這是幹啥啊，都是自己人，哪用得上那麼客氣？」

羅獵笑道：「洪爺爺，葉小姐初次登門，這也是她的一番心意，您老可不能不給面子哦。」

老洪頭聽他這麼說只好收下，笑道：「不看僧面看佛面，看在你的面子上，我就收下了，以後再來，可不能這麼外氣。」老頭兒大有將葉青虹當成一家人的架勢。

英子此時也出來迎接，從爺爺手中接過禮物，自然又被葉青虹的美貌所吸引，羅獵為她引見之後，英子悄悄朝羅獵擠了擠眼睛，意思不言自明。羅獵知道她肯定也是誤會了，不過也沒有解釋的必要。

英子帶著客人四處參觀時，羅獵來到廚房，看到董治軍一個人在裡面忙活。

董治軍見羅獵過來，向他道：「老弟，你來得正好，趕緊幫我將蒸鍋裡的水燒上。」

羅獵走過去幫忙將蒸鍋接了水，燉在爐子上燒了，董治軍這邊把魚給料理好，等到水開後，放入蒸鍋。

羅獵習慣性地摸出香煙，遞給董治軍一支，董治軍有些心虛地向門外看了看，確信英子不在，方才接了過來，從爐膛內抽出一根劈柴點燃，羅獵也湊過來把煙點了，笑道：「你這麼怕英子姐？」

董治軍有些不好意思地笑道：「怕才能愛，愛才會怕，等你將來娶了媳婦就明白了。」抽了口煙，神神秘秘道：「那位葉小姐好像跟你關係很不一般啊。」

羅獵哈哈大笑起來。

「笑什麼？我看得出來。」

羅獵搖了搖頭道：「姐夫，您這次看走眼了，我跟她就是普通朋友關係。」

董治軍道：「我好歹也是德租界的巡捕，你騙不了我。」

羅獵趕緊轉移話題道：「你和英子姐怎麼樣啊？」

董治軍歎了口氣道：「還好，總算不跟我提離婚的事了，可還是不願意跟我回去，我最近也實在是太忙，見面的機會都少。」

羅獵道：「可別因為工作冷落了英子姐啊。」

提起工作董治軍也感覺頭疼，最近德租界事情不斷，他們這幫巡警也是疲於奔命，彈了彈煙灰道：「你有沒有白雲飛的消息？」

羅獵搖了搖頭，這事他當然不會輕易洩露：「我跟他沒什麼交情，又發生了那種事，對他自然要敬而遠之。」

董治軍倒是沒有產生懷疑，點了點頭道：「白雲飛是各方通緝的要犯，最好不要跟他扯上關係。」

羅獵道：「是不是上頭壓得很緊啊？」

董治軍道：「還好，本來我們也覺得領事被殺是天大的事，搞不好都得要因為這件事擔責，可現在德租界人心惶惶，歐洲戰場上德軍節節敗退，據說很可能最近就會投降，一旦成為事實，他們連租界都保不住，誰還有心情管這件事？」停下來抽了口煙又道：「租界的巡捕大都心存忐忑，若是德租界沒了，我們也就失去了工作，所以啊，大家查案也沒什麼動力。」

董治軍也曾經是雄心萬丈的熱血青年，可是在現實社會中磨礪得多了，昔日的熱情和稜角也被漸漸磨平，整個人變得現實了許多，也市儈了許多。德租界若是沒了，生活卻還要繼續，這是擺在他和同事面前最為現實的問題。

羅獵笑道：「車到山前必有路，就算沒了德租界，一樣需要員警，不然治安誰來維護？」

董治軍點了點頭：「魚蒸好了，咱們喝酒去。」

羅獵本以為葉青虹的身分和性情在這裡會和其他人格格不入，卻想不到她和英子居然聊得頗為投緣，英子帶著她參觀了校園，兩人還去英子的房間內聊了好半天，羅獵總覺得兩人之間的話題跟自己有關，連葉青虹看他的目光都帶著戲謔，羅獵甚至認為英子已經將自己小獵犬的外號毫無保留地跟葉青虹共用了。

瞎子頗有老人緣，這貨嘴巴甜得跟抹上蜂蜜似的，哄得老洪頭樂個不停。老洪頭為人豪爽好客，又將另外一罈珍藏的美酒給開了。

羅獵記得上次來的時候，老爺子曾經說過，這罈酒要留著以後再喝的，當時還說，如果董治軍兩口子先添了孩子，這罈酒就給他們，如果自己先娶了媳婦，這罈酒就送給自己，想不到這麼快就拿出來分享了，這樣也好，大家雨露均沾。

英子擔心爺爺喝多，待他喝了六杯就不讓他再喝了。

老洪頭倒也聽話，將最後一杯酒放下道：「這罈酒啊，原本想留著跟你們打賭的，可我回頭想想啊，自己已是黃土沒到脖子的人了，不知還有幾天的活頭，還是趁著你們都在我身邊，把這罈酒給喝了，有些事啊，我就算是想，也未必有那個福氣看得到了。」

英子知道他又想說什麼：「爺爺，大家都高興呢，別說掃興的話。」

老洪頭道：「我也嘮叨不幾天了，這兩天啊，我時常在想，人這一輩子究竟圖個啥？我年輕的時候是個極其要強的人，眼裡揉不得沙子，打抱不平，見義勇為是常幹的事，後來啊我生了三個兒子，打小我就教導他們，做人最重要就是要頂天立地，要對得起天地，對得起祖宗，對得起自己的良心。」

英子咬了咬嘴唇阻止道：「爺爺，您喝醉了，別說了。」

老洪頭笑道：「我沒醉，清醒得很，今天難得你們那麼多孩子陪著我這個糟老頭子，讓我說兩句，你們不嫌煩吧？」

瞎子道：「洪爺爺您說，我想聽著呢。」這貨嘴巴就是甜，其餘幾人也都點了點頭。

老洪頭道：「我活了就快一輩子了，這輩子過得憋屈啊，我大兒子死在了甲午海戰，是我一手送他入伍，我得知他的死訊，沒有掉一滴眼淚，人生有死，死得其所，夫復何恨？後來我小兒子參加了義和團，燒教堂，殺洋人，他沒有死在洋人的手裡，卻死在了清廷的刀下，最後還說他是亂黨，他死的時候，我也沒有掉淚，八國聯軍搶咱們的土地，欺負咱們的百姓，我兒子挺身而出，為爭這口氣，不丟人。」他端起面前的酒杯一口喝了個乾乾淨淨。

英子沒有說話，默默給老爺子又添了一杯酒。

老洪頭道：「打那時起，我就立下了一個規矩，家裡不談國事，英子的爹是我二兒子，為人老實木訥，安分守己，她娘謙良恭順，他們婚後不久有了英子，兩口子就在這裡教書，我那時想啊，我也不求大富大貴，也不求光宗耀祖，一家人就這樣平平安安就好，可我萬萬沒想到啊，沒想到我本本分分的兒子兒媳一夜之間變成了革命黨，他們要革滿清的命。」

老洪頭突然止住不說，室內陷入一片沉默之中，過了好一會兒，老人家方才繼續道：「如果不是有好心人提前通知我，我和英子當時也會被清廷抓去砍頭。我親眼看到我的兒子兒媳被劊子手砍了腦袋，我還是沒哭，一滴眼淚都沒掉，我三個兒子都沒了，我倒是想哭，可無論怎樣都哭不出來了。」

英子捂住嘴唇已經淚流滿面，其餘幾人的眼圈也都紅了。

老洪頭道：「我帶著英子逃出津門，英子問我，爺爺，我爹呢？我娘呢？我不知怎麼回答她，我本該騙她的，可是我看到英子的那雙眼睛，我竟然哭了。」他說到這裡已是老淚縱橫。

英子抽泣道：「爺爺，您別說了。」

老洪頭道：「我哭是因為我愧對英子，如果不是我當年告訴我那三個兒子，做人要頂天立地的話，或許他們還都活著，我知道他們沒錯，我也沒錯，可是做人都會有私心，我時常在想，為什麼死的都是我的兒子？」

沒有人說話，也沒有人能夠回答老人家的這個問題。

老洪頭道：「滿清亡了，民國成立了，都說從此以後老百姓有好日子過了，我也相信過，可是民國成立之後又幹了什麼？租界還是租界，該受苦的還是受苦，中國人還是受氣，我不知道現在和過去有什麼分別？」滿是滄桑的目光環視著眼前的五個年輕人道：「可能是我老了，越發珍惜身邊人，越發擔心你們這些孩子，我擔心你們中會有人重蹈我三個兒子的覆轍，我擔心你們的熱情和愛國心會被別有用心的陰謀家所利用。我的話，你們想聽也罷，不聽也罷，我只想勸你們，無論做任何事都要想想身邊人，都要想想家裡人，有些理想未必要付出生命才能達到。你們的生命不僅僅屬於自己，還屬於你們的父母，你們的親人……」

老洪頭說到這裡，情緒再次激動了起來。

葉青虹端起茶杯，小聲道：「一屋不掃何以掃天下，其實如果每個中國人都能照顧好自己照顧好親人和朋友，這個國家就會有振興的一天。」

瞎子道：「我不懂得什麼大道理，可我也知道我必須好好活著，不能讓親人和朋友傷心。」

羅獵端起酒杯道：「留得青山在不怕沒柴燒，只要活著就會有希望，我這個人最怕死！」

英子因他的話破涕為笑：「我不怕死，可我不會讓爺爺為我傷心。」說這話的時候她主動看了董治軍一眼，她在意的人中自然還會有他。

老洪頭的這番肺腑之言並非源於他的自私，正是因為太多傷痛的感悟，方才讓他意識到有必要提醒這些年輕人，在他們熱血沸騰時，必須保持理智，在他們決定不惜一切代價去為理想而奮鬥時，別忘了他們的犧牲和付出會帶給家人怎樣的創痛，老人家絕非是要阻止他們，而是要提醒他們多一些考慮，多一些理智。

老洪頭之所以把羅獵叫過來，並不是專程喊他回來吃飯，也不是為了說這番話給他聽那麼簡單，老爺子想起了一件事，在整理儲藏間雜物的時候，發現了一只木箱，那只木箱卻是屬於羅獵母親沈佳琪的，其中多半是備課筆記，沈佳琪臨終前曾經委託老洪頭將這些筆記給燒了，老洪頭沒有來得及做這件事，後來他自己家裡又出了事，匆忙帶著孫女兒背井離鄉逃難去了，等他再回民安小學已是民國成立之後。

這個木箱和老洪頭的一些雜物都被堆在學校的儲藏間裡，那天羅獵來過之後，老洪頭方才想起這件事，去儲藏間翻了個遍，方才找到了這只記憶中的木箱，還是將它交給沈佳琪的後人處理最好。

羅獵和瞎子一起將這只油漆斑駁陸離的木箱抬到了葉青虹的汽車裡，辭別老洪頭一家，返回了旅館。

來到旅館前卸下木箱，羅獵讓瞎子一旁等著，繞到葉青虹一側的車窗旁，躬下身向她笑了笑道：「要不要上去坐坐？等我把箱子運上去，然後再送你回去。」最近津門並不太平，雖然羅獵知道葉青虹絕不是一個手無縛雞之力的柔弱女子，可仍然表示了對她的關心，並沒有其他用意，無論葉青虹此前做過怎樣的事情，身為男人都要表現出起碼的風度。

葉青虹道：「我就在車裡等你，有些話，我想單獨對你說。」

羅獵點了點頭，先和瞎子一起將木箱架回房間，隨即就出門，重新回到副駕駛的位置坐下，向葉青虹笑了笑道：「我送你回去。」

葉青虹啟動了汽車，緩緩向馬場道的方向駛去，她今晚答應了閨蜜唐寶兒，要和她秉燭夜談，所以並沒有選擇回到自己位於義租界的別墅。

車輪啟動之後，葉青虹輕聲道：「白雲飛已經安全抵達黃浦。」

羅獵的雙目中流露出一絲驚喜的亮色，白雲飛安全抵達黃浦，豈不就意味著方克文即將平安歸來，津門的事情總算可以告一段落。

葉青虹道：「明天上午十點，會有人將他送到你們所在的旅館，你接到方克文之後最好馬上離開津門，以免夜長夢多。」

羅獵點了點頭道：「好，我明天上午接到他之後，馬上帶他離開津門，乘火車前往北平讓他們一家人團聚。」

葉青虹搖了搖頭道：「火車上人太多，魚龍混雜，開我的車走吧。」汽車已經來到了唐公館的門前，葉青虹停下車，推開車門走了下去。

羅獵也下了車，從葉青虹的手中接過鑰匙。

葉青虹道：「十天之後，我去北平找你，也就是下月五號，咱們暫定清晨九點，在圓明園附近的正覺寺三聖殿相見。」

「這麼久？」

葉青虹愣了一下，旋即就意識到羅獵絕不是因為相隔十日不能見到自己的緣故，他十有八九是急著幫助自己儘快解決麻煩，了卻對自己的承諾，方才好和自己了斷恩仇，相忘於江湖。她低聲道：「我還有些事要去處理，再說你也需要一些時間去安頓方克文一家。」

羅獵笑了笑：「進去吧，夜深了！」

葉青虹點了點頭，本想提醒羅獵千萬不要再去招惹無謂的麻煩，可話到唇邊最終還是打消了這個念頭，她對羅獵也算是有些瞭解，以他的為人和性情，自己說了也是沒用。

羅獵目送葉青虹走入唐府，直到唐府的大門關上，方才轉身上了汽車，驅車沿著原路返回，行到中途，發現一輛摩托車從小巷內拐出，然後一路尾隨著自己。羅獵放慢了車速，摩托車卻加快了速度，從羅獵的這一側趕了上來，驅車和他並行。

松雪涼子一身黑皮衣，夜色中肌膚勝雪，眉目如畫，微笑望著車內的羅獵。羅獵將車在路邊停了下來，松雪涼子把摩托車停在了他的車頭前方，並沒有熄火。

兩人相對走了過去，在彼此距離一米左右的地方面對面站定，羅獵望著松雪涼子吹彈得破的俏臉，微笑道：「方夫人這麼晚來找我，也不怕人說閒話？」他本以為仁慈醫院雙方談判達成共識之後，就可以暫時和松雪涼子井水不犯河水，卻想不到她居然陰魂不散又找上自己。

松雪涼子昂起頭，嫵媚動人的雙眸流連在羅獵英俊的面孔上，盈盈一笑道：「方康偉都不敢管我，你要管我？」

羅獵道：「我對夫人敬而遠之，大家井水不犯河水最好。」

松雪涼子輕聲歎了口氣道：「我今晚來可不是為了過來找你麻煩，只是想跟你敘敘舊。」

羅獵劍眉一揚，他可不認為他們之間有這樣的交情。

松雪涼子道：「你以為自己的本領很大，可以那麼容易將小桃紅母女救走？我們連一丁點的反制措施都沒有？」

羅獵內心警惕頓生，鎮定如常道：「夫人的意思我並不明白。」

松雪涼子道：「我們抓住人質的時候，為了防止中途被人救走，通常會在他們的飲食中摻入慢性毒藥，這樣的防範措施可以保證，就算人質被解救，他們在十多天之後也會毒發身亡。」

羅獵內心一驚，如果松雪涼子所說的都是真的，那麼這些日本人的手段實在歹毒，可是也不能排除她故意危言聳聽的可能。

松雪涼子道：「我在前面的菊代屋等你。」她說完轉身上了摩托車，加大油門，風馳電掣般向前方駛去，轉瞬之間身影已消失在夜色之中。

羅獵站在原地猶豫了一會兒，終於還是決定去一趟菊代屋，松雪涼子和他在仁慈醫院已達成了協定，按理說松雪涼子不會出爾反爾。

羅獵驅車來到位於日租界的菊代屋，門前一連串作為招牌的燈籠在夜風中輕輕搖曳，溫暖燈光的烘托下顯得極為醒目。

羅獵將車停好，一位身穿灰色和服，鶴髮童顏的日本老婦人向他躬身示意，做了個邀請的手勢。

羅獵還禮後，掀開半簾走入其中，脫掉皮鞋，走上榻榻米。一陣悠揚嗚咽的簫聲從裡面傳來，分明是在為他引路，羅獵循著聲音來到簫聲傳出的房間，裡面簫聲由強轉弱，漸漸停歇，松雪涼子的聲音從房間內傳來：「羅先生請進！」

羅獵拉開了推拉門，室內彌散著一股淡雅的熏香味道，橘黃色的燈光下，松雪涼子身穿大紅色千鶴飛翔圖案和服，黑髮如雲堆起，俏臉的每一個細節都生得極盡精緻，宛如一件毫無瑕疵的藝術品。

第十章

神經質

羅獵發現松雪涼子已經變成了瘋狂嗜血的蘭喜妹，
這女人從頭到腳都透著瘋狂，
雪白纖長的十指已經變成了致命的武器，
羅獵怎麼都不會想到她突然就失去了理智，
陷入如此癲狂的狀態，被她扼住咽喉幾乎就要窒息過去。

望著燈光下低眉順目，看似溫柔的松雪涼子，羅獵內心中卻充滿了警惕，無論是在蒼白山幾度交手的蘭喜妹，還是在津門認識的松雪涼子，全都很好地詮釋了心狠手辣這四個字，溫柔背後刀光劍影，焉知今晚這看似一團祥和的景象下不是暗藏殺機？

松雪涼子跪坐在那裡，雙手扶膝，向羅獵深深一躬道：「您回來了！」宛如一個賢良淑德的妻子對晚歸丈夫的問候。

羅獵居高臨下打量著松雪涼子，揣摩她動機的同時，又側耳傾聽著周圍的細微動靜，提防事先埋伏的存在。

松雪涼子直起身，美眸生光道：「不如我幫您換上和服？」

羅獵淡然笑道：「入鄉隨俗，主隨客便，我還是這樣自在一些。」他在松雪涼子的對面坐下，靜靜端詳著這個變化多端的女人。

松雪涼子嫣然笑道：「其實我剛才是騙你的，我們並未在小桃紅母女的食物中下毒，看來你對她們還真是關心呢。」

羅獵並沒有被人欺騙的沮喪，反而因為她坦誠了事實心底的一塊石頭落地，就算他白跑一趟，也不希望小桃紅母女當真被事先下毒。

松雪涼子倒了兩杯茶道：「本來想準備好酒菜的，可是想了想，就算我準備了，你也會拒絕，所以還是放棄了。」

羅獵接過她遞來的茶杯，看了看黑色瓷器中綠色的抹茶，意味深長道：「或許喝茶我也是拒絕的。」

松雪涼子笑了起來，即便是處在敵對的一方，羅獵也不得不承認她的笑容嫵媚動人。

松雪涼子自己先飲了一口道：「無論你願不願意接受，身為主人，禮儀我還是要做到的。」

羅獵端起抹茶，抿了一口，味道剛好，清香中帶著些許的青澀，日本人將許多的中華文化加以加工改良，變得清新雅致。

松雪涼子道：「我對你其實一直都是沒有任何惡意的。」

羅獵微微一笑，她想怎樣說就怎樣說，相信她才怪，望著眼前的松雪涼子，他至今無法相信她和狼牙寨的藍色妖姬蘭喜妹是同一個人，記得蘭喜妹擅長醫術，而且生性嗜殺，松雪涼子表現出的性情似乎要溫婉一些：「你究竟是蘭喜妹還是松雪涼子？」這已經是羅獵第二次提出這個問題了。

松雪涼子道：「連我自己也搞不清楚，在蒼白山的時候，我就是蘭喜妹，在這裡，我就是松雪涼子。」她抬起頭，一雙妙目盯住羅獵：「你相不相信一個人的身上會存在兩種截然不同的意識？」

羅獵將茶杯輕輕放在小桌上：「你是說雙重人格？」

松雪涼子點了點頭道：「我想，我或許就是哦。」

羅獵道：「每個人都會有不同的一面，就如同內向和外向，兩個截然不同的性格同時存在於一個人的身上，這並不稀奇。」

松雪涼子歎了口氣道：「我都不瞭解自己，你瞭解你自己嗎？」她的雙目瞪得很大，目光銳利而執著，彷彿兩柄利劍試圖刺入羅獵的雙眼之中。

羅獵平靜望著她，無論松雪涼子怎樣努力，都看不透他的真正內心。羅獵明白，即便是他們現在能夠暫時坐在一起，可不久的將來終究還是會有兵戈相向的時候，或許這一刻很快就會到來，或許他們會拚個你死我活。

松雪涼子道：「以你的能耐本該做一番頂天立地的大事才對。」

羅獵微笑道：「不知你所說的頂天立地的大事是什麼？」

「開疆拓土，位極人臣！」

羅獵並沒有動怒，儘管他聽出松雪涼子話裡的意思分明是讓自己背叛自己的國家和民族，對方低估了自己的風骨，找錯了對象。

松雪涼子道：「你應該懂得我的意思，以你的胸懷和眼光本應該站得更高，看得更遠。」

羅獵道：「我高估了你的智慧。」

松雪涼子從這句話已經明白了羅獵堅如磐石的內心，這樣的人是不會違背自己的信念的，試圖說服他背叛國家和民族進入自己的陣營的確是一件吃力不討好的愚蠢事，松雪涼子於是放棄了說服，輕聲歎了口氣道：「識時務者為俊傑，以當今中華之亂象，亡國也只是早晚的事情。」

羅獵冷冷道：「就憑你們？」

松雪涼子道：「秦失其鹿天下共逐之，一個失去血性和骨氣的民族，亡國已成必然。」

羅獵道：「或許這個民族中有些人像你說的那樣，可絕不是全部，我中華四萬萬同胞，總會有人還站在天地之間，說我們失去血性，那是因為你沒看到我們體內奔騰的血還是熱的，說我們失去骨氣，那是因為你沒有嘗到我們骨頭的硬度，就算是折斷，也絕對不會彎曲。我不管你是蘭喜妹還是松雪涼子，我不管你是中國人還是日本人，只要你膽敢做出危害中國人利益的事情，我羅獵第一個不會放過你！」他的語氣依然平靜，可是每一個字都充滿了讓人心驚肉跳的力度。

松雪涼子癡癡地望著羅獵堅毅果決的表情，彷若一個情竇初開的少女望著她心儀的偶像。

羅獵卻不想跟她繼續談下去，如果松雪涼子將自己騙到這裡來的目的只是為了說服，那麼他已經沒必要留在這裡聽她的廢話，羅獵站起身來。

松雪涼子卻道：「你知不知道葉青虹的真正身分？」

羅獵皺了皺眉頭，本想離開的雙腳沒有移動腳步，他早已查到了葉青虹的身分，只是松雪涼子為何也對葉青虹發生了興趣？

松雪涼子道：「她和我一樣都是混血兒，不同的是，我是中日混血，而她是中法混血，我猜她應該和我一樣，對中國並沒有任何的歸屬感，從未把自己當成中國人。」

羅獵道：「有些父母真是失敗啊！」

松雪涼子又為他倒了杯茶，柔聲道：「既然來了，不妨耐心聽我說說話，我至少不會騙你。」

羅獵聽出她話裡有話，重新坐了下去。

松雪涼子道：「我說過，秦失其鹿天下共逐之，不僅僅是我們盯上了這裡的土地和資源，我將自己當成了日本人，別人或許也將自己當成了法國人。」

羅獵不得不承認松雪涼子所說的或許就是現實，以他對葉青虹的瞭解，她在內心中或許並沒有認同自己是中華兒女，眼前中華民族正經歷的這場苦難，她未必會感同身受。

羅獵此前就考慮過這個問題，不過他認為葉青虹所做的一切更是為了復仇，但如果她在復仇背後還有其他目的，這一目的以損害國人利益為前提，那麼自己答應幫助她豈不是助紂為虐？在無形之中成為了侵略者的幫兇，民族的罪人。

松雪涼子低聲道：「據我的情報，德國領事並非死在白雲飛的手中。」

羅獵道：「你們的這手一石二鳥的計策實在高妙，既幹掉了德國領事又掃除了白雲飛這個對手，還釜底抽薪，讓方克文失去了靠山，佩服！佩服！」

松雪涼子道：「德國領事是被法國人幹掉的。」

羅獵首先想到的就是葉青虹的母親本是法國人。

松雪涼子道：「德國在歐洲戰敗，他們在中國的各大租界也就成為各方都想得到的肥肉，大家都想接受這份利益，所以也都在暗中努力。」她停頓了一下，低聲道：「葉青虹是法國間諜。」

羅獵望著松雪涼子，兩道劍眉皺起，松雪涼子不知道他為何擺出這樣一個古怪的表情，正在揣摩羅獵此刻內心活動的時候，羅獵突然哈哈大笑了起來，然後他站起身道：「謝謝提醒，我該走了。」

松雪涼子站起身來，去幫羅獵拿他的外套，還極其體貼地幫羅獵穿上，羅獵穿上大衣的時候，松雪涼子冷不防從身後將他緊緊抱住，羅獵並沒料到她居然會主動到如此地步，和眼前一幕相比，還不如來一次偷襲刺殺更理所當然一些。

松雪涼子吹氣若蘭道：「我喜歡你！」

羅獵的表情有些哭笑不得，他才不相信松雪涼子會真情流露，尷尬地咳嗽了一聲道：「方夫人還是放手吧，您是有婦之夫，若是讓人看到就麻煩了。」

「你怕？」松雪涼子抱得越發緊了。

羅獵搖了搖頭道：「不是怕，可在感情上我這個人從不將就。」

松雪涼子感覺自己的內心彷彿被鞭子狠抽了一記，她的俏臉紅了起來，迅速放開了羅獵的身體，惡狠狠罵道：「八嘎！你這個無恥的混蛋！」

羅獵心中暗笑，剛才還是溫柔賢淑的貴婦，可一轉眼就變成了出口成髒的潑婦，他準備離開的時候，松雪涼子卻毫無徵兆地躍起撲了上來，一雙玉腿夾住了他的腰背，雙手死死卡住了羅獵的脖子。尖叫道：「我殺了你！」

羅獵發現現在的松雪涼子已完完全全變成了那個瘋狂嗜血的蘭喜妹，這女人從頭到腳都透著瘋狂，雪白纖長的十指已變成了致命武器，羅獵怎麼都不會想到她突然就失去了理智，陷入如此癲狂的狀態，被她扼住咽喉幾乎就要窒息過去，羅獵這種時候哪還顧得上紳士風度。反手抓住了松雪涼子的髮髻，試圖將她一個過肩摔摔倒地上。

可是松雪涼子儘管頭髮被抓得劇痛，可仍然雙腿緊緊鎖住羅獵不放，雙手加大了力氣，不但如此，還低下頭一口咬住了羅獵的肩頭。

羅獵身體向後退去，帶著松雪涼子重重撞在後方的牆壁上，這下他可沒有絲毫憐香惜玉之心，松雪涼子的身體直接被撞在牆壁上，感到眼前一黑，雙手頓時鬆了，羅獵一把抓住她的右臂，再次一個甩背，將松雪涼子從後摔到前面，重重摔落在榻榻米之上。

松雪涼子雲鬢蓬亂，大紅色的和服中門大開，羅獵將她的手臂摁在榻榻米上，揚起左拳欲打。

松雪涼子的胸膛因呼吸劇烈起伏著：「冤家，你打死我就是……」

羅獵點了點頭，然後手起拳落，一記重拳擊打在松雪涼子的俏臉上，打得松雪涼子眼冒金星，竟然暈了過去。

羅獵喘了口粗氣，重新站起身來，望著短時間暈厥過去的松雪涼子不由得搖了搖頭，這女人簡直就是個瘋子。整理了一下衣服，拉開移門，卻看到門外那位日本老太太滿臉惶恐地朝裡面張望著。

羅獵歉然道：「不好意思，她讓我打的。」

羅獵走出菊代屋的大門，方才聽到剛剛甦醒過來的松雪涼子淒厲的尖叫：「羅獵，你個王八蛋，你居然打女人！」

瞎子幫助羅獵處理了一下肩頭的傷口，傻子都能看出來羅獵肩膀上的牙印兒應該是女人咬出來的。瞎子一邊幫羅獵擦著藥膏，一邊忍不住笑。

羅獵心情不好，聽著這廝幸災樂禍的笑聲忍不住罵道：「你再笑，小心我揍你啊，還有沒有同情心？」

瞎子此時又留意到羅獵脖子上的抓痕，腦補出羅獵被人連抓帶咬的畫面，強忍著笑道：「你對葉青虹幹什麼了？她下手這麼狠？」

羅獵道：「跟她沒關係。」拿起鏡子照了照自己的身上，想起剛才松雪涼子精神失控的場面，內心不由得一陣發毛，這女人十有八九精神不正常。

瞎子的好奇心顯然無法得到滿足，仔細觀察了一下羅獵肩膀的牙印，低下頭去，張開嘴巴比劃了一下，還沒等靠近，就遇到羅獵憤怒的雙眼，訕訕笑道：「應該是個女人咬的，嘴巴不大，牙齒挺齊整，下口挺狠，得虧咬在你上面。」

羅獵抓起襯衫用力一抖，披在身上，心中卻明白這次落下了口實，瞎子不知要拿這件事取笑自己多久。警告瞎子道：「你給我記住，別到處亂說。」

瞎子連連點頭道：「我你還不放心。」

「放心，你嘴巴就沒有把門的時候。」

羅獵穿好衣服來到木箱前，看到木箱還上著鎖，向瞎子招了招手：「打開！」撬門別鎖方面可是瞎子的強項。

瞎子走過來，看了看鏽跡斑斑的鎖頭，又轉身找了一把鐵錘過來，對準鎖頭全力一揮將鎖頭砸斷，對待早已鏽死的鎖頭還是暴力砸開最為直截了當。

羅獵打開木箱，卻見裡面裝得滿滿的筆記教案之類，隨手拿起一本，翻開一頁，看到上面熟悉的雋秀字跡，突感鼻子一酸，險些當著瞎子的面流下淚來。

瞎子好心舉著蠟燭幫他照亮，羅獵道：「站遠點，別把書點著了。」

瞎子歎口氣道：「狗咬呂洞賓，不識好人心，你自己慢慢看，我睡覺去。」

羅獵將木箱內的東西一本本拿出來，在燈下慢慢翻看，從中找尋著昔日記憶。這些東西大都是教案和課本，在羅獵記憶中，母親是個做事極其認真一絲不苟的人，或許是因為父親的過早離去，羅獵幼年時很少看到母親笑過，母親薪水不高，微薄的薪水除了維持母子兩人的生活外，大都用來救濟學校的困難學生。

在羅獵內心深處，母親是善良的，無私的，是這世上最完美的女性。

木箱的底部有一疊信件，羅獵將信件拿起，這疊信年代不同，寄信人也不同，不過其中的一封信卻吸引了羅獵的注意，因為這封信並未拆封，羅獵將這封信從中抽了出來，從八卦形的郵戳上看，還是大清郵政，也就是說這封信寄出於滿清尚未覆滅之時，看了看上面的年月，距今已有二十多年，應該是在自己出生前三個月寄出的。

這封信來自於北平，寄往的地址是黃浦，收信人是沈佳琪，如果不是發現了這封信，羅獵還不知道母親曾經有過在黃浦生活的經歷。

羅獵摸了摸這封信，信封內很明顯有一顆東西，用力一摁，質地極其堅硬，應該是石頭或是金屬。羅獵將這封從未開啟過的信放在桌面上，猶豫了好一會兒，他不知母親因何沒有開啟這封來信，究竟是疏忽還是刻意選擇不去開啟。

斟酌了十餘分鐘之後，羅獵終於下定了決心，對母親生平的好奇和關切讓他決定打開這封信，身為沈佳琪唯一的兒子，他有權處理母親留下的這些東西。

羅獵抽出飛刀，用刀鋒小心挑開了這封塵封二十餘年的來信，先將裡面暗藏的物體倒了出來，裡面是一顆黑黝黝的石頭，蠶豆般大小，卵圓形，羅獵將之托在掌心，湊在燈下仔細觀察，確信這並非一顆普普通通的石頭，應當是一顆種子，他此前從未見過，也許只有找到植物學方面的專家才能夠得到解答。

羅獵將種子小心放在一旁，展開信封內的那張信箋，卻是一幅畫工精美的鋼筆畫，上面繪製著一片花園，兩個背影，從背影來看應當是一男一女，他們雙手撐在身後，仰頭望著空中，在空中漂浮著一艘巨大的船。

羅獵皺了皺眉頭，不知這幅畫所描繪的真正含義，在這幅畫的右下角，手寫著一個英文單詞——rebel。

反叛者，羅獵內心中隨即反應出這一單詞的中文含義，不知所謂的畫，奇怪的種子，反叛者指的是母親？抑或只是這幅畫的名字？羅獵收起那幅畫，又將那顆種子小心收起，心中暗自做出解釋，或許這封信並沒有任何意義。

白雲飛果然信守承諾，在他安然抵達黃浦之後，馬上讓人放走了方克文。方克文重新回到羅獵所在旅館的時候剛好是上午十點，他仍然穿著失蹤那天的衣服，呆滯無神的目光看了看旅館的招牌，正準備進入旅館的時候，卻聽到身後響起了汽車喇叭的鳴響聲，轉身望去，卻見一輛黑色的轎車就停在他的後方，瞎子倚在左側車門站著，土豪風範十足的貂皮大衣披在肩頭，黑色文明帽的陰影下，藏在墨鏡後的小眼睛笑瞇瞇望著方克文。

同時在旅館的二樓上，羅獵從窗口觀察著街道周圍的狀況，提防意外發生，雖然他和松雪涼子已達成了協定，可仍然要小心為上，畢竟方克文的身分已暴露，只要他活在世上始終是方康偉繼承家業最大的威脅。

確信周圍街道並無異樣，也沒有人跟蹤方克文，羅獵方才迅速離開了旅館，等他來到樓下，瞎子已經將方克文護送上車。

羅獵來到車上啟動引擎，方克文一臉茫然道：「去哪裡？」這些天發生的事情他一無所知，甚至不知道小桃紅母女已經獲救的消息。

「北平！」

方克文的情緒頓時激動了起來：「我不走，我要去救我的妻兒。」

瞎子一旁歎了口氣道：「你要是不肯走就下車，你老婆女兒都去北平了。」

方克文將信將疑道：「真的？」

羅獵在前方點點頭，方克文對羅獵的話還是信任的，聽聞老婆女兒已平安，一顆高懸著的心總算落地，多日以來緊繃的神經突然鬆弛了下來，整個人彷彿瞬間散了架，居然癱倒在了座椅上，口中仍然喃喃道：「真的？難道這是真的？」

瞎子沒好氣地看了他一眼道：「自然是真的。」

羅獵道：「瞎子，讓方先生好好歇一歇，咱們送他去北平和家人團聚。」

方克文連連點頭，目光已經濕潤，他害怕自己會當著羅獵兩人的面落下淚來，趕緊將眼睛閉上，平復了一會兒感情方才道：「辛苦你們了。」

羅獵微笑搖了搖頭，他輕聲道：「我擅自替方先生做主，只是咱們這次一走，方先生的身分恐怕就……」

方克文道：「只要她們母女平安，我什麼都可以不要。」

上野書店，阪本龍一見到了姍姍來遲的松雪涼子，不知為何，松雪涼子來到室內仍然捨不得將她的墨鏡摘下。

阪本龍一有些不悅地望著松雪涼子道：「怎麼才來？」

松雪涼子歉然道：「因為有事耽擱了，實在抱歉。」

阪本龍一道：「方家的事情進展如何？」

松雪涼子道：「方克文已於今天上午離開津門，按照先生的吩咐，我沒有為難他們。方康偉明天出院，我已經擬好了所有轉讓協議，只要他在上面簽字，方家碼頭的經營權就屬於玄洋會社了。」

阪本龍一並沒有流露出太多驚喜，此事雖然有些波折，可畢竟最終的結果還算理想，其實如果沒有方克文的插曲，此事早就解決。他的目光仍然盯著松雪涼子的面龐，松雪涼子低下頭去，躲閃他的目光，明顯有些心虛。

阪本龍一看出了一些端倪，指了指松雪涼子的墨鏡：「取下來！」

松雪涼子咬了咬櫻唇，終於還是將墨鏡取了下來，她的右眼明顯有一圈烏青，這是被昨晚羅獵一記重拳所致，到現在淤青未退。

阪本龍一饒有興趣地望著松雪涼子的熊貓眼，看了好一會兒方才道：「面對一個如此美麗的女人，誰忍心下得去這樣的重手？」

松雪涼子的臉紅了，頭垂得更低：「屬下無能。」

阪本龍一站起身來：「打你的人是不是已經死了？」

松雪涼子搖了搖頭。

阪本龍一的口吻充滿嘲諷道：「看來他很強啊。」

松雪涼子道：「是羅獵，先生不讓我動他。」

阪本龍一哈哈笑了起來，然後搖了搖頭道：「不是我不讓你動他，是福山的意思。」犀利的目光死死盯住松雪涼子的雙眸，似乎從中發現了某些不妥。

松雪涼子吸了口氣，咬牙切齒道：「我發誓，下次見到他一定要讓他付出慘重的代價。」

阪本龍一的臉上掠過一個將信將疑的表情，然後道：「儘快辦完津門的事情，有件事要交給你去解決。」

松雪涼子道：「什麼事情？」

阪本龍一將一張照片遞給了她，松雪涼子接過照片，有些詫異道：「周曉蝶？」她當然認識照片上的人，周曉蝶就是蕭天行的寶貝女兒，自從凌天堡事變之後，蕭天行被殺，周曉蝶也離開了蒼白山。

阪本龍一道：「找到她，查清她的底細。」

松雪涼子道：「她有那麼重要？」

阪本龍一道：「很重要！」

張長弓、阿諾和鐵娃護送小桃紅母女抵達北平之後，就在前門附近租了一個小院，平日裡深居簡出，靜候羅獵幾人的到來。

當日下午羅獵三人順利抵達了小桃紅母女的暫住地，三人沿著幽深狹窄的小巷來到那座不起眼的門前，不等瞎子上前敲門，院門從裡面打開了，鐵娃的笑聲響起：「羅叔叔和瞎子叔都回來了！」

毛色青黃的安大頭從門縫中第一個竄了出來，徑直向瞎子撲了過去，兩條前腿已經搭在了瞎子的身上，把瞎子嚇了一大跳，當他看清是愛犬安大頭的時候，激動地將安大頭從地上抱了起來，原地轉了兩圈，安大頭見到主人也是異常興奮，叫個不停。一人一狗搶了所有人的風頭。

紮著兩隻羊角辮的思文聞聲跑了出來，趴在門前怯怯望著門外。

方克文蹣跚地走了兩步，看到女兒，頓時熱淚盈眶，他喉結動了動，哽咽道：「思文……」

思文黑白分明的大眼睛瞪得滾圓，清澈的雙眸中湧出了晶瑩的淚光，終於她哭著跑了過去，鼓足勇氣撲入了方克文的懷中。

眾人看到眼前父女重聚的溫馨場面，一個個都露出了會心的笑容。

小桃紅始終沒有出來，一個人在房內，聽著外面的動靜，默默整理著衣服，一邊整理一邊流淚。

方克文的回歸終於讓這個家變得完整，夫婦兩人終於可以單獨相處，小桃紅多日以來的擔心和委屈方才得以釋放，靠在方克文的懷中低聲啜泣著。

方克文輕聲勸慰她道：「莫哭，莫哭，我不是已經回來了嗎？」

小桃紅總算止住了哭聲，拿起手絹擦了擦眼淚道：「回來了就好，我只擔心孩子好不容易盼來了父親，轉眼之間又要失去。」

方克文因家人團聚而心情大好，臉上陰霾盡去，笑道：「吉人自有天相，我們一家受的苦已經夠多了，老天爺也不忍心再折磨咱們。」

小桃紅道：「還不是羅先生他們幫忙，如果沒有他們，咱們一家恐怕沒有活著見面的機會。克文，你可得好好謝謝人家。」

方克文點了點頭。

小桃紅起身道：「我這就去買菜，做點可口的飯菜，謝謝羅先生他們。」

「我跟你一起去。」

兩口子出了門，卻見羅獵幾人已經收拾好了行李，卻是要準備離開了。

方克文道：「怎麼？這是做什麼？」

羅獵笑道：「方先生，你們一家團圓了，我們的任務也完成了，我們還有一些其他的事情要去處理，所以不能耽擱，這就得走。」

小桃紅佯裝生氣道：「都不許走，就算是走也得等吃過飯再說，思文，把他們的行李都扣下來。」

思文應了一聲，首先去抓住了鐵娃的手腕子，她和鐵娃玩得最好，當然不想他們離開。

羅獵和張長弓對望了一眼，盛情難卻，只好答應吃過晚飯再走。

小桃紅帶著兩個孩子出門買菜，羅獵和方克文在堂屋坐了，雖然方克文一家暫時脫離了困境，可是羅獵仍然有些不放心，他向方克文道：「方先生，您以後有什麼打算？」

方克文對羅獵也沒有任何隱瞞：「我準備過陣子帶她們娘兒倆去南邊，找個太平的地方安家。」北平津門畢竟離得太近，方克文對此前的這場劫難仍然心有餘悸，雖然他放棄了家族財產繼承權，可是很難說方康偉會就此放過他，他可不想妻女再發生任何不測。

羅獵點了點頭，離開對方克文來說未嘗不是一件好事。

方克文看出羅獵似乎有話想說，低聲道：「羅老弟有什麼話不妨直說。」

羅獵道：「方先生最近身體怎麼樣？」

方克文活動了一下手臂道：「很好，自從離開蒼白山之後，我的身體就在慢慢康復，卓先生的藥非常有效。」

羅獵皺了皺眉頭，斟酌了一下終於還是道：「自從離開九幽秘境，我幾乎每晚都會做同一個夢。」

方克文有些緊張道：「什麼夢？」

羅獵歎了口氣道：「夢到一具巨大的青銅棺槨豎立漂浮在虛空中緩緩轉動。」他曾經聽羅行木說起這樣的夢，而通過麻雀的轉述，他知道麻博軒也做過同樣的夢。他們三人的共同特徵是全都進入過九幽秘境，和他們同樣進入九幽秘境的還有顏天心和方克文，顏天心如今已經遠在天涯，她的狀況羅獵並不清楚，眼前只有方克文和他一樣是從秘境走出，而且方克文在九幽秘境中生存的時間還是最長的一個，所以羅獵才會有這樣的問題。

方克文一臉迷惘道：「怎麼會這樣？難道是因為你對秘境中那塊禹神碑記憶太深，所以才會念念不忘？」

從他的話中羅獵聽出方克文並沒有做過這樣的夢，心中暗自感到奇怪。反反覆覆做著同樣的夢境，羅獵認為自己的身體可能在進入九幽秘境時受到了影響，他認為方克文十有八九和自己一樣，可是方克文竟沒有任何感覺。方克文應該不會對自己說謊，可到底是哪個環節發生了問題？

方克文道：「可能是你的精神太過緊張了，休息一陣就會好轉，沒有找到她們母女的時候我也是，每晚都做惡夢，可現在我終於可以睡安穩覺了。」方克文一臉的幸福。

羅獵決定前往醫院做個全面的身體檢查，他的失眠症狀已越來越重，幾乎到了夜不能寐的地步，就算進入短暫的入眠，他就會進入那個古怪的夢境。

可身體檢查的結果並沒有任何問題，羅獵翻閱著檢查報告，心情卻沒有因為健康的結論而感到輕鬆，望著不遠處教堂的尖頂，臉上的表情變得越發迷惘。

抵達北平已經三天了，他們現在就住在圓明園附近，羅獵有種預感，葉青虹找他要辦的事情很可能和圓明園有關。

瞎子悄悄來到羅獵的身後，趁著羅獵沒注意一把將他的檢查報告搶了過去，直接翻到了結論，長舒了一口氣道：「沒事啊，你沒事！」

羅獵白了他一眼道：「你希望我有事？」

瞎子道：「我看你是沒事找事，人活著都不容易，何不讓自己活得輕鬆些。」

羅獵道：「怎樣才能活得輕鬆？」

「沒心沒肺啊！像我這樣，沒心沒肺地活著就好。」

羅獵笑了起來：「走吧！陪我去個地方。」

瞎子小心翼翼地開著車，在他的強烈要求下，在阿諾的指導下，他來北平後學會了開車，他在駕駛方面顯然不如盜竊更有天分，尤其是在白天，眼神不好，帶著墨鏡，探頭探腦地開車，大胖臉就快貼到擋風玻璃上了。

看著瞎子開車的動靜，羅獵不免有些擔心自己的人身安全，一邊給他指路，一邊全神貫注地觀察周圍的路況，還好一大早道路上並沒有多少行人。

瞎子總算抵達了目的地，將車停好，一邊喘著粗氣一邊掏出手帕擦去額頭上的汗水，開這麼短的路不算什麼體力活，可精神高度緊張，瞎子道：「我車開得還不錯吧？」

羅獵嗯了一聲：「名師出高徒。」

瞎子沾沾自喜道：「我是青出於藍。」很快就發現羅獵的目光盯著道路對面，用手肘搗了他一下道：「這麼大早，你來這裡幹什麼？」

羅獵推開車門走了下去，瞎子趕緊跟上，跟著羅獵走過馬路，來到對面的一座宅子前方，羅獵向周圍看了看，又看了看房門，房門上了鎖，不過從外表看這鎖應該新換不久。

瞎子道：「沒人，這鎖難不住我。」他做好了幫羅獵打開門鎖的準備，可羅獵又轉身返回了車內。

接下來的半小時，瞎子就陪著羅獵在車內坐著，一分一秒過去的時間讓瞎子開始感到有些不耐煩了，正準備下車去透氣時，卻聽羅獵道：「來了！」

瞎子舉目望去，卻見一位身穿黑色長衫帶著黑色文明帽的年輕男子拎著公事包走向那座宅子，來到門前取出了鑰匙，開門之前，也警惕地向周圍看了看，然後方才打開門鎖走了進去。

瞎子道：「你認識？」

羅獵抽出一支香煙點燃，吐出一團煙霧，不緊不慢道：「你也認識。」

「誰？」瞎子瞪圓了一雙小眼睛，只可惜那男子已經進入了宅院。

羅獵道：「雖然她化妝的水準很高，可是走路的姿勢仍然在不經意中暴露了她的身分。」

「麻雀？」

馬路對面的這所宅子正是麻博軒的舊居，羅行木曾經將這座宅院的房契和棺材鋪的房契一起送給了羅獵，後來羅獵雖然將這座宅院奉還給麻雀，可是他在心中記下了這座宅院的門牌號碼，他來檢查身體的醫院剛巧就在附近，所以順路過來看看，想不到真的在這裡見到了麻雀。

瞎子對麻雀還是頗有好感，畢竟當初他們剛入蒼白山時，瞎子踩斷樹枝落到了地上，是麻雀不顧一切衝出來吸引了那隻老虎的注意力，方才讓他逃過一劫，救命之恩終生不忘。

瞎子樂呵呵推開車門道：「走，咱們去找她。」轉身卻看到羅獵仍然無動於衷，詫異道：「怎麼？你不想見她？」

羅獵道：「你有沒有想過，當初她為什麼要不辭而別？」

瞎子搖了搖頭，他不喜歡考慮太複雜的問題，尤其是和羅獵在一起的時候，他總是將這些耗費腦細胞的事情交給羅獵。

羅獵拍了拍瞎子的肩頭：「回去吧。」

瞎子啟動了引擎，遠離那座宅子之後，他忽然道：「麻雀不會害你！」

羅獵點了點頭，他也這麼認為，在蒼白山，麻雀幾度捨生忘死掩護自己的情景他仍然清晰記得，不過在麻雀不辭而別之後，他認為麻雀在前往蒼白山的目的上一定有所隱瞞，應當不僅僅是尋找羅行木那麼單純。

瞎子又道：「其實人活得還是簡單一點好，有什麼話當面問比背後亂猜要好得多。」

羅獵笑了起來，他的確對麻雀產生了懷疑，尤其是在方克文的事情上，他甚至認為麻雀的不辭而別和她認出了方克文有關，而方克文返回津門的秘密，也很可能從麻雀方面洩密，不過他也不認為麻雀會害自己，很多事是偽裝不來的。

瞎子道：「如果麻雀存心想要躲開你，為什麼她還要回到這裡？可能她就是為了等你去找她。」

羅獵忽然發現前方路口一個人推著板車突然穿了過來，驚呼道：「剎車，剎車！」只可惜他的話說得有些晚了，瞎子想要剎車已經來不及，車頭撞擊在板車上，還好那車夫及時丟開板車逃到了一旁。

可惜板車上的瓷器被撞了個正著，車上的瓷器多半被撞了個粉碎。

羅獵和瞎子兩人趕緊下了車，羅獵看到那車夫無恙，內心的石頭稍稍落地，瞎子卻忙著檢查車頭，車頭癟了一塊，多處掉漆，雖然這車是葉青虹的，可瞎子看到眼前情景也是頗為心疼。

那車夫衝上前來一把揪住了瞎子的衣領，大叫道：「你賠，你賠我，我這一車可都是名貴的古董瓷器，價值連城啊！」

瞎子也是憋了一肚子的火，怒道：「放開，放開，信不信我抽你！」

「喲呵，反了你啊，撞爛了我的瓷器還跟我耍橫，兄弟們！都出來給我評評理。」那車夫一聲吆喝，兩旁走過來十多名壯漢，一個個手抄棍棒，神情凶惡。

羅獵一看就明白了，這事兒還真怨不得瞎子，剛才這車夫分明是故意拖著一車的瓷器往上撞，其目的就是要訛錢。

羅獵也沒動氣，微笑道：「這位大哥，凡事好商量，大家出門在外，誰都不容易，您這些瓷器值多少錢呢？」

那車夫放開了瞎子的衣領，指了指一片狼藉的瓷器碎片道：「多少錢？元青花，明清官窯，你說多少錢？別的不說。」他從地上撿起了一個爛成兩半的青花瓷筆洗：「這筆洗可是乾隆爺用過的東西，你們賠得起嗎？」

瞎子焉能看不出這幫人分明是故意訛詐，他冷笑道：「賠不起，你們報警抓我啊！」

其實這幫碰瓷的傢伙無非是想訛點錢了事，報警經官反倒是他們最不想的事情，那車夫斜了瞎子一眼，又看了看他們的那輛車道：「胖子，你夠橫啊，看在你這位朋友還算通情達理的份上，兩百塊大洋，我可沒多要啊。」

瞎子怒道：「兩百塊大洋，你乾脆搶錢去吧！」

那車夫冷笑道：「不給，就把車留下。」

羅獵和瞎子對望了一眼，心中明白今天這一關並不是那麼容易過去，這幫人氣勢洶洶已經將他們兩人圍在中心。瞎子低聲道：「怎麼辦？」

羅獵向瞎子使了個眼色，兩兄弟同甘共苦這麼多年，對彼此的心思想法都已經非常瞭解，眼前的局面下講道理根本無濟於事，所以他們剩下的選擇要麼是認慫給錢，要麼是大打出手。

羅獵和瞎子幾乎同時出拳，兩人分別擊倒了眼前的一名無賴。

當然促使羅獵做出這一決定的主要原因和他最近浮躁的情緒有關，長期的失眠已讓他失去了冷靜，表面沉穩的他在越來越嚴重的失眠症折磨下已處於失控邊緣，而今天這十多名碰瓷者恰恰成為引燃他憤怒的導火線。

瞎子擊倒一名無賴之後，隨即向前方撲去，宛如一輛坦克般將三名對手撞倒在了地上。

一人看到瞎子倒地，舉起手中鐵棍向瞎子的腦後就打，棍到中途已經被一隻強有力的大手握住，羅獵握住棍梢向懷中一帶，對方失去平衡向他的懷中撞來，不等對方靠近，羅獵揚起右拳，狠狠砸在對方的面門之上，將對方打得鼻破血流，四仰八叉地向後方倒去。搶過的鐵棍旋即向左側揮去，又擊中一人的頭顱，發出咚的聲響，那人痛得慘叫一聲捂著腦袋蹲了下去，羅獵抬起左腳踹中他的胸膛，將那人蹬得向後倒飛出去。對方人多勢眾，所以出手容不得任何留情，必須在短時間內擊倒對手，削弱對方的戰鬥力。

瞎子仗著體重撲倒了三名對手，抱著其中一人的頭顱左右撞擊，被他壓制住的三名無賴腦袋被撞得暈頭轉向。瞎子在羅獵掩護下站起身來，看到剛才那碰瓷的車夫正揮舞棍棒砸汽車的擋風玻璃，瞎子怒吼一聲衝了上去，車夫看到一個大胖子氣勢洶洶朝自已跑來，慌忙向車尾跑去，一邊跑一邊揮舞著手中鐵棍砸車。

瞎子怒道：「有種別跑。」

那車夫果然停下腳步，雙目冷冷望著瞎子，右手的鐵棍輕輕擊打左手掌心。

瞎子又道：「有種把棍子扔了，咱們公平比劃。」

車夫切了一聲，作勢要扔下棍子，卻突然向瞎子衝了上來，揚起鐵棍，暴風驟雨般向瞎子的頭上砸去，瞎子不及他靈活，雙手抱頭，挨了數棍，這幾棍也激起了瞎子潛在的凶悍，拚著被車夫砸個滿頭大包，瞅了個空子，雙手抱住那車夫瘦小的身軀，大吼一聲，將他重重擠壓在了汽車上，那車夫力氣比不上瞎子，被瞎子這下擠掉了半條命。

身後同伴看到車夫被瞎子制住，慌忙過來接應，兩人操起鐵棍準備從後方攻擊瞎子，羅獵及時來到瞎子後方接應，手中鐵棍左支右擋，乒乓之聲不絕於耳，將兩人的攻擊盡數化解。

瞎子有羅獵的掩護，正好可以全心全意地折磨那車夫，一手摁住車夫的脖子，揚起右拳照著車夫的面孔就是一輪痛捶，一邊揍一邊問：「還元青花，還明清官窯，滿車東西就你一個窯子出來的。」打得車夫滿臉是血，殺豬般慘叫道：「爺……我錯了……小的有眼不識泰山……您就當我是個屁，把我給放嘍……」

這會兒功夫，車夫的那幫同黨看到勢頭不妙已經四處逃竄，羅獵揚起手中的鐵棍照著一個尚未走遠的無賴扔了出去，鐵棍正砸在那廝的後心，將那貨砸得失去平衡，踉蹌了一下摔了個狗吃屎。

瞎子拎小雞一樣將滿臉是血的車夫拎了起來，然後狠狠拋在了地上，怒道：「孫子哎，弄壞了我的車怎麼算？」

羅獵感覺自己的內心似乎暢快了許多，看來他太需要一場這樣酣暢淋漓的宣洩了，抬起頭，看到頭頂炫目的陽光，忽然感到一陣天旋地轉，慌忙閉上眼睛，可是卻感覺整個人如同墜落到一個巨大的漩渦中，直挺挺倒了下去，朦朧中似乎聽到瞎子焦急呼喚自己名字的聲音……

羅獵甦醒過來的時候，發現自己躺在一間古色古香的廳堂內，身下的羅漢椅是正宗的海南黃花梨，瞎子端著一碗水關切地站在他身邊，讓他詫異的是，瞎子的身邊還站著方克文。

他本以為方克文早已離開了北平，卻想不到他仍然沒走。

瞎子看到羅獵甦醒過來，緊繃的面孔方才露出欣慰的笑容道：「嚇死我了，好好的怎麼突然就暈了？」

方克文笑道：「安翟，讓他歇歇。」

瞎子點了點頭，將水碗遞給羅獵道：「你喝口水緩一緩，我把車開過來。」

羅獵擔心那幫無賴會趁著瞎子落單報復他，提醒道：「你機靈點兒。」

瞎子笑道：「沒事兒，報過警了，那幫混混兒早就逃了。」

瞎子離去之後，羅獵端起水碗喝了幾口，方才意識到這裡絕不是此前方克文住過的地方，他努力回憶著自己暈倒前發生的事情，在他的記憶中似乎並沒有遇到方克文。

方克文在一旁的太師椅上坐下，那張太師椅應該有年頭了，羅獵雖然對傢俱沒什麼研究，可是也能夠從室內傢俱的工藝和材質上判斷出，這滿屋的傢俱應當都是價值不菲的古董。

方克文遞給了羅獵一支煙，羅獵接過，方克文劃亮火柴幫他點燃，火苗照亮了光線昏暗的廳堂，羅獵抽了口煙，目光環視了一下四周，周圍的雕花門窗關得緊緊的，不知道這裡究竟是什麼地方？他和瞎子開車遭遇碰瓷的地方應該是在琉璃廠附近，按理說瞎子帶著自己應該不會走出太遠。

方克文道：「這裡是琉璃廠惜金軒，這間店鋪是我在燕京大學讀書的時候我爺爺幫我盤下的。」

羅獵聽方克文說完這間鋪子的來歷，心中也是暗自感歎，方老太爺也非尋常人物，竟然可以瞞過方家所有人的眼睛在這裡留下了這份家業，這惜金軒雖然不能和方家其他利潤豐厚的家業相比，可是對方克文來說用以謀生應該是足夠了。

方克文道：「我害怕她們娘倆兒擔心，這件事我並未告訴她們。」

羅獵點了點頭，小桃紅母女受過的苦楚和驚嚇實在太多，方克文隱瞞這件事是對的。

方克文道：「多年以來，我爺爺始終將這裡委託給一個他最信任的人照看，我本想將這裡的東西全部變賣，可是我總覺得他老人家留下這裡或許另有一番深意，所以我這兩天仔細檢查了一下。」他停頓了一下，壓低聲音向羅獵道：「你猜猜這裡有什麼？」

羅獵搖了搖頭。

方克文沒有說話，只是從地上摳出了一塊早已活動的青磚，用雙手遞給了羅獵，羅獵接過青磚，入手極為沉重。

方克文抽出一隻小刀遞給了羅獵。

羅獵接過小刀，在青磚的表面刮擦了幾下，表面青灰色的磚土層被刮開之後，露出裡面金光閃閃的部分，這塊青磚的內部竟然包藏著一塊金磚。向來對金錢並不怎麼感興趣的羅獵，內心也不由得被深深震撼了，他並不知道惜金軒有多大，可單單是他所在的這間廳堂，腳下的地面全都是金磚鋪成，這是何等的闊綽，與之相比，葉青虹此前十萬大洋的酬勞也變得不值一提了。

方克文低聲道：「你們走的這幾天，我把她們娘倆兒送到了奉天，讓她們在那裡先安心過上一陣子。」

羅獵心中一怔，他本以為方克文會帶著小桃紅母女就此離去，從此隱姓埋名，遠離恩怨是非，過上平靜安樂的生活，卻想不到方克文仍然獨自留在北平，一個人出現在琉璃廠的舊鋪之中。望著手中的那塊青磚，羅獵似乎明白了緣由，將青磚調換了一個位置，重新嵌入剛才的位置。

方克文道：「那天你問我身體怎麼樣？」他停頓了一下，慢慢將右腳的褲腿擼了上去，羅獵舉目望去，卻見方克文右小腿之上生出了數片銅錢大小的鱗片。他眨了眨眼睛，確信自己並沒有看錯，馬上聯想到方克文身體的變化必然和九幽秘境的經歷有關。

方克文道：「我本以為只要按照卓一手的藥方服用藥物，就能夠徹底清除掉體內的毒素，重新回歸昔日的生活，可是那些藥物卻讓我的精力和體力變得大不如前，開始我還以為是因為我暫時不能適應環境的緣故，仍然堅持服藥，可是後來，我因為被宋禿子那些人劫持，不得不中斷了服藥，竟然發現自己的身體狀態開始迅速恢復。」

羅獵點了點頭，他最初在九幽秘境見到方克文的時候，方克文絕不是現在這個手無縛雞之力的樣子，雖然他右腿殘疾，可是在黑暗的洞穴中穿梭自如，甚至有和羅行木一拚的勇氣和力量，證明他在武功上頗有根底。也是在離開九幽秘境之後，方克文的身體迅速發生了改變，他開始變得虛弱無力，精神恍惚，甚至失去了最基本的自保能力，羅獵並沒有認為這其中有什麼蹊蹺。

方克文道：「白雲飛為我解困後，我本想繼續服藥，可是想想還是放棄。」

羅獵知道他放棄的原因定然是小桃紅母女，方克文發現停藥後他的身體狀態開始恢復，即便是這樣的恢復對他可能有害無益，他也不想回到此前虛弱無力的狀態，他要迅速恢復體力方能保護妻兒。

方克文道：「那天我並沒有對你說實話，自從我停藥之後，幾乎每夜都會夢到一具巨大的青銅棺槨，你夢中出現的情景同樣出現在我的夢裡。」

羅獵點了點頭，出現同樣夢境的不僅僅是他們兩人，先於他們進入九幽秘境的羅行木和麻博軒也是如此，他不由得想起了遠走邊漠的顏天心，她和他們兩人一樣深入了九幽秘境，不知她此刻是不是和他們一樣在遭受夢魇的折磨。

方克文道：「紫秀蘿只有九幽秘境中才有，卓一手因何會知道？」

經他提醒羅獵方才想起，在他們逃出九幽秘境前往位於黃泥泉邊卓一手的小屋時，卓一手根據顏天心的描述很快就判斷出方克文服用的紫色苔蘚是什麼，難道卓一手同樣進入過九幽秘境？從方克文的這番話中，羅獵能夠斷定他對卓一手產生了懷疑，甚至質疑卓一手救他的動機。不過從一個旁觀者的角度看來，卓一手應該對方克文沒有惡意。

方克文的歎息聲打斷了羅獵的沉思，他用手撫摸著右腿上的鱗片道：「停藥三天之後，我的身上出現了這樣的鱗片，生在肉中，奇癢無比，我嘗試拔下來一片，簡直是痛不欲生，我想它應該生根在我的骨骼之上……」他抬起頭，雙目中充滿了悲哀：「我不知道自己最終會變成什麼樣子，我不想她們親眼見到我變成一個怪物。」

羅獵同情地望著方克文，本以為五年的地底幽居已經是對他極其殘忍的折磨，卻想不到命運仍然沒有放過他。伸手拍了拍方克文的肩膀道：「方先生，你不用擔心，現在醫學那麼發達，如果中醫沒有辦法，可以求助於西醫，相信總會找到解決的辦法。」

方克文搖了搖頭道：「沒用的，**九幽秘境是一片詛咒之地，只要進入其中的人都會遭遇詛咒，會生不如死，誰都逃不過。**」

羅獵因他的這句話而心中一沉，他和顏天心同樣進入了九幽秘境，瞎子、阿諾、陸威霖和麻雀，他們幾人並沒有深入冰宮，從目前掌握到的情況來看，他們四人也沒有受到太大影響，希望他們沒事。

方克文道：「我本以為羅行木和麻博軒是因為吃了那些冰封的屍體方才發生

了變化，現在回想起來，或許九幽秘境中的太多東西都會對人造成影響。食物、水源、空氣、甚至那塊漂浮的禹神碑……」

羅獵目光陡然一亮，禹神碑如果真像方克文所說的是來自於外太空的隕石製成，那麼這塊隕石會不會存在大量的放射性元素？現實的科學研究已經證明，放射性元素會對人和生物造成很大的影響，他們所見到的血狼、猿人、老鼠、蜥蜴乃至那隻守護冰宮的白色巨猿是不是因為受到禹神碑的輻射，才發生了機體的變異，在九幽秘境的特殊環境下造就出了這些不為人知的奇怪生物？

門外響起了汽車的鳴笛聲，卻是瞎子把汽車開了回來。

方克文慌忙放下褲管，叮囑道：「此事你萬萬不可向外人透露。」

羅獵點了點頭，他本想起身出門，剛剛站起又是一陣眩暈，方克文慌忙扶住他重新坐下。

方克文有些話還未說完，出門讓瞎子將張長弓幾人接到這裡來，說是中午做東請幾人吃飯，事實上卻是支開瞎子，留給他和羅獵一個單獨談話的空間。

瞎子離去之後，方克文重新回到羅獵身邊，撩開長衫從腰間抽出一柄短刀，拉開褲腿，短刀照著生滿鱗片的部分砍去，這一揮用盡了全力。

羅獵吃了一驚，可馬上就明白方克文想要展示什麼，只聽到鏘的一聲，短刀被鱗片阻擋在肉體之外，鋒利的刀刃擊中鱗片迸射出數點火星。

方克文移開短刀，只見鱗片完好無恙。他低聲道：「刀槍不入。」

羅獵表情複雜地望著方克文，不知這對他來說究竟是好還是壞，如果這鱗片能夠抵禦刀槍，若是方克文周身長滿後，其防禦力將會達到怎樣驚人的地步。

方克文道：「爺爺把惜金軒留給我，絕不是想讓我就此離開的，只要安頓好了她們母女兩人，我也就了卻了心事。」滿是刀疤的面孔因為憤怒而變得猙獰，雙目中迸射出刻骨銘心的仇恨：「我會拿回屬於我的一切！」

羅獵因方克文這充滿怨毒的聲音而內心一顫，他忽然意識到這幾天在方克文身上所發生的變化，即便是在九幽秘境內，方克文也沒有如此的怨毒神情，在離開九幽秘境之後，方克文性情也漸漸變得平和，甚至在經歷津門風波，救出小桃紅母女，他們一家人終於重聚在一起，方克文都沒有表露出這樣的仇恨和怨念。

羅獵隱隱覺得有些不妥，他想說卻又不知從何說起。

方克文充滿期待地目光盯住羅獵的雙目道：「羅獵，這個世界上你是最值得我信任的人，你願不願意幫我？」

羅獵皺了皺眉頭：「您的意思是……」

方克文的情緒明顯變得激動起來：「我要拿回屬於我的一切，我要讓所有背叛我，謀害過我的人付出十倍的代價！」他的聲音本就沙啞，在不知不覺中提高了聲調，變得極其刺耳。

羅獵的內心因他的這番話感到一種莫名的寒意，救出方克文一家之後，他本以為這件事已經了結，此前方克文也表現出為妻兒放棄一切的決心，然而一切卻突然改變了。羅獵環視周圍，心中暗忖，難道是方老太爺留下的這間惜金軒讓方克文改變了主意？又或是他身體發生的變化導致他不得不做出這樣的選擇？

方克文看出了羅獵的猶豫，低聲道：「我想過就此離去，從此隱姓埋名，帶著她們母女二人找個無人認識的地方安安靜靜過上一輩子，可是我如果這樣做，又怎能對得起我方家的列祖列宗？」

羅獵點了點頭。

方克文驚喜道：「你答應了？」

羅獵緩緩站起身來：「方先生，我會為您守住這個秘密。」

方克文臉上的笑容倏然收斂，沉聲道：「你不答應？開個價錢，我可以滿足你任何的條件。」

羅獵皺了皺眉頭，方克文的這句話讓他產生了一絲不悅，他幫助方克文的初衷絕不是為了回報，主要是衝著他們當初患難與共的那份情誼，而方克文這句看似慷慨大氣的話卻充滿了功利和市儈，羅獵並沒有生氣，他輕聲道：「方先生，不是錢的問題，我們當初選擇留在津門幫忙也不是為了回報。」

方克文道：「你們對我的恩情我不會忘記，我會報答你們。羅獵，只要你幫我做成這件事，我可以保證你們幾個今生無憂。」他並沒有說大話，單單是這座惜金軒就價值連城，他現在開得起價錢，有足夠的底氣。

羅獵搖搖頭：「方先生，我還有些事，想先回去了。」他轉身準備離去時，卻聽到方克文在身後發出一聲怒吼：「站住！」旋即聽到一聲木材崩裂的聲音。

卻是方克文一掌重擊在紫檀木茶几之上，半寸厚度的几面竟被他一掌擊碎。

羅獵轉過身去，驚詫地望著眼前的一切，他並不害怕，只是詫異於方克文這一掌表現出的雄厚實力，他確信方克文和自己一樣，在離開九幽秘境之後，身心上發生了一些變化，應該說方克文的變化遠勝於自己，其實這也並不奇怪，畢竟方克文在九幽秘境中待了五年，那裡的環境對他的影響要大得多。

方克文怒視羅獵，當他遭遇到羅獵古井不波的眼神，心中突然湧起的怒火開始慢慢平息了下去，很快憤怒又變成了一種歉疚，畢竟羅獵有恩於自己，他豈可恩將仇報？可是就在剛才羅獵拒絕他的剎那，他竟然生出一種被人侮辱的感覺，恨不能衝上去將羅獵撕碎，然而這種感覺只是稍閃即逝，方克文意識到自己變得浮躁而易怒，羅獵的拒絕輕易就觸痛了他敏感的神經。

羅獵看到方克文稍閃即逝的殺機，詫異於方克文在短時間內發生的改變：「方先生不要忘了，這世上對你最重要的是什麼。」說完就頭也不回地離去。

方克文雙拳緊握，因羅獵的提醒，腦海中浮現出小桃紅母女的面容，他用力閉上雙目胸膛劇烈起伏著，潛意識中兩個截然不同的念頭在激烈交戰著，爺爺給他留下了巨額財富，他完全可以利用這些財富帶著妻兒過上無憂無慮的生活，可是同時又有一個念頭在反覆折磨著他，他的父親，他的爺爺全都是死於陰謀，若是就此離去，他又有何顏面面對家人，仇恨在內心中迅速膨脹起來，方克文周身的血脈也因為憤怒而鼓漲，他的四肢感到撕裂般的疼痛，拉開雙臂的衣袖，正看到雙臂之上的鱗片正以肉眼可見的速度增長著。

方克文感到體內有股難以形容的怨氣正在亂衝亂撞，他急於找到出口宣洩，忽然他揚起右拳，猛地擊落在紫檀木八仙桌之上，他的拳頭輕易就穿透了八仙桌的桌面，在上面留下了一個觸目驚心的黑洞。

羅獵走出大門，轉身回望，正午的陽光照在惜金軒黑色的匾額上，惜金軒三個鎏金大字在陽光下熠熠生輝，金色的光芒炫目且溫暖，可羅獵卻感到一種徹骨的寒意，短短幾日方克文的性情竟然發生了這麼大的改變，這並不僅僅是因為家仇的緣故，羅獵相信自己的眼睛，他堅信方克文在離開津門的時候已經做好了從此隱姓埋名的準備，而眼前的方克文卻猶如變了一個人一樣。

羅獵無法判斷方克文的抉擇是對是錯，換成自己，或許也不會放下家族的深仇，可是自己必然要將家人安頓好，了卻心中最大的牽掛，而且自己絕不會將朋友牽連到自己的家仇之中。

汽車的鳴笛聲讓羅獵的思緒回到現實中來，瞎子載著阿諾、張長弓、鐵娃來到惜金軒門前，他們是應方克文之邀前來吃午飯的。

羅獵拉開車門進入車內，有些疲倦地說道：「開車。」

瞎子愕然道：「怎麼？不是說好了吃飯嗎？」

羅獵看了一眼大門緊閉的惜金軒，低聲道：「方先生改主意了，希望咱們不要打擾他。」

天氣明顯開始變暖，這兩日北平陽光明媚，正適合出門遊覽，除了羅獵之外，瞎子他們都是第一次來到北平，在這樣的天氣裡自然迫不及待要出去轉轉，本想請羅獵當嚮導，可羅獵卻顯然沒有這個心境，寧願貓在租住的院子裡曬曬太陽看看書，也懶得出去走動。

瞎子幾人一大早就走了，羅獵獨自一人坐在院子裡，翻閱著母親當年留下的

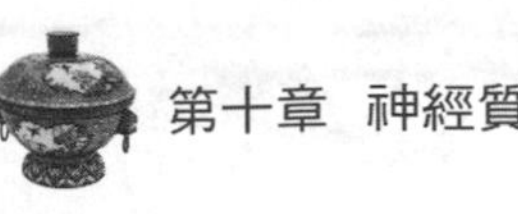

東西，母親的小楷寫得很好，不過羅獵從中仍發現了一些不尋常的地方，母親的筆記中時常出現一些錯字，以母親的學識和才華，應當不會犯這樣低級錯誤。

羅獵很快就推翻了這是錯字的看法，認為母親是用一種特殊簡化筆劃的方法來記錄，應當是一種速記的方法。他翻遍了母親當年的教學筆記，除了這些用來速記的簡化字之外，並無任何的特殊之處。

母親留下的所有東西中，最為奇怪的要數那封從北平寄出的信，奇怪的種子，奇怪的圖畫，還特地用英文標記著反叛者，反叛者究竟指的是誰？單純從這封信來看，反叛者很可能指的是自己的母親，寄信人因何會稱呼母親為反叛者，難道母親也參加了革命？

羅獵仔細看著那張信封，信封之上並沒有寄信人的地址。找不到半點頭緒的羅獵重新將信封塞入口袋之中，靠在座椅上，閉上雙目享受著暖融融的陽光，不知不覺春天的腳步已經近了，回想起白雪皚皚的蒼白山，在冰天雪地之中的那連場驚心動魄的血戰，彷彿就在眼前，又似乎遙不可及。

自從和方克文在惜金軒那番交談後，羅獵的心情就變得異常沉重，他甚至擔心同樣的改變會發生在自己身上。還好除了失眠和接連不斷的噩夢之外，他的身體並無異狀，在醫院的全面體檢也證明至少在目前他的各項生理指標健康正常。

一個內心充滿仇恨的人往往會喪失理智，羅獵看到了方克文的瘋狂一面，理智告訴他，他不可以讓自己的朋友陪同方克文投入到這場瘋狂的復仇中去。羅獵此前特地往小桃紅母女暫住的地方去一趟，為的是確認這母女二人已經安然離開，等到了那裡發現早已人去樓空，看來方克文並沒有欺騙自己，方克文雖然短時間內性情大變，可是相信他不會做出傷害妻兒的事。

關於方克文的事情，羅獵並未向任何人談及，只是提醒身邊人不要去打擾方克文的生活。

敲門聲打斷了羅獵的沉思，他起身來到門前，將門拉開一條縫兒，側目望去，卻見外面站著一個陌生報童，那報童向羅獵笑了笑，將一封信遞給了羅獵道：「羅先生，您的信。」

羅獵滿心詫異地接過那封信，不知這報童因何知道自己的姓氏，又是受誰的委託將信送給自己。拆開信封，一行雋秀的小字映入眼簾，整封信只有這一行字，上面寫著，十一點半，清華園前，不見不散。落款處沒有署名，寥寥幾筆勾畫出一隻栩栩如生的麻雀。

羅獵幾乎馬上就能夠斷定這封信乃是麻雀所寫，這妮子因何知道自己現在的住處？難道她早已察覺自己出現在她家門周圍，在自己沒有覺察的前提下實施跟蹤？羅獵啞然失笑，想不到自己居然這麼容易就暴露了。

抬起手腕看了看時間，距離麻雀約定的時間只有一個小時了，不過他的住處距離清華園不遠，從這裡走過去也來得及。

羅獵在約定的時間趕到，遠遠就看到在清華園前站著一個女孩兒，身穿淺藍色偏襟上裝，黑色長褲，齊耳短髮，肌膚潔白，在正午陽光的映射下透出一種瓷器般的細膩，鼻樑上架著一副碩大的圓形黑框眼鏡，雙手抱在胸前，手臂和胸膛間夾著一本書。

這是清華園最常見的女學生裝扮，清華園已經開學，在門前進進出出的男女學生不少，並沒有人對這個戴眼鏡的女孩兒投入太多關注。

羅獵在馬路對面看了一會兒，這女孩兒的身高和麻雀相仿，可身形稍嫌臃腫了一些，直到那女孩的目光朝他望來，臉上露出明媚的笑意，羅獵方才敢斷定她就是麻雀。

麻雀是化過妝的，在她的鼻樑上有不少雀斑，是她刻意點上去的，至於這臃腫的身材，是因為她在外衣裡面填塞了棉衣的緣故。

羅獵邁著不緊不慢的步子來到她的身邊，輕聲道：「小同學，您找我？」

麻雀笑了起來：「我還以為再也見不到你了呢。」

羅獵哈哈笑了一聲，然後操著褲兜，裝成極其隨意的樣子向兩旁看了看，他是在觀察周圍的情況，確定麻雀是不是獨自前來。

麻雀道：「擔心我設圈套害你？」

羅獵搖了搖頭。

麻雀有些怨念地瞪了他一眼道：「多疑！」

羅獵道：「叫我到這裡來做什麼？」

麻雀道：「這兒人來人往的說話不方便，咱們去那邊。」她指了指右前方，然後率先走了過去。

羅獵跟上去的時候，她卻又在一個賣糖葫蘆的攤位前停下，叫了一串糖葫蘆，羅獵很紳士的主動把錢給付了。

麻雀將手中的書本交給了羅獵，一邊走一邊品嘗著手中的冰糖葫蘆。

羅獵耐得住性子，悄悄觀望著打扮成女大學生的麻雀。

「真甜！」麻雀粉嫩的舌頭舔了一口冰糖葫蘆。

羅獵笑了起來，明顯笑得有些邪性，在麻雀看來，這廝笑得不懷好意，狠狠咬了一顆山楂在嘴裡，不顧儀態地用力咀嚼著，麻雀在很多時候表現得並不成熟，可這恰恰突出了她的單純和善良。

羅獵道：「你叫我來，就是為了讓我欣賞你吃冰糖葫蘆？」

麻雀突然轉過身來，用啃掉了半個，剛剛暴露出尖端的冰糖葫蘆指著羅獵的鼻子道：「說，你為什麼跟蹤我？」

羅獵實在不想用惡人先告狀來形容麻雀，走向路邊的連椅，拂去連椅上的落葉，然後又掏出手帕擦了擦，做了個邀請的手勢道：「坐！」

麻雀毫不客氣地坐下，迎著陽光，下意識地瞇起了一雙明澈的大眼睛，她的睫毛很黑很長。

羅獵沒有回答麻雀的問題，也沒有反問她因何找到了自己，看了看街道的兩側，並沒有發現可疑的身影，輕聲道：「在白山，你為什麼不辭而別？」

麻雀被他問到了關鍵之處，暗罵羅獵狡猾，卻置若罔聞地堅持將冰糖葫蘆吃完，然後方才道：「真甜！」

羅獵似笑非笑地望著她，麻雀迴避問題的手段並不高明。

在羅獵肆無忌憚而執著的目光注視下，麻雀終於沉不住氣了，轉過臉透過大得有些誇張的圓框眼睛虎視眈眈地瞪著羅獵，可最終還是在對峙中敗下陣來，她忍不住笑了：「反正你知道在哪兒能夠找到我。」這個理由乍聽有些道理，可仔細一琢磨卻禁不起推敲。

羅獵道：「你早就認出了方克文對不對？」

麻雀沒有說話，卻忍不住抿了抿嘴唇，細微的表情變化已經暴露了她此刻的內心，面對羅獵這個少年老成的傢伙，她終究還是欠缺火候。

「擔心方克文會報復你？」

麻雀回過頭去，目光盯著自己的腳尖，雙手撐住連椅，雙腿很不淑女的平伸又放下，內心的緊張已經暴露無遺。

羅獵也不再追問，周圍時不時有經過的學生將目光向兩人投來，雖然已經是民國，已經開始提倡戀愛自由，可是像他們這樣明目張膽地坐在清華園前談情說愛的並不多見，雖然他們的關係並不是別人想像中的那樣。

麻雀道：「是……」她抿了抿嘴唇，終於下定了決心道：「我爸曾不止一次說過，他最對不起的就是方師兄。」

羅獵相信麻雀沒有對自己撒謊，可是她應當並不清楚其中內情，麻博軒究竟是怎樣對不起方克文，如果她知道父親對方克文所做的一切，恐怕會難以接受那些發生過的現實。

羅獵道：「過去的事情誰也說不清楚，方克文本人也並不介意。」他話鋒一轉又道：「你認出他身分的事，有沒有跟其他人說過？」

麻雀點了點頭道：「福伯。」

羅獵這樣問是有原因的，他和阿諾陪同方克文返回津門，原本是一件極其隱秘的事情，然而這件事卻走露了風聲，羅獵堅信己方並不會有任何的問題，最大的可能出現在其他人的身上，經過他的排查，其中麻雀的嫌疑最大。

羅獵認為自己對麻雀算得上瞭解，麻雀心底善良，即便是識破了方克文的身分，也不可能加害於他，更何況麻博軒不會將當年做的醜事告訴自己的女兒，即便是說了，也是他對不起方克文。

麻雀雖然沒說，但是這件事仍然可能通過她的嘴傳出去，現在羅獵心中的疑問已經得到了解答，此事應當是從福伯那裡傳出去的。聯想起津門的劫持事件，最早得到消息的應當是日本方面，難道是福伯將這件事透露給了日本方面？

羅獵忽然想起在瀛口的時候，福伯和日方之間就有著極其良好的關係，內心中不禁籠上了一層陰雲，這位神秘的福伯究竟是何許人物？

請續看《替天行盜》卷六　鎖龍之井

替天行盜 卷5 奇變陡生

作者：石章魚
發行人：陳曉林
出版所：風雲時代出版股份有限公司
地址：10576台北市民生東路五段178號7樓之3
電話：(02) 2756-0949
傳真：(02) 2765-3799
執行主編：劉宇青
美術設計：許惠芳
行銷企劃：林安莉
業務總監：張瑋鳳

初版日期：2021年9月
版權授權：閱文集團
ISBN ：978-986-5589-44-8
風雲書網：http://www.eastbooks.com.tw
官方部落格：http://eastbooks.pixnet.net/blog
Facebook：http://www.facebook.com/h7560949
E-mail：h7560949@ms15.hinet.net
劃撥帳號：12043291
戶名：風雲時代出版股份有限公司

風雲發行所：33373桃園市龜山區公西村2鄰復興街304巷96號
電話：(03) 318-1378
傳真：(03) 318-1378
法律顧問：永然法律事務所 李永然律師
北辰著作權事務所 蕭雄淋律師

行政院新聞局局版台業字第3595號 營利事業統一編號22759935

定價：290元

國家圖書館出版品預行編目資料

替天行盜 ／石章魚 著. -- 臺北市：風雲時代出版股份有限公司，2021.05- 冊；公分

ISBN 978-986-5589-44-8（第5冊；平裝）

857.7 110003703